MW01532499

Né en 1981 à Pontarlier, Nicolas Leclerc a quitté le Haut-Doubs pour étudier l'audiovisuel et le cinéma. Il travaille aujourd'hui pour la télévision. Après un premier roman très remarqué, *Le Manteau de neige* (Seuil, 2020), couronné par le prix Sang d'encre et disponible chez Points, il écrit ce thriller très noir et redoutablement efficace, mais toujours situé dans ces montagnes proches de la Suisse : *La Bête en cage*. Son dernier ouvrage, *Toujours vivantes* vient de paraître aux éditions du Seuil.

DU MÊME AUTEUR

Le Manteau de neige
Seuil, 2019
et À vue d'œil, 2020
et « Points Policiers », P5313

Nicolas Leclerc

LA BÊTE EN CAGE

ROMAN

Éditions du Seuil

ISBN 978-2-7578-9124-7

© Éditions du Seuil, 2021

Le Code de la propriété intellectuelle interdit les copies ou reproductions destinées à une utilisation collective. Toute représentation ou reproduction intégrale ou partielle faite par quelque procédé que ce soit, sans le consentement de l'auteur ou de ses ayants cause, est illicite et constitue une contrefaçon sanctionnée par les articles L. 335-2 et suivants du Code de la propriété intellectuelle.

À mes quatre frères.
Maxime. Antoine. Francis. Thomas.

« Seuls ceux qui se sont trouvés mis en cage peuvent comprendre toute l'horreur d'une clé qui verrouille une serrure. »

Edward Bunker,
Aucune bête aussi féroce

« P'tite conne
Tu voulais pas mûrir,
Tu tombes avant l'automne
Juste avant de fleurir…

Mais t'aurais-je connue
Que ça n'eût rien changé,
Petite enfant perdue
M'aurais-tu accepté ?

Moi j'aime le soleil
Tout autant que la pluie
Et quand je me réveille
Et que je suis en vie

C'est tout ce qui m'importe
Bien plus que le bonheur
Qui est affaire de médiocres
Et qui use le cœur »

Renaud, *P'tite conne*

Prologue

Il la contemple. Il fait noir. Il fait froid. Il a la gorge sèche. Elle sniffe un rail de coke à même le banc de bois crasseux.

Il n'a pas les mots, l'air d'un con, planté là, muet, elle regarde ailleurs, lasse.

Qu'est-ce qu'il croyait ?

Les relents aigres de transpiration qui macèrent depuis des mois dans la pièce confinée lui agressent les narines. Il voudrait sortir de là, il étouffe. Il reste devant la porte. Elle soupire. Elle mastique son chewing-gum. Il ne veut pas qu'elle parte.

Qu'elle le quitte.

Leur première fois, c'était ici. L'été dernier. Une éternité. Les anciens vestiaires du terrain de foot, à l'abandon depuis la construction du nouveau complexe de l'association sportive de Dampierre-les-Monts. L'odeur de sueur rance, alors, ne le dérangeait pas. Son parfum, à elle, sur sa peau. Partout. Ses gémissements contenus. Sa peau délicieuse. Les hurlements des parents et des joueurs, dehors. La peur, l'excitation. La kermesse du village, le tournoi de foot qui oppose tous les quartiers et s'éternise jusque dans la soirée, sous les projecteurs. Grégoire avait accepté de tenir la buvette, il venait de perdre son job, ça l'occupait. Elle lui avait tourné autour toute la journée, la gosse. Elle était venue à la fête avec ses parents, les pharmaciens du bled, à contrecœur. Ils avaient bien discuté, il lui avait filé des bières à l'œil. Ça s'était terminé contre le mur de ces antiques vestiaires qui lui servaient à stocker les barils de bière, piégés entre deux rayons de soleil de fin d'après-midi, tous deux pintés, elle lui mordillait l'oreille, il lui retroussait la jupe, elle plongeait les mains dans son jean. Elle l'avait mordu à l'épaule pendant l'orgasme, puissamment. Il avait adoré. Il ne comprenait même pas comment il était arrivé là. Un rêve fou.

Julie.

À peine la moitié de son âge. Fraîche. Passionnée.

Son seul palliatif à une vie merdique.

Être tout pour elle. Il y a cru. Ils auraient pu se suffire. Partir loin, tout reprendre à zéro, elle a la vie devant elle. Il voulait la tirer de ce trou, lui offrir ses rêves.

Tout s'effondre, tout se casse.

Au final, ça n'a été qu'une poignée de rendez-vous décevants, de sexe rapidement expédié, vite oublié.

C'est comme ça qu'elle voit les choses.

– C'était pas mal.

Il tombe de haut. Il n'est pas d'accord. Il frappe le mur de ses poings. Son nez coule, il s'essuie de la manche.

Mon amour.

Elle ne voit que les apparences. Elle s'ennuie. Il ne peut rien lui offrir. Pas un rond. Les allocs chômage… Pas une vie de rêve. Elle passe le bac cette année, part bientôt faire ses études de médecine, à Paris, ou Bordeaux. Elle va quitter la région, dans six ou sept mois. Adieu.

Je pars avec toi.

12

Rire étouffé.

Je trouverai. Je t'offrirai tes rêves.

Elle secoue la tête. Non. Il l'a déjà promis. Trop. Elle n'a plus besoin de lui.

– C'est fini, Greg. Je suis passée à autre chose.

Il arrache les portemanteaux. Il dégonde la porte d'une douche encrassée. Elle lève les yeux au ciel. Il est tout rouge, pathétique, il le sait, il s'en fout. Elle rit de le voir dans cet état, pour elle. Elle vient lui caresser la joue, les doigts picotés par les poils de barbe épars. Il ferme les yeux, anéanti par ce qu'il va perdre. Une raison de vivre, de continuer. De garder la tête hors de l'eau malgré la merde qui tombe du ciel.

Un battement de cœur. Le dernier.

Il va s'éteindre, à petit feu.

Elle se hisse sur la pointe des pieds.

L'âge d'être sa fille.

Dépose un baiser au coin de ses lèvres.

Ses jambes en coton. Une boule de ciment dans l'estomac. Les crampes dans les bras, le dos. La souffrance s'abat sur lui.

Elle passe ses bras autour de son cou.

Sa langue dans sa bouche, touche la sienne, la presse.

Il recule, elle s'agrippe.

Ses jambes autour de son bassin.

Son odeur.

– Une dernière fois…

Il se crampone à elle.

– Baise-moi. Une dernière fois. Fort.

Il glisse contre le mur, sur le banc, dont le bois pourri grince dangereusement.

Elle est partout, autour de lui. Elle garde le contrôle. Elle mène la danse. Il jouit rapidement, tristement, les larmes coulent sur son menton, gouttent sur le soutien-gorge de Julie. Elle continue. Elle se cambre, l'étouffe, l'écrase. Elle s'enflamme. Comme jamais.

Adieu.

– Un dernier souvenir de moi... Dis-toi que c'est mieux que rien.

La porte claque.

Disparue.

La fin.

PREMIÈRE PARTIE

« Patauger toute ta vie dans la bouse, torcher les vaches, leur gaver l'estomac et leur
tâter les mamelles. Putain. Faut vraiment
n'avoir aucun respect de soi pour faire ça. »

Chapitre 1

Le réveil bourdonne, aussitôt réduit au silence par une main ankylosée. Nuit noire. 5 h 35. Par gestes mesurés, précis malgré l'obscurité, une silhouette élancée et voûtée glisse hors du lit et serpente dans les couloirs endormis pour rejoindre la salle de bains, aller et retour vite fait sous l'eau tiède, puis un café bien serré dans la cuisine ouverte sur la vaste pièce de vie qui occupe toute la largeur de la maison, au rez-de-chaussée.

Les yeux piquent en ce vendredi matin.

Samuel s'appuie sur le plateau de la table en chêne massif, laisse couler le breuvage dans sa gorge. Il faut s'activer. Une tranche de pain tartinée de mont d'Or coulant et un verre de jus de pomme constituent son petit déjeuner. Il renifle bruyamment, frotte ses paupières gonflées du revers de sa manche, peine à se tirer de l'engourdissement. Depuis qu'il a franchi la quarantaine, chaque réveil se révèle plus pénible que le précédent, la machine est de plus en plus difficile à mettre en branle. Des douleurs inconnues jusqu'ici apparaissent, dans les articulations, les lombaires et les cervicales. Plus de mal à encaisser. Mais le boulot doit se faire, quoi qu'il arrive.

Samuel enfile sa cotte de travail puis chausse les bottes de caoutchouc crottées qui trônent près de l'entrée, se couvre d'une parka molletonnée, cache ses oreilles sous un épais bonnet de laine et s'élance dans la cour de la ferme.

Ses pas crissent dans la poudreuse qui est tombée toute la nuit, ses poumons exhalent une vapeur tiède. Il lui faudra déneiger dans la matinée, quinze bons centimètres recouvrent le sol et la forêt alentour. Et la neige continue de s'abattre sur la montagne, les flocons s'écrasent par dizaines dans sa barbe grisonnante et les quelques cheveux qui retombent sur sa nuque.

Comme chaque matin depuis quinze ans, il inspecte l'étable, dénombre ses vaches d'un simple regard. Il décroche successivement les quatre griffes de traite ambulantes du mur attenant au portail coulissant, les place aux côtés des premières bêtes entravées de la rangée de gauche et fixe les manchons sur les trayons. Le métal gelé des barrières grince, l'aspiration des machines de traite couvre bientôt le meuglement des bêtes. Samuel navigue entre elles en un ballet savamment chorégraphié, déplace les griffes, désinfecte les pis, progresse de vache en vache, passant la main sur le flanc de chacune, une attention qu'il n'oublie jamais, les saluant individuellement par leur nom. Ses gestes experts permettent de s'occuper des cinquante-six vaches en moins de deux heures.

Lorsqu'il sort dans la cour après avoir soigneusement nettoyé l'étable, le jour s'est levé, timide, le soleil se camoufle derrière un voile blanc laiteux. Samuel s'offre une courte pause et allume une cigarette avant de partir livrer le lait du matin à la fruitière du bourg. Le froid mord ses articulations, brûle sa peau rugueuse. À son retour à la ferme, il vérifie machinalement son portable. 9 h 14. Un message. Claude. Les emmerdes.

« Mon bureau, aujourd'hui, tu peux ? »

Comme si une quelconque réponse négative était envisageable. Samuel expire longuement la fumée par les narines, une moue d'agacement déforme son visage buriné, taillé dans le roc. Ses yeux en amande défient l'horizon, se perdent dans la blancheur du matin. Déjà vanné par cette journée qui commence tout juste. Écrasant son mégot sous le talon de sa botte, Samuel se dit que ça ne s'arrêtera jamais. Aucun espoir de sérénité, et pourtant l'exploitation tourne bien.

Il répond au SMS : « Pas avant ce soir, je passe après la traite. » Il va bien falloir régler cette question. C'est ce qu'il se dit tous les jours depuis six ans.

Samuel se remet à la tâche en grommelant, les vaches n'attendent pas. Il dégèle la tuyauterie à grands baquets d'eau chaude, sinon le purin ne s'écoulera pas correctement. Il nourrit les bêtes, renouvelle le paillage de la stabulation.

Il fixe la lame de déneigement sur son tracteur Massey Ferguson de cent chevaux pour s'attaquer à la cour. À 11 h 30, il termine sa matinée et s'attable enfin devant une assiette de pâtes au pesto. Il sort son portable pour consulter la météo de l'après-midi, remarque le SMS arrivé deux heures plus tôt. « On t'attendra. 21 heures à la boîte. »

C'est ça. Qu'ils attendent. C'est pas toujours à lui de se plier aux autres, merde.

18 janvier – 10 h 12

La lourde porte vitrée se referme avec une lenteur infinie, laissant les courants d'air froid s'engouffrer dans la salle d'accueil de l'agence d'intérim d'Épenans. La secrétaire soupire pour la troisième fois d'affilée, la fermeture automatique du sas est vraiment déréglée, il va bien falloir finir par faire quelque chose. Difficile de se concentrer.

C'est la quatrième personne qui passe en coup de vent pour déposer des papiers depuis que Chloé s'est assise sur la banquette le long de la baie vitrée. Elle triture la fermeture Éclair de son blouson, trop large, tente de calmer son impatience et sa jambe qui tressaute. La secrétaire lui décoche un regard en coin, accusateur, exaspéré, masquant ainsi sa curiosité malsaine. Chloé fait mine de l'ignorer, déroule la messagerie de son smartphone démodé. Elle a l'habitude. Les gens finissent toujours par la dévisager, bien qu'elle dissimule autant que possible la peau flétrie et les stigmates qui la défigurent ainsi que les rares cheveux qui poussent sur le côté droit de son crâne sous une épaisse écharpe. Elle a passé le stade où elle envoyait chier tous ceux qui se retournaient sur elle, ou les enfants apeurés qui n'osaient croiser son regard.

Il faut qu'elle trouve une solution, même temporaire. Elle n'a plus de thunes. Enfin pas assez pour tenir la semaine, la dose de brune qui lui reste ne tiendra pas jusqu'au lendemain. Et après ? Après il lui faudra la suivante coûte que coûte. Elle doit absolument se renflouer.

– Chloé ?

Elle est tirée de ses pensées par la voix cassée de la cheffe d'agence, Mme Pourcelot. Jeanne. La Grosse. Avec ses mèches blondes peroxydées et ses colliers de perles vertes. Elle doit faire au moins quatre fois mon poids, s'amuse la jeune femme ; Chloé la déteste, son petit pouvoir, ses manières affables de faux-cul, les photos de famille sur le bureau et les dossiers bien rangés dans les étagères, rien qui dépasse, mais elle se lève avec son plus large sourire et lui serre vigoureusement la main.

– Vous allez bien, madame Pourcelot ?

La Grosse la dévisage d'un air blasé et lui ouvre la voie vers son bureau, referme la porte sur la moue de la secrétaire soulagée de ne plus avoir cette loque anémique comme unique paysage.

– Je vais être claire et directe, Chloé, c'est la dernière fois que je te donne une chance.

– Je sais que j'ai merdé, madame Pourcelot, bafouille Chloé, j'en ai conscience, mais je vous promets…

– Comme toujours, j'ai envie de dire, la coupe sèchement la patronne.

– J'ai besoin de bosser.

– Attends, je t'arrête tout de suite. On n'est pas Pôle emploi, et on n'est plus au lycée, ma grande !

MA GRANDE ! Chloé écarquille les yeux, manque de s'étouffer de rage. Mais conserve son air timide.

– On a des clients, et on doit les satisfaire. Et quand un de nos intérimaires se comporte comme tu le fais, c'est notre réputation qu'on met en jeu. Tu ne te réveilles pas le matin, une fois, deux fois à la limite… Mais la limite, tu l'as allègrement dépassée, ma belle (Chloé se mord l'intérieur de la joue pour ne pas lui sauter à la gorge), et je pèse mes mots. Et ton attitude au travail, bon sang de bonsoir… On ne te demande pas la lune ! Sois présentable ! Sois là ! Sois gentille, et mets-toi au travail. C'est quand même pas compliqué de répondre au standard pour noter des commandes ou d'entrer des chiffres dans Excel, non ? Chez qui je vais te placer, moi ?

– Je suis désolée, madame… Je vais vraiment me reprendre.

– L'agence ne tourne pas autour de tes désirs, ma fille…

Chloé plonge aussitôt les yeux au sol. Qu'on lui donne un cran d'arrêt, une batte, un flingue. Au secours. Il faut jouer le jeu, serrer la mâchoire. Malgré l'envie de lui péter le nez d'un coup de boule, à cette furie.

Au prix d'un effort colossal, elle réussit à laisser couler une larme sur sa joue et à la dissimuler sous les boucles châtain cuivré de son côté gauche juste un rien trop tard, permettant à Jeanne Pourcelot de la remarquer avant qu'elle ne vienne mourir sur sa lèvre supérieure.

– Bon, conclut celle-ci d'un ton condescendant, dernière chance, Chloé. Der de der. On n'a pas vocation à faire dans le social, alors je t'inscris sur ce nouveau contrat, c'est quinze jours dans un entrepôt de tri, ils ont besoin de renforts pour l'inventaire et la distribution, c'est les soldes, ils sont débordés. Tu commences jeudi prochain.

Elle remet le dossier entre les mains de Chloé, lui explique les détails du travail, paye, horaire, tout le baratin habituel.

– Faut que je descende à Pontarlier ? C'est au moins à quarante bornes de chez moi…

– C'est toi qui vois. Tu n'y vas pas, ce n'est pas la peine de revenir chez nous. Et je sais que d'autres agences d'intérim ne veulent plus bosser avec toi, alors réfléchis-y à deux fois.

– Possible d'avoir une avance sur salaire ?

– Non. Ne pousse pas trop loin.

Chloé récupère les documents nécessaires à l'embauche et ne se fait pas prier pour fuir l'agence, passer en trombe devant la secrétaire en prenant soin d'ouvrir la porte extérieure au plus large, regagne le parking de l'église du village et s'échoue dans son antique 106 bordeaux cabossée, met le contact, lance le chauffage à fond. La neige tombe dru depuis ce matin.

Enfin une bonne nouvelle. Elle démarre à fond la caisse pour rejoindre Rochefontaine, son village, et proposer à tout le voisinage de pelleter la neige contre quelques euros. De l'argent frais, de quoi au moins payer sa dose d'héro du lendemain. Après… Elle verra bien, après.

18 janvier – 20 h 30

La nuit est tombée depuis longtemps lorsque Samuel grimpe dans son Peugeot Partner équipé de la cuve à lait emplie de la traite du soir pour rejoindre Dampierre-les-Monts, dans la vallée. Sa ferme trône dans un hameau de treize âmes, réparties en cinq habitations dispersées sur le versant de la montagne, non loin du col de Hautecombe, qui donne en toute originalité son nom au lieu-dit. Ses plus proches voisins sont à plus de cinq cents mètres en contrebas, et il n'a que très peu de relations avec eux. Dans cet espace reculé du massif, chacun se calfeutre chez soi, on vit là pour s'isoler, se retirer du monde des hommes. Et en hiver, c'est encore plus vrai.

Par chance, la déneigeuse a atteint les maisons en fin de journée, repoussant la poudreuse fraîche en congères bordant la départementale.

Le Partner roule à faible allure, Samuel reste prudent malgré les pneus neige, la route serpente en têtes d'aiguille sur huit kilomètres, pour un dénivelé de trois cents mètres. Samuel rejoint sans encombre le fond de la vallée, illuminé par les réverbères et les décorations de Noël qui bordent les rues de Dampierre.

Après avoir livré son lait et rempli les bordereaux à la fruitière, il traverse le bourg de plus de deux mille habitants, dont la plupart sont déjà attablés, au coin du feu, ou dans la chaleur infernale du chauffage électrique poussé au maximum. Le froid polaire pétrifie le paysage, on frise les moins trente degrés la nuit depuis plusieurs jours. Il se gare le long des ateliers de Vauthier T.P., un hangar retapé à la sortie du village, en bordure des nouveaux lotissements à flanc de montagne. Samuel contourne la BMW série 1 de son cousin fièrement parquée devant le bâtiment et jure dans sa barbe, il espérait voir son oncle seul à seul, cette fois.

Il pénètre dans les locaux de l'entreprise de BTP, tape ses talons contre le chambranle pour faire tomber la neige de ses chaussures. Il traverse le garage poussiéreux où s'entassent sacs de ciment et parpaings, gagne les bureaux, frappe à la porte de son oncle. C'est Simon qui lui ouvre, sourire blanchi impeccable. Claude, appuyé à la porte-fenêtre qui donne sur la forêt ceinturant le lotissement, en pleine conversation téléphonique animée, enfume la pièce exiguë avec une Gauloise blonde. Il salue Samuel d'un hochement de tête, lui intime de refermer derrière lui.

— Les vaches t'ont libéré ? demande Simon, s'asseyant sur le bureau.

— Ça ne prend pas toute la nuit. Et toi, tu rentres tôt, non ?

— Jour de congé. On a droit à des jours *off* aussi en Suisse. Enfin toi, tu ne sais pas ce que c'est, les jours *off*.

Samuel renifle bruyamment, s'assied sur l'unique chaise de ce côté-ci du bureau. Simon le domine de sa grande taille, penché en avant, les mains croisées sur le genou. Barbe impeccablement coupée, mèche négligemment ramenée sur le front. Sourire carnassier.

— Ouais. Comme tu dis. Y en a qui bossent.

Le sourire de son cousin s'élargit encore.

— Tant que tu t'épanouis, c'est le principal…

Ils n'ont jamais pu s'encadrer, dès leur plus jeune âge. Samuel déteste son air supérieur, détaché de tout. Simon pète plus haut que son cul et le méprise ouvertement, lui et son métier, ses vaches. Il n'en a que pour le fric, les bagnoles, les sorties en ville, les femmes, c'est un flambeur. Son salaire d'ingénieur, frontalier qui plus est, ne lui suffit même pas à absorber ses excès, il fréquente le casino de Salins-les-Bains, celui de Besançon, il aime le frisson, la vitesse, la picole, il part fréquemment en virée à Genève, à Lyon, et en voyage à l'autre bout du monde avec sa bande de potes, claque facile un mois de salaire en moins d'une semaine à Pattaya, en Thaïlande. Un vrai connard, si on demande son avis à Samuel. Ses revenus et son train de vie lui octroient manifestement le droit de se revendiquer d'une classe supérieure à la sienne.

– Faut bien faire tourner la France, comme on dit.

Simon n'a pas le temps de se plaindre de la somme d'impôts qu'il verse à l'État, Claude termine sa conversation, écrase sa clope, range son téléphone et serre la main de son neveu d'une poigne de fer.

– On a une grosse livraison, lundi soir. Inhabituelle. J'ai besoin de toi.

Claude va toujours à l'essentiel, il ne tourne jamais autour du pot. C'est ce qui lui a valu d'avoir la mainmise sur tous les chantiers importants du secteur et de la conserver depuis plus de quarante ans, et lui a également permis de siéger au conseil municipal. Son franc-parler, sa grande gueule, et un charisme de bonimenteur. Claude peut convaincre n'importe qui sur n'importe quoi. Son regard bleu azur que l'on devine derrière ses sourcils broussailleux vous hypnotise, ses manières familières et sa bonhommie vous séduisent alors qu'il n'a pas encore ouvert la bouche. Une carrure d'ours, un front gigantesque, des paluches comme des poêles à frire, mais une douceur et une finesse dans l'attitude et les rapports humains qui lui ouvrent toutes les portes sans forcer. Un type qui sait ce qu'il veut, et comment l'obtenir.

– On peut se parler en tête à tête ? demande Samuel.

La mine offusquée de Simon valait à elle seule le coup de poser la question. Claude prend sa plus belle voix de stentor, histoire de rappeler qui est le patron.

– Allons, pas de minauderie, Samuel, les affaires, c'est entre nous trois.

– Je veux arrêter. Il y a forcément une autre manière de faire.

Claude soupire, plisse les lèvres. Simon ricane en sourdine, hoche la tête en signe de désapprobation.

– On n'a pas besoin de lui, papa.

– C'est à moi d'en décider.

– Sérieux, papa, je nous trouve une planque en claquant des doigts.

– Va attendre dans le garage, Simon.

Claude n'a même pas haussé le ton. Simon se redresse en soufflant.

– Lopette, dit-il à Samuel en le dépassant.

– Dehors !

La porte se referme aussitôt. Claude s'assied dans son fauteuil, offre une Gauloise à Samuel et s'en allume une également. Ils se dévisagent.

– Je sais que ce n'est pas ton truc, Samuel. Mais il y en a pour plus de cent kilos. On aura une bonne marge dessus.

– J'ai plus envie de faire ça.

– T'as pas encore fini de me rembourser, tu le sais bien.

– Je peux te verser des mensualités. La ferme tourne bien.

– Pas assez.

Samuel soupire, vaincu d'avance.

– Écoute, on y réfléchira pour la prochaine fois, mais là j'ai besoin de toi. On cache la cargaison quelques jours dans la grange.

– Et la fois d'après ce sera la même chose.

– On se serre les coudes, Samuel, c'est comme ça qu'on a toujours fait dans la famille.

– Je sais ce que je te dois, tonton. Si t'avais pas été là…

– Évidemment que je t'ai aidé quand tu en avais besoin. Je ne me suis pas posé de question, je pouvais le faire. La famille est là pour ça.

– Et je t'en suis reconnaissant.

Claude jauge son neveu à travers le rideau de fumée.

– Je sais, fils. Écoute, on verra après ce coup-ci, ou le suivant, mais très bientôt, on sera quittes, je te promets. Là je me suis engagé, ils me font confiance ces gars-là, tu comprends ?

– On en reparle après, sûr ?

– Promis.

– OK. Simon viendra déposer le chargement dans la soirée, comme d'hab ?

– Comme d'hab. On ne change rien.

Samuel écrase sa clope dans le gros coquillage qui sert de cendrier, se lève. Claude l'imite, contourne le bureau, plaque une main sur son épaule.

– Tu es comme un fils, Sam. Tu sais ça, n'est-ce pas ?

– Je sais, tonton.

– Toi et Simon, ça n'a jamais été le grand amour. Il faut faire avec. Il a dix ans de moins que toi, il est un peu fougueux…

Samuel sourit, mal à l'aise.

– Il n'est pas taillé dans le même bois que nous, c'est tout. Il ne sait rien faire de ses dix doigts. Des types comme toi et moi, Sam, on a trimé toute notre vie. On s'est abîmé, on a travaillé dur pour y arriver. On a fait notre place à la force de nos bras. Mon petit gars, je suis fier de ce que tu as fait de cette ferme, j'ai toujours su que tu y arriverais.

– Arrête de jouer le patriarche.

– Je suis sérieux. Tu n'as pas repris la ferme par choix. Et pourtant, tu t'es remué, tu t'es battu.

Samuel trépigne, aimerait bien couper court, ne pas évoquer la mort de ses parents, dix-huit ans plus tôt, dans un virage de la route de Hautecombe.

– J'ai fait ce qu'il y avait à faire.

– Exactement.

Le téléphone vient à point nommé ponctuer la fin de la conversation. Claude donne une tape bienveillante sur l'épaule de Samuel.

– Allez, va, te prends pas la tête là-dessus, tout va bien se passer, on l'a fait des dizaines de fois. Je viendrai charger la cargaison à la fin de la semaine prochaine.

Samuel referme la porte derrière lui en bougonnant pendant que Claude s'affale sur son fauteuil, téléphone calé dans le cou et nouvelle clope au bec.

L'agriculteur traverse le garage pour rejoindre son utilitaire, ressassant encore son échec. Simon, assis sur des sacs de ciment, s'énerve sur Candy Crush, ne lève même pas les yeux à son passage. Ce qui ne l'empêche pas de lancer dans son dos :

– Je ne comprends pas pourquoi il insiste pour te garder dans le coup, mec. On n'a vraiment pas besoin de toi.

Samuel s'arrête sur le seuil du hangar, porte entrouverte, hésite une seconde de trop.

– Tu nous coûtes un petit paquet en plus, poursuit aussitôt Simon en faisant exploser une rangée de bonbons violets.

– Va te plaindre à ton père si t'es pas content du partage.

– À quoi bon ? Dès qu'il s'agit de toi, impossible de lui faire entendre raison. Il t'a vraiment à la bonne. C'est ça que j'ai du mal à comprendre.

Samuel ne peut contenir un ricanement. Simon, piqué au vif, abandonne sa partie, glisse le portable dans son manteau, s'approche de l'entrée. Les deux hommes se dévisagent en silence, le froid s'engouffre dans l'entrepôt, accompagné d'une nuée de flocons qui viennent s'empêtrer dans la barbe de Samuel.

– Vingt-cinq pour cent pour ne rien faire, c'est bien assez généreux tu ne trouves pas ?

– De quoi tu te plains, tu touches trente-cinq pour cent, réplique Samuel, agacé de se laisser entraîner dans cette discussion stérile.

– C'est moi qui prends les risques, qui transporte la came, qui passe la frontière.

– On prend tous des risques. Arrête de charrier. Tu veux juste encore plus de fric, toujours plus. Et tu n'oses pas demander à ton père de rogner sur sa marge.

– Franchement, ferme-la.

– Pour être plus clair, je n'en ai rien à foutre de tes pleurnichements. J'ai une dette envers Claude, il touche directement ma part, ça s'arrête là. Négocie avec ton père, pas avec moi. Tu te pointes pour décharger à la grange et tu te casses aussi sec. Moins je vois ta gueule, mieux je me porte.

Simon explose, rouge pivoine jusqu'aux oreilles :

– Tu ne te prends vraiment pas pour de la merde ! Il n'y a pourtant vraiment pas de quoi. Patauger toute ta vie dans la bouse, torcher les vaches, leur gaver l'estomac et leur tâter les mamelles. Putain. Faut vraiment n'avoir aucun respect de soi pour faire ça. Et pour une bouchée de pain en plus ! Tu ne vaux pas mieux que tes...

La claque qui l'envoie dinguer contre un monceau de briques lui vole la fin de sa phrase. Samuel n'a pas ménagé ses forces. Simon se relève en titubant, la main sur sa bouche sanguinolente, hébété mais enragé. La morve au nez, les veines du cou palpitantes, il bondit sur Samuel, surpris par la rapidité de la contre-attaque. Les deux hommes trébuchent sur le pas de la porte et s'écroulent dans vingt centimètres de poudreuse.

Ils s'agrippent l'un à l'autre, roulent dans la neige qui s'infiltre le long des nuques, sous les pulls et dans les manches de leurs parkas. Claude surgit de son bureau, alerté par le bruit, portable toujours collé à l'oreille. Raccroche précipitamment et se rue vers eux. Déboule sur le parking au moment où Samuel décoche un coup de coude sévère dans la mâchoire de son cousin, mettant un terme au corps-à-corps. Simon roule sur le dos, en sueur, la douleur résonne jusque dans son crâne. Samuel se relève, haletant. Face à lui, Claude éclate de colère :

– Putain, mais ça va pas, les gars ? Vous cherchez quoi ? Vous vous comportez comme des gosses !

Simon crache un filet de bave sanglante sur le verglas, prend une poignée de neige avec laquelle il frotte sa mandibule enflée.

– Je t'attends lundi soir, comme convenu, dit Samuel. Je n'ai rien à ajouter.

Il se détourne pour rejoindre le Partner sur le côté du bâtiment, laissant Simon cul sur le verglas et Claude pantois devant l'enseigne illuminée *Vauthier T.P.*

– vos travaux publics, terrassement, assainissement et démolition.

C'est la pire journée de l'année pour Virginie Favrot. Elle est au bout de sa vie. Ça a commencé dès le matin quand il a fallu se lever à 6 heures, nourrir le gosse, puis descendre dans la vallée malgré la neige qui tombe, traverser Dampierre-les-Monts et se taper encore quinze bornes avant d'atteindre le Brico 2000 à Épenans à 7 h 30. Et le patron est de mauvais poil, ronchonne, comme tous les jours en fait.

Non, à bien y réfléchir ça a commencé juste après la naissance de Gabriel, comme si une parcelle de bonheur impliquait un tribut. Le licenciement « pour raisons économiques » de Grégoire de la boîte qui livre du mazout alors que les travaux de la maison étaient loin d'être terminés. Et les voilà à vivre sur son unique salaire du Brico, et les allocations de Greg. Là, ça a vraiment commencé à être la merde. Le niveau de vie, déjà pas grandiose, a vrillé du jour au lendemain. Le salaire qui passe dans l'essence pour aller au boulot, pour faire les courses, pour le mioche, les visites chez le médecin, Greg qui doit se taper trente ou quarante bornes pour chercher du taf, à Pontarlier, chez Nestlé, ou chez Schrader, pas la porte à côté. Sans compter les rendez-vous réguliers et stériles chez Pôle emploi ou dans les agences d'intérim du secteur, dont aucune ne se trouve dans un rayon de moins de vingt kilomètres. Quelques contrats courts sur des chantiers, rien de durable. De la survie.

C'est loin de tout, Hautecombe. Ça paraissait sympa au départ, ce projet de rénovation, et bon marché. Mais maintenant que l'argent sort aussitôt qu'il rentre, ce n'est plus la même histoire. Chaque déplacement leur perce les poches. Et Greg qui reste à la maison toute la journée, à contempler le désastre. À tourner en rond, depuis plus de sept mois, avec Gabriel dans les pattes, qui commence à peine à se tenir debout.

Non franchement, on a connu mieux.

Et voilà qu'en sortant du travail, plus tard que d'habitude, la Citroën C3 s'y met aussi. Virginie, épuisée, met le contact. En vain. Ça hoquète, puis rien. En rade. Sur le parking de Brico. La guigne. Elle tente plusieurs fois de relancer le moteur. Un collègue s'approche, avenant, serviable, ils ouvrent le capot, mais n'y connaissent rien en mécanique. Un coup de chiffon sur les connecteurs de la batterie, on réessaie de démarrer, toujours sans succès. Le collègue doit partir, demande s'il peut faire quelque chose de plus, Virginie, polie, l'assure que tout va bien, il a déjà bien aidé, elle donne le change. S'effondre en larmes dès qu'il disparaît au coin du bâtiment. Il est bientôt 20 heures, Greg est à Besançon chez sa sœur, avec Gabriel, il ne rentrera que dans la nuit ou le lendemain matin, et vu la météo, ça lui prendrait des heures de venir la récupérer.

Elle se voit déjà devoir racheter une nouvelle caisse. Comment la payer ? Impossible. Et comment s'en sortir, avec une seule voiture ? Faudrait que Greg la dépose tous les jours au taf, et vienne la chercher le soir… Sinon, pour lui, ça veut dire être cloué à la maison. Pire que tout, un lion en cage.

Virginie reste prostrée de longues minutes sur le siège avant de la C3, mains crispées sur le volant, ses pensées se cristallisent sur sa vie qui lui file entre les doigts.

Sera-t-elle encore là, dans vingt ans, à trimer dans la réserve de Brico 2000, à empiler des tournevis et des ponceuses en rayon ? Vivre à l'écart de tout, en pleine montagne, avec pour seul voisin un couple de vieux et un agriculteur asocial ? Habiter parmi les bouseux, sourire aux clients pressés, se cogner le même patron maniaque pendant vingt ans, élever le gosse, tout ça pour une retraite de misère et des dettes à ne plus savoir qu'en faire ? L'angoisse la pétrifie, cette putain de voiture l'a achevée. C'est le bout de la route.

Elle tente de se raisonner alors que les larmes coulent comme des torrents sur ses joues et que des haut-le-cœur secouent sa poitrine. Que faire ? Comment rentrer ? Et demain ? Appeler, il faut appeler. Appeler qui ?

C'est vite fait. Elle n'a pas d'ami proche, pas de copine serviable. Elle n'a que Greg. Ils se sont construit leur cocon, à l'écart du monde. Son père est mort, sa mère est partie s'installer à Biarritz il y a bien longtemps, elle ne connaît personne, Greg a bien sa sœur, à Besançon, et son père, à Dole, avec qui il n'entretient aucun contact, le vieux n'a même jamais rencontré Gabriel.

Elle n'a que son frère.

Son unique famille.

Il déteste Grégoire, sentiment largement partagé par ailleurs, et de fait leur relation frère-sœur en a pâti. Le lien fusionnel qui les soudait jusqu'à la fin de son adolescence s'est distendu, chaque entrevue est désormais prétexte à divers reproches et critiques. Mais leur attachement est trop profond pour être entièrement rompu. Il ne l'abandonnera jamais. Pas son grand frère. Il ne la laissera pas en plan, là, comme ça, sur un parking, sous la neige, par moins dix degrés.

Elle cherche le numéro dans son répertoire. Elle attend plusieurs sonneries, impatiente, enfin il décroche. Elle lui explique la situation par le menu, il s'agace en bougonnant mais accepte de venir la récupérer. D'ici une à deux heures. Pas le choix, à prendre ou à laisser.

Virginie va donc attendre. Elle se cale dans le fond du siège, emmitouflée dans son blouson. Pas de chauffage. Pas de bar à proximité pour patienter. Elle met un peu de musique sur son téléphone et s'apprête à passer les deux plus longues heures de son existence.

Elle est loin de se douter que cette simple panne va changer sa vie.

Chapitre 2

Samuel termine tranquillement sa traite du soir, les vaches s'installent pour la nuit. Il nettoie la salle de traite, vérifie la cuve de lait, effectue son aller-retour à la coopérative de Dampierre en une heure tapante et rentre enfin chez lui, fourbu. Il n'y a plus qu'à attendre que Simon se pointe pour décharger la livraison dans la grange, dans un espace aménagé tout au fond, sous des ballots de paille sèche.

Il fait réchauffer son bœuf sauté de la veille, qu'il engloutit ensuite au coin du fourneau, accompagné de pâtes et d'un godet de vin rouge, devant une émission de reportages qui ne le passionne guère, il est question d'impôts et de pouvoir d'achat. On en revient toujours à la même chose, songe-t-il. Il a eu droit à un contrôle de la PAC, cette politique agricole commune européenne, l'été précédent. Un responsable a débarqué de Besançon pour mesurer ses terrains, soi-disant que le contrôle par satellite de l'ASP[1] laissait apparaître que l'une de ses parcelles n'avait pas la taille de ce qu'il avait déclaré

---

1. Agence de service de paiement, chargée notamment des contrôles des aides délivrées par l'Union européenne.

en ligne. Effaré, la peur au ventre, Samuel a suivi le contrôleur, s'est plié à l'inspection. Le litige portait sur un champ éloigné de l'exploitation, en bordure de domaine. Il risquait une amende, voire la suppression de tout ou partie des aides européennes. Il s'est avéré qu'un autre agriculteur, possédant les champs limitrophes, avait mal clôturé, grignotant un mètre de pré sur sa propriété. Erreur ou malveillance ? Le différend s'est réglé à l'amiable, entre paysans. Le contrôleur s'est montré conciliant et compréhensif, mais il aurait pu sévir, et lui porter un coup rude. Une vraie menace, sourde, ces aides qui peuvent disparaître subitement. Quand on pense que les versements de l'année précédente n'ont toujours pas été effectués, et qu'ils auraient pu lui sucrer ceux de cette année, c'est une sacrée blague. Ça, quand c'est les éleveurs qui sont en cause, l'administration va vite. Mais quand c'est l'État qui est en retard de paiement, qui va le contrôler, et le pénaliser ? Ces commissions et ces agences, elles ont leur propre calendrier, à qui elles rendent des comptes ? Pas aux agriculteurs, c'est certain.

Samuel se sent soudain moins coupable du trafic auquel il participe. Il n'aime pas ça, clairement, mais comment voulez-vous qu'on s'en sorte sans un petit coup de pouce extérieur ? On est bien obligé de prendre l'argent là où il est, pour payer le vétérinaire, les soins, le matériel, l'essence, deux trajets à Dampierre par jour ça pompe, et puis les dettes qui lui sont tombées dessus après le départ de son associé qui a tout plaqué du jour au lendemain, il faut rembourser les organismes qui ont prêté pour monter le GAEC[1], et racheter les parts de

1. GAEC : groupement agricole d'exploitation en commun. Société civile de personnes permettant à des agriculteurs associés la réalisation d'un travail en commun et la vente de la production

Bertrand. Payer, toujours payer. Les réparations également, les travaux. Reconstruire la grange. Il a dû vendre des terrains, réduire le troupeau. Un cercle vicieux. Que Claude a rompu en lui prêtant une grosse somme, pour qu'il puisse redresser la barre et sortir de l'ornière. Il ferme les yeux, mâchant consciencieusement. Le souvenir reste toujours vivace, cinq ans après. Il chasse aussitôt cette pensée. Se concentrer sur le présent. Rebâtir, devenir enfin indépendant. Payer sa dette. Et enfin vivre.

Samuel avale la dernière bouchée de pain enduite de sauce et pose son assiette vide sur le plancher, aussitôt prise d'assaut par les quatre chiens de la maison, qu'il a laissés sortir du chenil pour lui tenir compagnie. Deux golden retriever, Rocky et Rambo, un labrador, Felino, et un dogue allemand, Hauser. De purs chasseurs, viandards. Il s'enfonce dans le fauteuil moelleux, seul survivant du mobilier de ses parents. Il a fait table rase en reprenant la ferme, trop de souvenirs liés aux armoires normandes, aux sièges en rotin. Un soir de juin, en 2001, il a tout sorti dans la cour, a distribué les coups de hache et de tronçonneuse, aspergé de mazout le tas de bois et gratté une allumette. Puis admiré le brasier qui s'élevait dans les cieux teintés de pourpre, le soleil irisant à travers l'épaisse fumée. Un nouveau départ. Dans les huit mois qui ont suivi, avec l'aide de son oncle, il a refait tout l'intérieur, changé la disposition des pièces, cassé des cloisons. Cuisine ouverte sur un grand salon, îlot central. Deux chambres à l'étage et une salle d'eau toute neuve, des w.c. à chaque palier. On ne soupçonne pas de l'extérieur cet agencement moderne et fonctionnel. Mais ce fauteuil à demi éventré, avec la mousse

commune dans des conditions comparables à celles existant dans les exploitations de caractère familial.

qui ressort des accoudoirs, il n'a pas pu s'en séparer. Il renferme l'odeur de son père. Ça, et les vieilles photos jaunies de sa mère à l'âge de trois ans, en noir et blanc légèrement passées, qu'il a mises sous cadre, une de chaque côté de l'ancienne cheminée. Juste derrière le fauteuil, juste derrière lui. Lorsqu'il a besoin de se sentir protégé, c'est là qu'il vient se réfugier. Ses parents veillent encore sur lui.

Samuel se redresse en sursaut contre le dossier. Il frotte ses yeux gonflés, tente de reprendre pied. Il s'est laissé happer par le confort et la chaleur, a sombré dans le sommeil sans s'en rendre compte. Passe sa main dans ses cheveux, lève les yeux vers l'horloge en fer forgé qui surplombe le canapé d'angle. 23 h 35.

Son rythme cardiaque s'accélère d'un seul coup, l'adrénaline le tire de la torpeur. Il a dormi deux heures facile. Où est Simon ? Il aurait dû arriver vers 22 heures. Le timing n'est pas à la seconde près, surtout par ce temps, mais quand même, ça fait plus d'une heure et demie de retard. Samuel enfile son anorak, se précipite dans la nuit. Il remonte l'allée jusqu'à la route, les flocons fouettent ses joues, il doit cligner des yeux pour progresser. Il se plante au bord de la départementale, sous l'unique lampadaire qui diffuse un halo orange sur les ornières. Tout est si calme, endormi. Les sapins engloutis figurent des géants muets qui enserrent la combe, menaçants. Pas de voiture à l'horizon, et aucune empreinte de pneu sur la neige fraîche. Samuel s'éternise de longues minutes à tendre l'oreille, tente de percer le mutisme de la forêt. Tout ce qu'il entend, c'est la pulsation de son sang dans ses veines, son cœur qui tambourine dans son thorax.

Où est passé cet abruti ? Les pensées se cognent contre ses tempes, s'emmêlent comme des pelotes de laine, il ne parvient pas à raisonner, la cervelle paralysée par le vent glacé et l'inquiétude. La gorge nouée, il regagne son salon, ne se souciant pas de la neige sur ses bottes qui forme bientôt une flaque autour de lui, sa longue carcasse immobile au centre de la pièce, tremblante, engourdie.

Ça n'est jamais arrivé. Simon est un crétin, mais il est précis, ponctuel. Il a dû se passer quelque chose. Samuel trépigne. Pourquoi ce soir, pourquoi maintenant ? se demande-t-il en tapotant ses ongles contre le plateau de la table en verre poli. Quelles sont les possibilités ? Il conduit comme un dingue, en pleine montagne, sous la neige et de nuit, il se plante dans un arbre, meurt sur le coup. Ou blessé, agonisant. Ne peut pas bouger, ne peut pas appeler, va mourir en hurlant, hémorragie interne, ou de froid, si on ne le retrouve pas très vite. Mais où ? Ou alors il est déjà dans l'ambulance, ou à l'hôpital. En France, en Suisse ? Où appeler, que demander ? Pire : les pompiers ont découvert la drogue et les flics sont déjà sur place. Qui ne vont pas tarder à débouler à la ferme. A-t-il parlé, tout balancé pour s'en sortir ? Samuel n'arrive plus à respirer correctement, s'oblige à s'asseoir, en bout de table. Peut-être même qu'il s'est fait cueillir par les stups, ou la douane ? Qu'il est au poste en train de tout déballer. C'en est fini, plus de ferme, plus de famille, plus rien. Chacun pour soi. Samuel pensait avoir déjà touché le fond, mais il va falloir apprendre à creuser encore plus profond. Perdre sa liberté, son honneur. Il joint ses mains grelottantes, penche la tête en avant, presse son front sur ses poings. Ou alors il a juste été retenu à Yverdon, à son taf, et n'a pas pu décoller à l'heure prévue. Ou la livraison de la came à Lausanne ne s'est pas bien passée, ou a pris du retard, ou la route habituelle est coupée par la tempête, ou un poids lourd s'est renversé. Ou… putain. Stop. Il va péter les plombs si ça continue. Pourquoi s'est-il assoupi ? Qu'est-ce que ça aurait changé qu'il soit éveillé ?

Ils ne sont pas censés s'appeler ni communiquer les soirs de livraison, mais là Samuel n'en peut plus. Il ne voit pas quoi faire d'autre. Il ne peut pas se lancer à la recherche de son cousin comme ça : et s'il arrivait de l'autre côté, par la vallée, et pas par le col ? Et puis, par où commencer, jusqu'où aller ? Non, il prend son portable et appelle sans plus tarder, ses joues reprennent des couleurs. Il pique une suée. Répondeur direct. Simon peut se trouver en pleine montagne, sans réseau. Il réessaye trois fois de suite. Attend quatre minutes. Retente. Répondeur. Cinq minutes de plus. Idem. Avale un grand verre d'eau. Arpente sa pièce de vie, en diagonale, longe les murs, s'adosse à la rambarde de l'escalier. Dernière tentative : répondeur. Il se replie sur lui-même, muscles tendus, termine assis au pied des marches.

Il compose le numéro de son oncle, doit s'y reprendre à plusieurs fois avec ses doigts qui tressautent. Claude va le tuer, mais il n'a pas le choix, il ne sait pas quoi faire d'autre. Ça ne sent vraiment pas bon.

22 janvier – 0 h 30

Samuel est bloqué sur le débit du café coulant du filtre dans la cafetière lorsque la lumière vive des phares balaie ses fenêtres. Claude gare son tout-terrain T-Cross d'un coup brusque de frein à main sur le pas de la maison et ne laisse même pas le temps à son neveu de

40

se lever, déboule en claquant la porte dans son dos. Il affiche une mine défaite, jamais Samuel n'a vu son oncle dans cet état d'agitation. Le stress, palpable, envahit de nouveau la pièce, va de l'un à l'autre.

– J'ai essayé de l'appeler aussi, bredouille Claude. Je ne sais pas ce qui se passe, mais ce n'est pas bon. Pas bon du tout.

Samuel leur sert deux mugs remplis à ras de café noir, se brûle les lèvres et la langue sur les premières gorgées. Claude ne paraît même pas voir la tasse qu'il serre entre ses énormes doigts crispés aux jointures blanchâtres. Le désarroi flotte dans la ferme. Claude soupire, Samuel n'ose pas croiser son regard, tâche de maîtriser sa nervosité. Claude claque sa main sur la table, ne tenant plus en place, parle d'une voix désincarnée, comme pour lui-même :

– Les flics ? Il s'est fait serrer ?

– Tu serais déjà au courant, non ? risque Samuel.

– J'en sais rien, moi ! J'ai appelé les hôpitaux, et rien du tout. Nulle part. Et comment savoir à quelle heure il est parti de sa boîte, maintenant ?

Claude regarde sa montre, minuit trente-cinq. Rappelle son fils, sans plus de succès.

– Je vais te dire, de toute façon maintenant on est grillés si les flics sont sur nous. On s'est appelés, on l'a appelé des dizaines de fois, s'il fallait des preuves il suffit d'éplucher son relevé téléphonique. Tout ce que je veux, c'est retrouver mon fils vivant.

Samuel laisse passer un blanc. Il a envisagé toutes les hypothèses possibles. Aucune ne lui plaît.

– C'était un chargement plus important que d'habitude, c'est bien ce que tu m'as dit ?

– Et alors ?

Claude verrouille son regard sur celui de son neveu.

– Qui était au courant ?

Claude se penche brutalement sur lui et l'agrippe par la manche, renversant la moitié de son café au passage. Son souffle brûlant à quelques centimètres de l'oreille de Samuel.

– Tu sous-entends qu'il aurait pu se barrer avec la came ? Qu'il aurait pu me faire ça ?

– Je ne…

– Tu ne peux pas le blairer c'est une chose, Samuel, mais ne t'avise pas de lancer des idées pareilles si t'as pas de preuve. Pas devant moi.

– Arrête ! Je ne pensais pas forcément à lui. Je ne sais pas, moi, d'autres oreilles, des concurrents. Il y en a certainement pour un paquet de pognon dans cette voiture.

– Un piège ?

– Ouais, il aurait pu se faire braquer. T'aurais fait quoi à sa place si tu t'étais fait braquer une cargaison de drogue comme ça ? Y en avait pour combien ?

– Cent cinq kilos… Plusieurs centaines de milliers d'euros. Entre trois et six millions…

Samuel en reste bouche bée. La tasse lui cuit lentement les paumes, il ne réagit plus.

– Six… Putain.

– S'il s'est fait braquer, on est vraiment dans la plus grosse merde qu'on puisse imaginer, je te le dis, fils.

– Imagine, il s'est fait braquer : il ne va pas oser revenir sans la marchandise.

– Si c'est ça, on est morts. Ou alors il faut qu'on disparaisse immédiatement, qu'on se casse. Les Kosos vont nous faire la peau.

– Les Kosos ?

– Les frères Zajini, putain, les Kosovars. Pour qui on bosse. Tu crois qu'il va se passer quoi avec eux si on ne livre pas ?

– On ne sait pas encore ce qui est arrivé.

– On va aller à sa recherche. Tout de suite. Il est peut-être en train de crever dans un fossé.

– Attends, comment tu veux faire ? Il y a plus de vingt bornes de route de montagne jusqu'en Suisse. On ne va pas inspecter chaque virage…

Claude se lève, exaspéré.

– Bien sûr qu'on va le faire. C'est mon fils, Samuel, on ne le laisse pas là-bas. On y passera la nuit, la journée s'il le faut.

– On ne le trouvera jamais tout seuls.

– Tu veux appeler les flics ? Les pompiers ? T'es con ou quoi ? Grimpe dans la voiture tout de suite ! On refait tout le trajet en sens inverse. Sans discussion.

Cinq minutes plus tard, le 4×4 remonte le chemin, bifurque à gauche sur la départementale verglacée et s'enfonce dans la forêt en direction du col de Hautecombe et de la plaine suisse.

22 janvier – 1 h 15

La lueur des phares bondit d'arbre en arbre, ricoche sur l'enveloppe blanche qui recouvre pierres, clôtures et souches en bord de route, se reflète sur les visages des deux passagers par intermittence, scintillement stroboscopique qui les force à plisser des yeux alors qu'ils fouillent les ténèbres, progressent au ralenti sur la voie tortueuse. Toujours aucun signe, la chaussée recouverte d'une fine couche de neige figée reste désespérément vierge. La tempête s'est calmée, tout s'est dégagé d'un seul coup devant eux. Ils n'ont même pas fait huit kilomètres en trente minutes, s'arrêtant, scrutant le bas-côté avec la puissante lampe torche Maglite de Claude. Sans résultat. Mais comment être sûr, en pleine nuit ? Ils pourraient très bien être déjà passés à côté si la voiture est dans le ravin, cachée par des arbres ou sous un à-pic. Voire ensevelie sous un tas de neige. Silence de plomb dans l'habitacle chaque fois qu'ils remontent en voiture. Pas un mot. La tension permanente, intenable. Samuel remarque le sang qui cogne aux tempes de son oncle, son visage cramoisi, chauffé par l'angoisse.

Ils atteignent le col sans croiser aucune voiture. Seuls, au cœur de la forêt amorphe, noyés dans l'océan de branchages congelés, à perte de vue. Claude stoppe le véhicule devant une ancienne ferme comtoise abandonnée, en bordure de route. Des pistes de ski de fond longent la bâtisse et piquent vers la vallée, passant par la combe, juste sous l'exploitation de Samuel. Une sacrée trotte. Ici, la route se sépare en deux, à gauche la Suisse, à droite ça descend sur la vallée d'Épenans, une voie étroite qui affleure de la montagne sur vingt kilomètres. Ils s'engagent sur la pente suisse. De longues minutes, puis une heure, et ils débouchent dans la vallée de Joux. Les villages qui entourent le lac offrent quelques taches de lumière dans le lointain. Claude se range au premier embranchement qu'ils rencontrent, sur un passage canadien pour les vaches, soupire, découragé.

– On ne peut pas fouiller toute la vallée. On ne va pas faire tout le trajet jusqu'à Lausanne, ça ne rime à rien.

– On ne sait même pas s'il y est allé.

– Je peux te dire que si, sinon un des frères Zajini m'aurait appelé aussitôt. C'est forcément entre Lausanne et chez toi. Ou alors il y a eu un problème avec les

Kosovars à la livraison. Et là ça voudrait dire qu'il n'y a plus rien à...

Claude s'étrangle dans sa phrase. Samuel grimace, place sa main sur l'avant-bras de son oncle.

– On va rentrer chez moi, revoir tout le parcours.

– On ne voit rien, le trajet est beaucoup trop long.

– Tu ne crois pas qu'il faudrait appeler tes Kosovars, là, pour être sûr ?

Claude tourne vers lui des yeux exorbités, remplis d'effroi.

– Les appeler, ça veut dire avouer qu'on a merdé, Samuel. On ne peut pas merder avec ces gens-là.

L'agriculteur se mord la lèvre inférieure, déchire une petite veine.

– Et si... Si on ne retrouve pas Simon ? Et la came ?

– On n'a pas le choix. Sinon autant se tirer tout de suite une balle en pleine tête, c'est ce qui peut nous arriver de mieux.

Samuel serre la mâchoire, le goût métallique du sang sur la langue.

– Putain, Claude, mais qu'est-ce qui t'a pris de nous mettre là-dedans ? Pourquoi avec des types comme ça ?

Claude accuse le coup, un violent élancement lui perce l'estomac, il se retourne aussitôt vers son neveu et l'agrippe par le col de son anorak, le repousse en arrière. Le crâne de Samuel cogne la vitre, il tente de se dégager de la poigne de fer. Claude lui hurle dessus, postillonnant dans sa figure.

– Ferme ta gueule maintenant, Sam. J'en peux plus de t'entendre pleurnicher. C'est de mon fils qu'il s'agit, et il est peut-être mort, ou blessé, alors tes états d'âme j'en ai franchement rien à foutre.

Il relâche les pans du manteau, Samuel retombe contre son dossier, confus. Sans un mot, les larmes aux yeux, Claude fait demi-tour et lance le 4×4 à l'assaut de la montagne en sens inverse, avale les kilomètres dans un mutisme sépulcral.

– Stop !

Claude pile dans un virage, en déport au-dessus d'une falaise abrupte. Samuel se penche en avant, sourcils froncés. Ils viennent de dépasser l'embranchement et la ferme abandonnée, à peine huit cents mètres en amont. Samuel bondit hors de la voiture, aussitôt imité par son oncle.

– Qu'est-ce qu'il y a ? Tu as vu quelque chose ?

– J'ai cru…

Face à eux la route remonte sur une bosse pour ensuite replonger en sinuant dans les sapins. De là où ils sont, ils peuvent distinguer le bas du précipice, qui se prolonge en forêt pentue, plusieurs mètres en contrebas. La lumière des phares se perd ensuite dans les bois. Quand ils sont passés par là à l'aller, dans l'autre sens, ils ne pouvaient pas voir la falaise. Pas le bon angle.

– Je ne sais pas, quand tu as pris le virage, ça a scintillé là-bas, de l'autre côté de la butte. En bas.

– Attends…

Claude court récupérer la Maglite, se penche par-dessus le parapet, sonde l'obscurité. Les rythmes cardiaques s'accélèrent, les poumons libèrent leur vapeur à une cadence effrénée. Et soudain, s'arrêtent, souffle court.

Un reflet dans le noir.

Claude agite la torche, des petits coups brusques droite-gauche. Une masse, à plusieurs dizaines de mètres devant eux, juste sous la corniche, là où commence la forêt. Une masse qui renvoie la lumière, un éclat qui miroite.

– Putain…

Ils reculent lentement jusqu'à la voiture, tétanisés par la peur. Les deux portières claquent, le T-Cross s'engage dans la montée en roulant au pas. Respirations coupées, et pourtant les vitres s'embuent de condensation. Leurs propres traces sont visibles sur la voie de gauche, mais ce sont les seules. Il ne neigeait déjà plus lorsqu'ils sont passés.

Dans la descente, le bas-côté n'est pas sécurisé, la chaussée est large et peu pentue, pas franchement dangereuse. Juste… Juste un virage avec peu de visibilité, beaucoup d'arbres en bordure à gauche. Et l'escarpement à droite, bien dix mètres de hauteur. Ils s'arrêtent au milieu de la route. S'approchent de l'accotement, s'inclinent au-dessus du vide. Claude tend la lampe à bout de bras, oriente le faisceau vers le talus en contrebas. Des buissons entre les troncs. Ils s'aperçoivent immédiatement que quelque chose cloche : ils ne sont plus chargés de neige et des branches sont cassées net, comme s'ils avaient été secoués, heurtés. Le faisceau de la lampe révèle la terre labourée alentour, les roches sens dessus dessous. Le sol est ravagé sur une bande qui court du bas du ravin jusqu'à un imposant tronc de sapin noueux, à une dizaine de mètres de là.

La stupeur les foudroie sur place. Une roue. Le chrome d'un enjoliveur. Le reflet qu'ils ont distingué. Et sous cette roue, un amas de métal, une voiture pliée, déchirée, à l'envers. Claude bafouille quelques syllabes incompréhensibles, Samuel s'empare de la lampe au moment où elle lui échappe des mains et qu'il tombe à genoux. Il tire son oncle en arrière, loin du vide, l'aide à se relever. La douleur l'a terrassé, il est perdu, le regard hagard. Désorienté. Samuel le maintient par les épaules, le secoue, n'obtient aucune réaction. Soudain, Claude se rue vers le bas de la route.

– Il faut y aller ! Il faut aller le chercher !

Samuel se lance à sa poursuite, dérape sur l'asphalte gelé, s'écrase sur le dos. Claude, sans lui prêter attention, avance de plusieurs mètres, atteint le point où la route est la plus basse et rejoint le pied de la falaise, s'engage dans la pente, longe l'escarpement par en dessous. Samuel tousse, se relève péniblement et s'engouffre derrière lui, levant la Maglite pour permettre à Claude de voir où il met les pieds. Le terrain accidenté et abrupt ralentit leur progression, les branches des buissons griffent leurs joues.

– Attends-moi ! Je t'en prie, Claude, attends-moi, tu vas te tuer !

Claude, insensible aux appels de Samuel, dévale le versant de la montagne, de la neige jusqu'aux cuisses, manquant de trébucher à chaque enjambée, de partir en roulade. Samuel jure, se démène pour ne pas se laisser distancer, butte contre les pierres, se rattrape sur un tronc, douleur dans le poignet, craquements dans le dos, il serre les dents. Ne voit plus rien, ne sait plus où est passé Claude. Puis, derrière un arbre déraciné, la silhouette imposante, immobile. Les bras ballants, Claude contemple la carcasse éventrée de la BMW. Samuel s'approche derrière lui. Il éclaire la carrosserie et le châssis, pliés, cabossés, écartelés. Samuel comprend aussitôt qu'il ne reste aucun espoir, qu'il doit empêcher Claude d'aller plus loin. Lui saisit le bras pour le tirer en arrière.

– Viens avec moi, il faut remonter, il faut avertir les secours.

Claude se défait de son emprise d'un geste brutal, fait basculer Samuel qui tombe assis dans la neige, regardant impuissant son oncle approcher de l'épave, prendre appui sur la portière, le visage blanc figé dans les rayons de la lampe torche, glisser son regard dans l'habitacle, et pousser un hurlement rauque et brisé, une souffrance comme jamais Samuel n'en a entendu. Il connaît plus que quiconque la griffure sanglante qui vient de déchiqueter le cœur de Claude, ses parents ont péri dans un accident de voiture. Claude a déjà perdu un frère dans ces montagnes, et maintenant un fils.

Horrifié, Samuel s'approche au plus près, pour l'éloigner de là, il faut absolument remonter sur la route. Il entrevoit le tableau de bord, le sang, partout, sur les vitres et les sièges transpercés. Le corps de Simon retenu par la ceinture, tête en bas, crâne broyé, méconnaissable. Les bras contorsionnés dans des angles impossibles, les os perçant la peau par endroits. Un magma de chair qui n'a plus forme humaine. Le bloc-moteur a traversé l'habitacle, écrabouillant la cage thoracique du conducteur, brisant les jambes. Samuel se retient de vomir, doit rester fort, malgré sa tête qui tourne, son estomac qui se révulse et ses membres qui tremblent.

– Claude…

Son oncle reste assis dos à la voiture, la tête oscillant de gauche à droite, les yeux clos.

– Faut remonter.

Il a beau discuter, tenter de le remuer, ses efforts restent vains. Claude a perdu toute conscience du monde qui l'entoure, ne réagit plus, brisé, déconnecté.

Samuel rassemble ses esprits, il faut réagir, se mettre en branle. Il ne pourra pas faire bouger Claude seul, il faut demander de l'aide.

La drogue !

La pensée le terrasse. La drogue, dans la voiture. Une cache dans le coffre, et sous le siège arrière. Il a failli l'oublier ! Il faut la faire disparaître, la planquer, avant d'appeler. *Le con !*

Il contourne la voiture, braque sa torche sur le coffre béant, la tôle froissée. La porte a volé, la cache n'existe même plus, l'essieu a traversé les parois, la banquette s'est repliée sur elle-même.

Aucune trace de la drogue.

Une sueur froide dégouline le long de sa colonne vertébrale. Impossible. Il devrait y en avoir partout, des pains de cocaïne emballés dans du plastique. Il a beau fouiller, il n'en trouve même pas un seul. Il fait demi-tour, éclaire tout autour de lui, la pente, jusqu'au bas de la falaise, des fois que les paquets aient volé pendant la chute. Non. Rien. Il explore les fourrés, secoue les arbustes. La terreur le gagne, il ne peut plus s'arrêter de chercher.

Tombe à genoux, l'estomac noué. La drogue a vraiment disparu. Il n'y a pas cinquante possibilités. Simon n'était pas seul. Quelqu'un d'autre était là. Qui a volé la cargaison. Ça ne peut plus être un accident, c'est un meurtre.

En bafouillant, Samuel s'évertue à expliquer la situation à Claude, la drogue envolée, un piège, un assassinat. Il n'y a plus rien à faire. Il faut partir, immédiatement. Appeler les pompiers. Toujours pas de réaction, il ne l'entend même pas. Il va geler sur place, devant son fils mort.

Samuel entame l'ascension seul, l'abandonnant à son désespoir, et rejoint la route en dix minutes, remonte s'abriter dans le tout-terrain. Pousse le chauffage, enclenche les feux de détresse. Tremblotant, il s'empare de son portable, compose le 18. Une seule barre de réseau, ça devrait suffire.

Il décrit l'accident, le lieu, reste en ligne un long moment avec l'opérateur de régulation.

Le premier gyrophare teinte la forêt de rouge et de bleu au bout de trente minutes. Samuel se tient debout au milieu de la route, agitant ses bras vers le ciel jusqu'à ce que le VSAV[1] des pompiers s'arrête juste devant lui.

22 janvier – 7 heures

La journée du lendemain déferle sur Samuel comme un camion de quarante tonnes lancé à vive allure. Après une nuit blanche passée essentiellement à accompagner son oncle à l'hôpital, en état de choc, à rester à ses côtés, à répondre aux questions des gendarmes, il a bien fallu repartir à la ferme. Les bêtes ne souffrent aucun retard. Il a récupéré la voiture de Claude, et depuis 7 heures il est en salle de traite, une barre douloureuse en travers du front, tous ses membres ankylosés, meurtris. Il effectue les tâches quotidiennes en pilotage automatique. Son cerveau par contre est en effervescence, proche de la fusion. À tel point qu'il a mal fixé le tuyau qui raccorde la trayeuse à la cuve sur remorque qu'il utilise pour livrer le lait à la fruitière de Dampierre. Il ne s'en rend compte qu'après avoir terminé la traite d'une vingtaine de vaches, désespéré. La moitié de la collecte a filé dans la neige fondue.

Le fromager lève un sourcil circonspect lorsqu'il accueille Samuel, il se rend bien compte que la quantité est moindre qu'à l'accoutumée, mais n'ose faire de remarque devant la mine harassée de l'agriculteur. La

1. Véhicule de secours et d'assistance aux victimes.

51

nouvelle de la mort de Simon n'a pas encore fait le tour du village. Mais ça n'attendra pas la fin de la journée.

Samuel gare ensuite son utilitaire et sa remorque sur le parking de la gendarmerie, en face de l'école communale. Une bâtisse moderne, en rotonde, construite autour d'un patio végétal entièrement vitré.

Il est reçu par le lieutenant Maréchal, qu'il connaît bien, un ami de ses parents, qui termine sa carrière à la tête de cette brigade autonome de dix-neuf gendarmes. Franck Maréchal laisse Samuel prendre place face à son bureau donnant directement sur la verrière. Un brigadier s'installe derrière un second bureau, près du mur, à l'ordinateur, prêt à taper.

– Je suis désolé pour ton cousin, Samuel. Je suis passé voir ton oncle ce matin à l'aube, il est toujours sous le choc. J'ai besoin que tu me fasses une déclaration.

– Bien sûr… Bien sûr, Franck.

– Je sais que c'est difficile, vu les circonstances.

Ils échangent un regard entendu, dont le sens échappe à l'adjoint. Franck, à l'époque, déjà, était venu annoncer à Samuel l'accident de ses parents. Leur mort brutale. Samuel avait vingt-sept ans, Franck quarante-deux, et venait d'être promu chef de brigade.

– Claude est toujours à l'hôpital ?

– Il va rentrer en fin de matinée. C'est sa belle-sœur qui va le récupérer, sa femme est effondrée, comme tu peux imaginer.

– Bon sang, Cathy…

Il n'a même pas pensé à appeler sa tante, à passer la voir. Il navigue à vue. Franck lit le trouble sur son visage, décide de le remettre sur les rails.

– J'ai besoin que tu me racontes, pour hier soir, pour ta déposition.

Samuel se gonfle d'une longue respiration puis détaille la soirée, son cousin qui devait venir boire un coup à la maison mais qui n'arrive pas, qui ne répond pas au téléphone. Il appelle Claude, qui n'a pas non plus vu son fils. Claude va vérifier chez Simon, contacte les hôpitaux du secteur, en France et en Suisse, puis rapplique à la ferme. Il raconte enfin leur périple dans la montagne, refaisant le trajet dans un sens, puis dans l'autre, et quelques kilomètres après le col de Hautecombe, le reflet sous la falaise, la voiture écrasée en bas de la pente, avec Simon au volant, mort. Pulvérisé. Réduit en morceaux.

Samuel frappe nerveusement de son talon sur le sol carrelé, faisant trembler sa chaise. Les images insoutenables dansent devant ses pupilles.

– Prends ton temps.

– Ça va, autant que ça sorte maintenant.

Il décrit tout, Claude qui s'écroule, l'arrivée des pompiers, puis celle de Franck et de ses hommes dans la foulée.

Il reste une bonne demi-heure dans le bureau, plongé dans le souvenir abominable, à créer une version tangible des faits, qui n'implique pas de drogue volée ni de meurtre. Parfaire la version de l'accident, ne pas laisser de place au doute.

Franck hoche la tête, lisse les poils drus de sa moustache poivre et sel. Il semble y croire, à cet accident. Quand Samuel arrive enfin au bout de son récit, le gendarme se lève en le remerciant, lui pose la main sur l'épaule, paternaliste, bienveillant. Il n'a plus qu'à signer la version imprimée. Tout ça n'était qu'une simple formalité, histoire de boucler l'affaire, que le corps puisse partir au funérarium.

Dès que Samuel sort récupérer son véhicule pour regagner sa montagne, Franck s'avachit dans son fauteuil, abattu.

– Combien je vais devoir en ramasser, dans cette famille ?

– Vous le connaissez bien, l'agriculteur ? demande le brigadier.

– C'est un bon gars. Ses parents sont morts de la même façon. C'est moche.

– Le cousin, Simon, on le connaît bien, mon lieutenant. Excès de vitesse, conduite dangereuse, c'était un sacré numéro... Grosse bagnole, le type roulait comme un cador.

– Ça devait bien arriver, je suis d'accord. Mais ça va remuer tout le monde. Dans des petits villages comme ça... Le fils du conseiller municipal, tu penses bien que ça va bouleverser les habitants. Bref, affaire classée, on reprend le train-train. C'est du ressort des pompes funèbres maintenant.

Le procès-verbal part aussitôt dans une chemise cartonnée de l'armoire métallique qui croule sous les dossiers.

Chapitre 3

Plus aucun mouvement dans la maison. Pas de lumière. Et aucune voiture n'est passée depuis vingt minutes. La grande baraque à flanc de colline semble morte, un peu à l'écart du village, cachée derrière une haie de thuyas. La porte du garage n'est fermée que par un verrou, Chloé en est persuadée. Le couple qui vit là avec ses deux filles est du genre baba cool. C'est la campagne, on ne se méfie pas de son prochain. Il y a bien eu quelques pillages de voitures l'été dernier, mais ça s'est calmé, et c'était plus haut dans la vallée, vers Épenans. Ici, à Clairfoix, bled de cinquante-six habitants, ça ne craint rien. Toute la famille est couchée, et dort depuis trente minutes minimum. Ça va le faire. Pas de chien, pas d'alarme.

Chloé aspire un grand bol d'air et s'élance dans la pénombre, sous le couvert des buissons. Elle atteint rapidement le porche, se glisse sous le balcon, passe l'extrémité de son pied-de-biche entre le montant et la porte, fait levier. Le bois craque, elle pousse en même temps de l'épaule, rentre son outil toujours plus loin. Le pêne grince en lâchant, la jeune femme s'immobilise aussitôt, tend l'oreille. Ouvre la porte et s'engouffre dans le garage.

Elle cherche l'interrupteur à tâtons, enclenche le plafonnier. L'adrénaline la rend euphorique, la dose d'héroïne qu'elle s'est envoyée deux heures plus tôt accompagnée d'une bonne rasade de vodka y contribue largement. Elle se sent bien, puissante, intouchable. Elle explore minutieusement la pièce, contourne la voiture. Elle fourre dans les sacs qu'elle a apportés tout ce qui se refourgue facilement pour quelques euros, perceuse, visseuse, kit de tournevis. Du menu fretin, mais un euro est un euro, et chaque euro compte pour obtenir le produit. Elle hésite un instant devant la porte qui donne sur la maison, mais non, trop risqué, elle ne connaît pas les lieux, ne saurait pas où chercher. Ils sont quatre à vivre ici. Il vaut mieux ne pas trop forcer la chance.

Dernier tour, pour vérifier qu'elle n'oublie rien de monnayable. Si. Les vélos. Elle a failli ne pas y penser. Deux petits vélos roses. Chloé sourit. Trente euros chacun sur Marketplace, minimum. Elle cale les anses des cabas sur son épaule, serre une bicyclette sous chaque bras, jette un œil dehors, le champ est libre, et dévale la colline en longeant la route, évitant les lampadaires et les habitations. Elle rejoint sa voiture cachée derrière une fontaine couverte, fourre pêle-mêle son chargement dans le coffre, les vélos en quinconce.

En démarrant, elle pense un instant aux deux gamines, à leur peur, et leur chagrin. Au traumatisme, à cet âge-là, de comprendre la vulnérabilité du foyer, la fragilité de leur vie tranquille. Leurs parents, finalement faillibles. Elle chasse aussitôt ces idées, ça ne sert à rien de ressasser. Chacun son fardeau.

Elle ne peut néanmoins éviter de constater qu'elle est devenue comme son père. À son échelle. On n'échappe pas à ses racines. Voler, piller, pour survivre. Pour sa dose. Pour ne pas sombrer définitivement.

Elle s'oblige à penser à autre chose, à se concentrer sur ce qui compte. La came. Revendre sa prise du jour au plus vite, avant que les parents ne se mettent à scruter les annonces du web, à alerter les gendarmes. Elle sait s'y prendre, ne pas se faire pister, elle a installé un VPN sur son portable, livre directement à domicile, et pas dans un périmètre trop proche de chez elle. Encore faut-il que ça vaille le coup.

Ce soir, tout s'est déroulé comme sur des roulettes, une heure à peine, elle récoltera dans les cent, voire cent cinquante balles. Bonne affaire. Elle devra changer de secteur, ne pas refrapper deux fois au même endroit. L'excitation et la facilité du cambriolage la grisent. Taper des maisons isolées, des vieilles fermes, n'emporter que le minimum, vite et bien.

Elle était tellement focalisée sur sa tâche qu'elle n'a pas remarqué la silhouette qui la suivait, tapie dans les fourrés, l'observant fracturer la porte puis ressortir avec sacs et vélos, immortalisant l'instant à l'aide d'un reflex numérique de haute sensibilité équipé d'un zoom de trois cents millimètres. Les photos se révéleront légèrement floues, mais on y distinguera néanmoins parfaitement le visage de Chloé Monnier, vingt et un ans, toxico de son état, en plein travail.

23 janvier – 15 heures

Chloé range les quelques billets de vingt euros qu'elle a pu tirer des vélos dans une boîte à chaussures contenant tout son nécessaire d'inhalation, des tubes de stylo Bic, des briquets, un rouleau de papier aluminium, puis elle la planque au fond de sa corbeille à linge sale. Elle a refourgué les deux bécanes en même temps à un couple de retraités à Champagnole, pour leurs petits-enfants, une bonne affaire. Payée en liquide. Pour les outils, elle verra bien, c'est moins risqué.

Demain, elle commence le taf à l'entrepôt de Millennials Fashion, dans la zone commerciale des Grands Planchants à Pontarlier, à trier des cartons de jeans, conditionner des chemises et cintrer des duffle-coats qui seront distribués aux boutiques de mode de la région ou aux entreprises de livraison à domicile. Va falloir assurer cette fois, tenir le rythme. Ne pas laisser la came imposer son agenda. Trop besoin de thunes. C'est pas qu'elle ait beaucoup de charges, elle ne paye qu'un loyer symbolique pour sa chambre éclairée par une lucarne. Elle y loge depuis déjà huit mois, en contre-partie de l'aide qu'elle apporte à Michèle, la propriétaire octogénaire. Faire à manger, prendre soin d'elle, être présente. La vieille dame a encore toute sa tête et s'est prise d'affection pour sa locataire, ce qui est réciproque. Elle ne l'emmerde jamais, ne lui pose pas de questions embarrassantes et ne met pas son nez dans ses affaires. Chloé lui fait la lecture le soir, l'emmène chez le méde-cin, ou la dépose au club du troisième âge. Elle s'occupe également du ménage. L'arrangement lui va bien. Elle n'a pas mieux de toute façon, elle ne pourrait jamais se payer un appartement à Pontarlier.

La sonnette d'entrée la fait sursauter. Elle jette un œil par le vasistas : une voiture s'est garée devant la porte, empiétant sur la chaussée, en plein virage. Bizarre, Michèle ne reçoit personne à part sa fille (cette pimbêche mal baisée) qui passe une fois par mois pour faire bonne figure. Bruits de discussion au rez-de-chaussée. Chloé se glisse dans l'escalier, sourcils froncés, et déboule dans le couloir d'entrée dans le dos d'une Michèle tout ouïe devant un représentant de commerce qui lui vante les mérites d'une porte de garage entièrement automatisée et surtout *connectée*. Et Michèle qui boit ses paroles, grand sourire aux lèvres. Chloé s'avance d'un pas ferme, poings serrés.

– C'est pour quoi ?

Le type est surpris, ne l'ayant pas vue s'approcher dans l'obscurité du corridor, puis la reluque sans honte, fasciné et incommodé à la fois par le visage mutilé de la jeune femme.

– Bonjour, mademoiselle…

– Vous vendez quoi ?

– Regarde, Chloé, dit Michèle, enthousiaste devant le prospectus. Pour plus t'embêter avec la vieille porte en bois. C'est bien trop dangereux, dans ce virage, tu me fais peur à chaque fois…

– Deux mille huit cents euros… Ça doit être de la bonne qualité.

– Le top, intervient le vendeur. Vous pouvez ouvrir la porte à distance avec votre smartphone. Il y a même une détection d'intrusion intégrée, et un système antiblocage.

– Génial… Vous pouvez nous laisser cinq minutes, Michèle ? Je vais négocier tout ça avec monsieur.

La petite femme aux cheveux épars réajuste ses lunettes à double foyer et sourit à sa pensionnaire.

– Tu as raison. Je vais nous préparer un thé.

Elle se retranche dans sa cuisine, le tintement de la théière sur la gazinière parvient étouffé jusqu'à l'entrée. Chloé se tourne de nouveau vers le représentant, grelottant sur le pas de la porte. Un jeune gars tout propre sur lui, haleine fraîche, barbe taillée au cordeau.

– Monsieur, vous allez vite reprendre votre petite voiture et chercher d'autres petits vieux auxquels refourguer votre merde à trois mille boules. Et, surtout, le plus loin possible de ce village.

— Mademoiselle…

— Ferme-la. Tu te barres, sinon je te pète les dents. Et si je croise ta voiture dans les rues du bled, tu risques d'être sérieusement embêté pour repartir.

— Vous me menacez ?

Chloé arbore son plus beau sourire. Le type n'a pas lâché des yeux la peau brûlée de son cou et de sa joue, la peau cicatrisée de ses mains et de ses poignets, véritable parchemin qui court sur la moitié de son corps. Elle avance d'un demi-pas vers lui, découvrant la crosse de hockey au manche cassé qu'elle serre dans sa main droite.

— Vous êtes sur une propriété privée. Reculez encore d'un pas et vous arrivez sur le trottoir.

Il s'exécute, elle lui claque la porte au ras du menton. Michèle passe la tête dans l'entrebâillement de la porte de la cuisine.

— Il est parti ?

Chloé lève les yeux au ciel, la rejoint et s'assied avec elle autour de deux tasses fumantes.

— Michèle, il faut arrêter d'ouvrir à n'importe qui. Ces gens, ils n'en veulent qu'à votre argent.

— Mais, ma petite, il était bien mignon celui-là !

Chloé ricane, lui prend la main.

— J'avoue. On ne vous changera jamais, Michèle, un beau gars vous fait des yeux de biche et vous sautez à pieds joints.

— Je sais que tu es là pour me protéger.

— Je ne suis pas toujours là. D'ailleurs, faut que je vous dise, je commence un travail à partir de demain, je ne serai pas là en journée.

— Je me débrouillerai, t'en fais pas. Je suis contente pour toi.

Elles partagent une assiette de beignets au sucre.

– Oh, j'ai failli oublier ! s'exclame la vieille dame.

Elle sort une enveloppe de la poche de son tablier, la tend à Chloé. Une enveloppe épaisse, molletonnée, avec juste son prénom dessus.

– J'ai trouvé ça dans la boîte tout à l'heure. Je ne voulais pas ouvrir ton courrier.

Chloé s'empare du pli, intriguée. Personne ne lui écrit jamais, ses copines sont toutes parties faire leur vie en ville ou à l'étranger et l'ont oubliée, sa mère en Charente, son père en cabane… Elle décachète et en sort un téléphone portable. Chargé.

– Tu as un amoureux, ma petite ?

– Je… quoi ?

– C'est un petit cadeau d'un admirateur ? Tu me fais des cachotteries ?

Elle allume l'écran. Pas de verrouillage. Un message reçu. Elle l'ouvre : des photos. Des photos d'elle, en train de voler les vélos dans le garage, l'avant-veille.

– Tout va bien, Chloé ? Tu es toute blanche.

Elle ne parvient pas à répondre, suffoquée. Qu'est-ce que c'est que ce bordel ? On l'a suivie, on l'a photographiée, pourquoi ? Du chantage… Aucun intérêt, elle n'a pas d'argent. Qu'est-ce qu'on veut d'elle ? Elle déroule le carnet d'adresses du téléphone, vide. On veut lui faire peur. C'est plutôt réussi. Qui, et pourquoi ? Elle va bientôt le savoir, c'est une certitude.

24 janvier – 11 heures

La famille n'a pas pu assister à la mise en bière. Le corps était bien trop abîmé. Samuel en est soulagé. Depuis trois jours, des flashs le hantent, le réveillent dès que le sommeil lui tombe dessus, épuisé. Pas de répit. La peur, le cœur qui bat la chamade. La sensation d'être observé, lorsqu'il nourrit ses vaches, lorsqu'il livre le lait. Sur le qui-vive, en permanence. Il n'a pas osé se confronter à Claude, il s'est cloîtré à Hautecombe. Mais aujourd'hui plus le choix. Impossible de se détourner. Tout le village s'est déplacé, comprimé dans l'église, sur la place du marché. Le maire, venu apporter son soutien à son plus proche conseiller, les curieux, les anciens amis de classe, les commerçants.

Franck Maréchal le salue d'un signe de tête alors qu'il remonte la nef, balayé de tics nerveux. Il s'approche du premier rang, sa tante Catherine, soutenue par Claude, peine à le reconnaître, le regard creux. Elle lui tombe dans les bras, se rattache à ce qu'elle peut, éclate en sanglots sur son épaule. Il l'enlace sans mot dire, ému par sa détresse, communiant avec elle dans la douleur. Claude reste droit et digne, le visage de marbre. Il agrippe son neveu par le col dès que sa femme s'assoit sur le banc. Samuel en a des frissons dans tout le corps.

— Viens là, fils.

Et Claude de le serrer tout contre lui, de s'accrocher, d'y mettre ses dernières forces.

— Reste près de moi, lui murmure-t-il à l'oreille. Je t'en prie.

— Bien sûr que je suis avec toi, Claude.

Samuel passe toute la cérémonie main dans la main avec son oncle, qui lui broie les phalanges. À la place qu'aurait dû occuper Simon, à leurs côtés. Il les accompagne au cimetière, les soutient. Dans l'air glacé de janvier, le cercueil est descendu dans la terre dure comme la pierre, alors que la foule se disperse bientôt, il ne reste plus que les trois Vauthier autour de la tombe. Claude contient sa douleur, sa cage thoracique se contracte à intervalles irréguliers. Catherine réajuste maladroitement ses cheveux gris sous sa chapka, les mains tremblantes. Livide, les yeux exorbités. Des paroles étouffées parviennent à franchir ses lèvres bleuies. Les deux hommes se tournent vers elle dans un mouvement synchrone.

– Tout petit, c'était déjà un casse-cou. Il n'a jamais eu peur de rien.

Samuel ferme les yeux, refoule les souvenirs, Simon, le gamin bagarreur et effronté, au moment où lui terminait son adolescence, un peu perdu, timide, angoissé. L'assurance du gosse le renvoyait à son mal-être, tout ce qu'il n'avait jamais été et ne serait jamais. Sûr de lui. Populaire. Ambitieux. Téméraire.

– Pourquoi il a fallu qu'il passe chez toi, là-haut, ce soir-là, par cette tempête ?

– Catherine… intervient Claude, blême.

– Vous n'avez jamais été copains, tous les deux, poursuit-elle en ignorant son mari.

– Je… Je ne sais pas quoi te dire. On était cousins, il voulait passer boire un verre, ça se fait, non ?

Elle plante ses yeux bleus dans les siens, longuement, comme si elle décryptait le moindre mouvement de son visage, sondait son âme.

– Cette montagne… Tes parents… et maintenant mon fils !

Samuel se montre impuissant à réconforter sa tante avec des mots, ou des gestes, et reste planté là, face à sa détresse. Rien de ce qu'il pourra dire ne changera les choses. Claude fixe la sépulture, hagard, ne lui apporte aucun soutien : il est rongé par la culpabilité, se sent responsable. Mais il sait que quelqu'un a tué Simon pour un paquet de pognon. Lui et Samuel peuvent cristalliser leur rage sur un ennemi. Catherine, elle, n'a rien pour évacuer sa souffrance : Simon s'est tué tout seul, parce qu'il roulait trop vite, parce qu'il se pensait invincible. Le seul substitut qu'elle ait sous la main, c'est Samuel, c'est la ferme d'Hautecombe. Alors Samuel rentre la tête dans les épaules et encaisse les reproches muets, affronte seul le visage supplicié de sa tante. Les minutes s'égrènent, la bise hurle entre les stèles. Personne ne bouge.

Jusqu'à ce que Catherine, au bord des larmes, ne glisse sa main dans celle de Claude.

— Rentrons à la maison, je n'ai plus la force de rester là.

Elle amorce un demi-tour, Claude se libère délicatement de son emprise.

— Ça t'ennuie si je reste discuter un peu avec Samuel, chérie ?

Elle plisse les sourcils, ne peut retenir une grimace de contrariété, écarte les deux bras, paumes gantées tournées vers le ciel cotonneux, abattue, elle capitule.

— Plus rien ne m'ennuie. Faites ce que vous voulez. Tu sais où me trouver.

D'un pas lourd, sa silhouette ratatinée quitte le cimetière pour rejoindre sa voiture sur le parvis de l'église. Samuel remarque alors un jeune type qu'elle croise devant la grille d'entrée et qui les fixe. Visage émacié, mâchoire au fuseau, une vingtaine d'années, un bonnet de laine enfoncé jusque sous les sourcils. Regard oppressant et acéré. Un inconnu. Frisson d'angoisse.

— Il faut qu'on se parle, lui glisse Claude discrètement.

— C'est qui, ce type ?

— Marko Zajini. Le plus jeune des deux frères.

Samuel accuse le coup, même s'il savait qu'il faudrait rendre des comptes.

— Qu'est-ce qu'on va faire ?

– Pas ici, Samuel. Suis-moi à la permanence de la mairie.

Lorsqu'il se tourne de nouveau vers la sortie, le jeune homme a disparu.

Dans l'espace aménagé derrière le bureau de la secrétaire de mairie, Claude fait couler un café épais, en remplit deux gobelets cartonnés. Noir sans sucre. Et entraîne Samuel dans la salle de réunion du conseil municipal.

– Normalement, je traite exclusivement avec Kosta, le plus âgé des frères. C'est le boss. Mais son cadet, c'est un énervé, je vais avoir du mal à le gérer. C'est lui qui est chargé de transmettre les colis à Simon, à Lausanne. J'ai joué franc-jeu avec lui, j'ai tout raconté, en détail. C'est chaud pour nous, il est méfiant. Je sais qu'il est en contact avec son frangin, mais c'est à lui que je dois rendre des comptes. Un morveux de vingt-cinq ans, putain ! Personne n'est censé connaître le trajet, seulement nous, et les frères. Du coup, ils nous soupçonnent d'être à l'origine de la fuite. Il y a forcément eu une fuite.

Samuel ouvre les mains, le rouge lui monte au visage.

– Je te jure, putain, j'y suis pour rien. J'étais avec toi.

– Calme-toi, Samuel, je sais que c'est pas toi, nom de Dieu ! Tu te rends compte qu'ils me soupçonnent à moitié d'avoir tué mon propre fils… Pour de la thune !

– Ils ne seraient pas capables d'avoir organisé eux-mêmes le truc ?

– Pour quoi faire ? Ils contrôlent toute la filière, depuis l'acheminement entre la Turquie et le Kosovo, puis la Suisse. Le gamin gère en Suisse, Kosta à Lyon dirige le trafic en France. Nous on s'occupe que de passer la frontière, moins de risques pour eux.

– Pour avoir moins d'intermédiaires ? Peut-être le type soupçonnait Simon de vouloir les doubler, ou de rouler pour les stups…

– Non, si ça avait été le cas, ils auraient réglé le problème de manière plus frontale, ils n'auraient pas fait passer ça pour un accident. Et surtout, on serait plus là non plus. Ça n'a pas de sens de voler sa propre came.

– Qui a pu faire ça ? Sans qu'on voie rien venir ? Forcément quelqu'un qui connaît la région, cette route de montagne… Faut y aller pour monter un braquage là-haut en pleine nuit.

Claude avale goulûment le fond de son verre.

– Cathy n'est pas au courant pour tout ça, il faut que ça reste ainsi. On doit régler le problème, vite. Si elle le découvre, elle va… C'est de ma faute s'il est mort…

La voix de Claude se brise. Il ne peut retenir des sanglots, qui se muent en quinte de toux.

– Arrête.

– Tu sais que c'est vrai. C'est comme si je l'avais poussé moi-même dans ce ravin. Il ne faut pas qu'elle l'apprenne, Samuel, jamais. Ça la tuerait, elle ne me pardonnerait jamais. Je ne peux pas la perdre, elle aussi.

– On va s'en sortir.

Samuel tente de s'en convaincre, mais ses paroles sonnent faux.

– Il n'y a qu'une solution, fils. Retrouver celui qui a tué mon petit. Faut retrouver la dope. Sinon on en paiera les conséquences. Les Koso nous croient à moitié, sinon on serait déjà morts.

– Comment tu veux qu'on fasse ? On ne sait même pas où chercher !

– Celui qui a fait ça va forcément chercher à écouler la drogue. C'est à nous de mettre la main dessus, si Marko le trouve avant nous, ça prouvera notre inefficacité. On n'a plus le droit à l'erreur, on est seulement en sursis. Si on ne leur sert plus à rien, s'ils n'ont plus confiance, on deviendra juste des témoins gênants.

Ces derniers mots restent en suspens. Des courants d'air sifflent dans les couloirs de l'antique hôtel de ville, désert en ce jour de recueillement. Samuel réprime un frisson, noyé dans ses réflexions.

— On a combien de temps ?

— Marko va fourrer son nez partout. Activer tous leurs contacts, il va fouiner sur le marché, les points de vente à Pontarlier, à Morteau, Besançon, Sochaux, Vesoul, Belfort, partout. Les cités, les parkings, les boîtes de nuit. Il va bien finir par tracer le colis. Et si ce n'est pas le cas, on sera les boucs émissaires.

— Qu'est-ce qui prouve qu'ils ne vont pas se débarrasser de nous, quoi qu'il arrive ?

— Rien. Si on est encore en vie, c'est qu'ils ne veulent pas attirer l'attention. Pas de vagues. Mais ça ne durera pas s'il n'y a aucun résultat.

— Et si on en arrive là ?

— Mieux vaut ne pas penser à ça. Mais je ne me laisserai pas faire.

— Tu as pensé… Aux flics ?

Claude se redresse sur sa chaise, piqué au vif.

— Ça, c'est même pas une option, oublie tout de suite.

— Il existe peut-être des programmes pour nous protéger si on collabore, protection de témoin, ce genre de truc, non ?

Claude se lève et fait face à Samuel, colère sourde.

— Arrête ! Je n'irai pas en tôle. Qu'est-ce que tu crois, qu'ils vont fermer les yeux sur ce qu'on a fait ? Je suis encore plus mouillé que toi, tu veux me sacrifier pour t'en sortir ?

Samuel secoue la tête.

– Tu sais bien que non, Claude.

– Ces types ont des gens partout. Ils ont un réseau dans toute l'Europe, ils importent de la came de Turquie et d'Afghanistan, via les Balkans. Ils connaissent du monde, ils ont des gens dans les prisons, ils ont des flics à leur pogne. Si on en arrive là, il faudra fuir, point barre. Il faudra du fric, et il faudra disparaître. Et même ça, c'est pas gagné.

L'angoisse les transit de froid, Samuel relève le col de son manteau.

– Réfléchis bien à ce que tu vas faire, Sam. Ne me laisse pas tomber.

Il conclut ainsi l'entretien. Arrivé en haut des escaliers de pierre donnant sur le parvis, il abandonne Samuel en proie au vent glacial. Plus aucun retour en arrière désormais. Il faut trouver une piste, la plus maigre soit-elle. Où chercher ? Où aller ? Qui voir, sans se faire suspecter ?

Une idée lui vient à l'esprit. Désagréable. Mais il faut tenter, il n'a pas le choix. Il joue avec sa vie. Aller au plus simple. Au plus rapide.

24 janvier – 18 h 30

Le chef d'entrepôt, Joël, lui fait faire le tour pendant une heure le matin même de l'embauche, pas de temps à perdre, et il faut se mettre au boulot direct. Chloé reste deux heures dans un coin du hangar avec une autre intérimaire à déballer des palettes de cartons, tranchant des kilomètres de film plastique au cutter, ouvrant les boîtes. Elles scannent chaque code-barres avec une douchette pour entrer les références dans la base de données du site puis remettent les boîtes sur palettes pour qu'elles soient récupérées par le cariste qui les stocke sur des rayons s'étalant sur plusieurs mètres de haut. Pas moyen de taper un carton, ni même un pantalon ou un pull. Elles n'ouvrent pas les boîtes, et c'est truffé de caméras de surveillance, sous tous les angles. Elle a déjà tout repéré. Sécurité impeccable. Dommage.

À midi, elle avale un sandwich dans sa 106, sur le parking, avec vue imprenable sur la rocade et la plaine d'Houtaud, sous un ciel bleu glacé. Elle a déjà envie de se barrer. Dernière chance. Tenir le coup. S'abrutir, ne pas penser. Résister à la tentation. Déballer, empiler, biper. Faire la gentille.

Pause clope, dix minutes max. Mal de dos, dès le premier jour. Courbatures à prévoir. À noter : réapprovisionnement d'héro. Anticiper.

La déprime.

Elle termine sa journée à 18 h 30, fourbue. Saoulée. Besoin d'une bière, de fumer quarante clopes, et de s'abandonner. Tracer les kilomètres, s'enfermer dans sa piaule et plonger.

Elle se pétrifie avant d'arriver à sa voiture. Un utilitaire est garé juste à côté, dont s'extrait péniblement une haute silhouette dégingandée, si familière, les cheveux en bataille dépassant d'une casquette à rabats, une cigarette à demi consumée au bec renvoyant des cendres dans sa barbe.

– Bonjour, Chloé, dit Samuel, le regard fuyant.

– Que… Qu'est-ce que tu fais là ?

– C'est ta logeuse qui m'a dit où tu bossais.

– Il faut vraiment qu'elle arrête d'ouvrir sa porte à n'importe qui.

Samuel lâche sa cigarette dans la neige, l'écrase du talon. En rallume une autre, en propose une à Chloé.

– Et d'abord comment tu as su où j'habitais ?

– J'ai appelé ta copine du lycée, Audrey.

– Ah. Elle sait encore que j'existe ?

– Ça te dit que je te paye un verre ?

Bouche bée, Chloé ouvre de grands yeux.

– C'est une blague ?

– Non. On pourrait aller au centre-ville. Au Vandel, ou au Français ?

– C'est donc bien une blague. Tu ne manques pas d'air.

Il s'avance vers elle, discernant la colère sur son visage pris dans le rayon de soleil pâle qui inonde le parking.

– S'il te plaît, Chloé. Juste un verre.

– Qu'est-ce que tu veux ?

– Discuter un peu.

– Tu rêves. Tu te fous de ma gueule. C'est à peine si tu envoies un texto. Tu t'es contenté de baiser ma mère, et tu voudrais te la jouer papa poule.

– Arrête. J'ai jamais essayé de remplacer ton père.

– Ça, c'est clair. T'as pas essayé. Dès que maman t'a plaqué, t'as fait comme lui, t'as disparu. Ne viens pas me dire aujourd'hui que t'en as quelque chose à foutre de moi.

– C'est faux.

– Tu viens donc me coincer sur le parking d'une boîte de fringues, mon premier jour de boulot, uniquement pour prendre des nouvelles et me payer un verre ? Mon cul ! Tu me prends pour une conne ?

Samuel soupire. Mauvaise idée. Mais seule idée. Pas d'alternative.

– Tu ne veux vraiment pas qu'on se mette au chaud, il fait moins dix ? Qu'on essaye de se parler normalement ?

– Non. Je vais rentrer chez moi, prendre une bonne douche. Tu ne dois pas être à la traite ?

– Je la ferai en rentrant. C'est pas ça qui importe.

– Qu'est-ce que tu as à me demander ? Tu es là pour une raison, et une seule. T'as jamais été bon pour mentir. T'es venu me demander un service.

Samuel hésite. Il va bien falloir se lancer, ou renoncer. Trop tard pour ça.

– J'ai une question, oui. Je ne veux pas que tu t'énerves.

– Ne tourne pas autour du pot alors.

– J'ai besoin que tu te renseignes. Je voudrais savoir s'il y a de nouveaux fournisseurs sur le marché.

Une ride de contrariété se plisse sur le front rougeâtre de Chloé, elle fulmine.

– C'est bien ce que je pensais. T'es vraiment un connard ! Tu me réduis à ça : la junkie. C'est ça que tu penses de moi ?

– Non, répond Samuel en s'approchant d'elle, en levant les mains pour l'étreindre, bouleversé. Je sais ce que tu as traversé, je ne t'ai jamais jugée.

Elle le repousse violemment, l'envoyant dinguer contre le flanc du Partner dans un fracas de tôle, il perd l'équilibre et s'affale dans la neige.

– Tu sais que dalle ! Tu m'as laissée tomber, comme les autres ! Tu ne connais rien de ma vie. Tu as choisi de ne rien savoir, de détourner le regard.

Il s'assied contre la jante, découragé.

– Excuse-moi. Je ne te demanderais pas ça si j'avais le choix.

– Effectivement. Tu ne me parlerais pas si tu avais le choix. Tu dois vraiment être désespéré.

– C'est pas ce que je voulais dire.

– Ça me paraît pourtant clair, crache-t-elle, les joues empourprées.

– J'ai besoin que tu m'aides, j'ai besoin de toi. Que tu te renseignes auprès de tes contacts. Ou, mieux, que tu me mettes en relation.

– Mes contacts « du milieu », c'est ça ?

– Je dois savoir s'il y a un nouveau vendeur. C'est important.

Elle le dévisage pendant une éternité, le surplombe, enfoncée dans sa capuche.

– Va te faire foutre, Samuel.

Elle contourne l'utilitaire en le laissant planté là, dans la neige fondue.

Au fond du trou.

Tout ça à cause d'un démarreur en vrac.

Virginie n'arrive toujours pas à réaliser. Et pourtant aujourd'hui tout devient concret. Des nuits qu'elle ne dort plus, qu'elle tourne dans le lit, se relève pour veiller son fils, arpenter le salon dans la pénombre, entre excitation et crises d'angoisse. Elle ressasse, se dit qu'elle mérite bien ça, après tout. Elle en a bien bavé, c'est normal qu'il y ait un juste retour des choses. C'est exactement ça. N'empêche, les cauchemars l'assaillent. Les hurlements de Simon Vauthier déchirent toujours ses tympans. Lorsque la voiture a basculé, rebondissant contre la falaise. Le fracas du métal qui se broie contre les troncs, une déflagration qui inonde la forêt. Et puis plus rien. La montagne qui retrouve sa quiétude nocturne, comme si rien ne s'était passé, après avoir englouti la voiture, et le type à l'intérieur.

Virginie sait qu'elle gardera longtemps le souvenir de ce cri de désespoir, de panique absolue à l'approche de la mort. Elle le connaissait peu, Simon. Mais quand même. Elle a eu le temps de voir son visage, déjà bien amoché, juste avant la chute.

Il faut effacer tout ça. Continuer à vivre.

Elle ne peut s'empêcher d'aller récupérer son sac à dos dans le placard du garage. S'assurer une nouvelle fois que tout est bien réel. Elle s'enfonce dans le canapé, ouvre la fermeture éclair, tâte l'intérieur. Des billets de dix, de vingt, de cinquante euros. Soixante-quinze mille. Cash. Et ce n'est qu'un début. Premier versement. Combien de mois de salaire, là-dedans ? Elle n'ose même pas calculer, tellement ça lui donne le vertige. Finis les soucis, les économies de bouts de chandelle, la peur au ventre, les comptes dans le rouge dès le 15 du mois, les agios, la maison en travaux…

Son couple va pouvoir repartir de plus belle. Quand Greg saura… Il va halluciner. Pas tout de suite. Ça la démange, mais elle a promis. Ce soir-là, il est rentré au milieu de la nuit, il n'est finalement pas resté chez sa sœur. Il a couché Gabriel puis s'est glissé dans le lit sans un bruit. Elle ne dormait pas, évidemment, mais a fait comme si. Elle bouillait de lui raconter, de vider ce qu'elle avait en elle. Elle s'est mordu la langue, n'a pas bougé. Il s'est mis à ronfler au bout de trois minutes, la laissant seule face à ses démons. Elle ne peut pas partager ça avec lui.

Il faut attendre encore d'avoir tout écoulé. Et se tirer de ce trou. Prendre le pognon, le gosse, s'installer en Espagne, au Portugal, où bon leur semblera ! Là où il fait chaud, sur une belle colline surplombant l'océan. Plus de montagnes, de neige, plus d'emmerdes, plus d'indemnités chômage et de salaire d'esclave, plus besoin de pointer chaque matin, de s'incliner devant le patron, de supporter ses collègues. Adieu les connards. Virginie inspire une longue bouffée d'air, son cœur bat la chamade. Ça vaut bien le sacrifice, finalement. Tout est allé si vite. Simon, c'était un vrai abruti, pour ce qu'elle en savait. Trop tard pour les remords. Faut aller de l'avant. Construire sa vie, penser à sa famille. Ce regard... Ce *cri*...

– Ça va, chérie ?

Virginie sursaute sur le sofa, prise au dépourvu. Dans son dos, Grégoire la contemple depuis la pièce aveugle qui leur sert de chambre temporaire, à côté de la cuisine. Les yeux bouffis de sommeil. Machinalement, Virginie enfouit le sac à dos sous un coussin, s'appuie dessus.

– T'inquiète pas. Tout va bien.

– Il est plus de 4 heures du mat'. Tu bosses demain, non ?

– Petite insomnie.

Il s'approche, pose un baiser sur son front. Elle lui prend la main.

– Tu ne veux pas revenir te coucher ? demande-t-il.

Elle sourit. Il s'assied sur l'accoudoir. Juste au-dessus du sac. Virginie trépigne, fébrile. Il plonge ses yeux bleus dans les siens, va allumer la lampe près de la télé, une lueur tamisée illumine le salon.

– Qu'est-ce qui se passe ?

– Je... rien.

– Je te connais par cœur, chérie.

Elle ne peut résister à son regard pénétrant. Elle n'a jamais pu. Elle triture les mèches de cheveux qui lui retombent sur l'épaule. Les pensées fusent à cent à l'heure, s'emmêlent.

– Parle-moi, dit Grégoire. Je sais que c'est difficile en ce moment. Je vais rebondir.

– Assieds-toi. S'il te plaît.

Intrigué, Grégoire s'exécute et prend place dans le fauteuil qui fait face au canapé. Scrute le visage de sa femme, peine à le décrypter tant les émotions s'y bousculent.

– Est-ce que tu me fais confiance ?

– Tu sais bien que oui, ment-il.

– Il va falloir que tu me fasses vraiment confiance.

– Qu'est-ce que tu as derrière la tête ? T'es vraiment bizarre.

Virginie sourit timidement, puis sort le sac à dos de sous le coussin, l'ouvre en grand, le renverse sur la table basse. Les soixante-quinze mille euros s'étalent devant Grégoire, sidéré.

30 janvier – 12 h 30

Dix jours de vent du nord, de froid polaire. Un soleil éclatant ricoche sur les stalactites suspendues aux branches des épicéas, les cristaux de neige scintillent dans la combe sillonnée par les skieurs de fond.

Cette sérénité contraste avec le bouillonnement qui fait suffoquer Samuel. Pour ne rien arranger, la fièvre s'est abattue sur lui, muscles douloureux, migraine virulente, sueurs froides. L'agriculteur souffre le martyre, mais doit poursuivre le travail, coûte que coûte. Service minimum. Traite, nettoyage, livraison. En cette fin de matinée, il s'octroie du repos, grelotte dans son lit, plusieurs couches de couvertures sur le dos.

Aucune nouvelle de Claude. Aucune information, il nage dans le brouillard. Ne sait plus quoi faire. Laisse couler le temps. Se terre dans sa montagne, comme il l'a toujours fait, attend que ça se passe. Ne sachant quoi faire, presque résigné. Il s'extrait du lit à grand-peine, se traîne jusqu'à la cuisine pour se faire chauffer un thé, manger quelques biscuits pour caler son estomac vide.

Ils vont venir pour lui. Il ne peut pas rester à l'écart éternellement, ça va lui tomber dessus sans prévenir. Le jeune gars au visage anguleux, Marko, est sur le dos de Claude, c'est pour ça qu'il n'appelle pas. Ils sont sous surveillance, *en sursis*, comme le lui a si bien signifié son oncle. Samuel verse l'eau bouillante sur un sachet de thé vert, enserre le mug de ses doigts pour se réchauffer. Qu'adviendra-t-il de sa ferme, de ses vaches ? Que vont-ils lui faire ? Une balle dans la tête ? Il ne peut pas se laisser abattre comme une bête malade, pas sans se défendre. Il dépose sa tasse sur la table et fait coulisser la porte du placard, près de la télé. En tire son fusil de chasse superposé Sagittaire calibre.12, et la boîte de cartouches. Il charge l'arme, en nage. Retourne s'attabler et siroter son thé, appuyant le fusil contre une chaise, à portée de main, ça le rassure un peu. Ne jamais se rendre sans combattre. Ses doigts effleurent le métal du canon. Comment faire face ? Il ne sait même pas s'il serait capable d'épauler et de braquer un être humain, de faire feu, même pour sauver sa vie.

Il se raidit subitement sur son dossier. *Unhappy Girl,* par les Doors. L'intro à l'orgue de Ray Manzarek s'élève dans la pièce, lui glace le sang. La sonnerie de Chloé. En apnée, il s'empare du téléphone, maladroit, renverse son thé au passage en s'ébouillantant la main, étouffe un juron, décroche.

Une voix à bout de souffle peine à articuler trois mots, se contente finalement d'invoquer son nom en butant sur chaque syllabe :

– Samuel ?

– Je suis là.

Surpris par le ton de sa voix, il tousse pour chasser les glaires qui lui encombrent les cordes vocales. Il réalise que les doigts de sa main gauche se contractent autour du fusil. Il dépose l'arme sur la table, détend ses épaules, pivote et s'assied en travers du banc. À l'autre bout de la ligne, Chloé hoquète, son débit et son timbre trahissent sa panique.

– Il faut que tu m'aides ! Il a essayé de me tuer !

– Qui ? De quoi tu parles ? Qui a essayé de te tuer ?

– Je… Je l'ai planté ! Il est mort. Faut que tu m'aides !

– Je comprends rien, Chloé. Explique-moi calmement.

Sa voix, secouée de violents sanglots, chevrote :

– Viens me chercher… Je t'en prie…

– Où es-tu ?

– Je… Vers la scierie Lacroix. Le chemin de chasse… Je… Je l'ai tué… Il faut que tu m'aides.

– Qui est-ce que tu as tué, Chloé ?

Elle ne paraît même plus l'entendre, répète la même litanie, encore et encore. Samuel ferme les paupières, le visage dur. Ses lèvres tremblent de nervosité.

– Surtout, tu ne bouges pas, ma puce. J'arrive tout de suite. Je viens te chercher.

– Du sang… Y a du sang partout. Il ne bouge plus. Y a du sang plein la neige.

DEUXIÈME PARTIE

« Ça va aller. Ça ne peut pas être pire. »

Chapitre 4

– Tout va bien, Chloé ? Tu es toute blanche.

Chloé reste muette devant les images la montrant en plein cambriolage. Michèle n'insiste pas, croque dans son beignet.

Chloé prépare une deuxième tournée de thé puis abandonne Michèle à sa lecture de l'après-midi, un livre de poche à l'eau de rose, un jeune couple d'aristocrates autrichiens au bord d'un lac charmant en illustre la couverture usée et jaunie. La petite vieille ne va pas tarder à roupiller dans son fauteuil en osier. Chloé regagne sa chambre avec le nouveau téléphone dans ses mains moites, tombe sur le lit. Au pire, qu'est-ce qu'elle risque ? Vol avec effraction ? Recel d'objets volés ? On veut vraiment la faire chanter avec ça ? Le problème c'est qu'elle a déjà un casier judiciaire fourni, revente de drogue, vols à l'étalage, agressions… Elle ne s'est jamais fait choper pour cambriolage. La note pourrait être salée. Que sait déjà celui ou celle qui lui a livré le téléphone ? Peut-elle ignorer la menace ?

Pas le temps de se poser trop de questions, l'appareil vibre dans sa paume. Un numéro s'affiche, un portable.

Elle décroche d'un glissement de doigt sur l'écran immaculé.

– Allô ?

Souffle au bout du fil. Respiration calme.

– Bonjour, Chloé.

Une voix d'homme. Nasillarde. Inconnue.

– Vous voulez quoi ? Vous n'avez pas choisi la bonne poule, je n'ai rien à offrir.

– Je sais.

– Pourquoi vous vous êtes donné du mal pour me piéger alors ?

– Je voulais juste attirer ton attention. M'assurer de ta motivation.

L'intonation est ferme, mais le ton serein, presque détaché.

– Ma motivation pour quoi ?

– Je n'ai rien à te prendre, mais je peux te donner beaucoup. À toi de voir.

– C'est un peu vague.

L'homme ricane, amusé.

– J'ai besoin d'écouler de la marchandise.

Chloé s'assied sur le lit, intriguée. Elle comprend : *un téléphone de guerre.* Pour rester sous les radars, ne pas attirer l'attention. Deux téléphones neufs, à cartes SIM prépayées. Eux seuls sont dans la boucle. Un bon truc de mafieux, comme dans les séries télé.

– Vous essayez encore de me piéger ?

– Non, je te donne une opportunité. Plus besoin de cambrioler ou de faire des boulots de merde pour te payer ta dose.

– Combien ?

– Tu vois, tu comprends vite.

– Vous voulez écouler quelle quantité ?

– Dans un premier temps, cinq kilos. De cocaïne.

Chloé, scotchée, fait un rapide calcul.

– Elle sort d'où ?

– Ça, ça me regarde.

– Et pourquoi vous voulez passer par moi ? Vous n'avez pas de réseau ?

– Tu poses trop de questions. Disons que c'est un test. Si tu peux vendre ça, si tu ne tentes pas de me la faire à l'envers, il y en aura plus après. Beaucoup plus.

– Cinq kilos, ça va chercher dans les deux cent mille, non ?

– Tu ne pourras pas vendre aussi cher. Va falloir brader pour fourguer le plus vite possible.

– Et je gagne quoi ?

Nouveau rire au bout de la ligne.

– Droit au but. C'est bien. Je ne suis pas gourmand. Je te donne un prix de base. Pour un kilo tu ne peux pas descendre en dessous de trente mille, donc cent cinquante mille pour ces cinq kilos. Tout ce qui est au-dessus est à toi. Tu as donc tout intérêt à bien négocier si tu veux une bonne marge. Tous les frais sont à ta charge, tu partages avec tes intermédiaires si tu en as.

Chloé entrevoit les possibilités. Vendre à trente-cinq mille le kilo, c'est toucher cinq mille. Pour cinq kilos, ça lui fait déjà une enveloppe de vingt-cinq mille. Pas mal pour faire l'intermédiaire. Peut-être moyen de monter à quarante mille en négociant sec.

– Vous voulez vous y prendre comment ?

– Tu te démerdes. Appelle tes dealers habituels, j'en sais rien. Faut que tu arrives à avoir accès à leurs fournisseurs. Faut pouvoir vendre en gros, passer un accord.

– On parle de combien de kilos au juste ?

– Ça, tu le sauras au fur et à mesure.

– Un ordre d'idée. Important pour la négo.

– Plusieurs dizaines.

– … de kilos ? s'étouffe Chloé.

– Tu auras ta part sur chaque livraison réussie.

Les chiffres dansent devant les yeux de la jeune femme. Des millions. Donc des centaines de milliers d'euros pour elle. À lui filer le vertige.

– On commence quand ?

– Demain.

– Je bosse demain.

– Qu'est-ce que ça peut me foutre ? C'est très bien, tu ne changes rien. Tu ne te fais pas remarquer. Ton emploi du temps ne varie pas d'un pouce. Tu restes sous les radars.

– Super… Vous passez me livrer au taf ?

– T'es marrante, dis donc. Tu gardes bien le portable, tu le charges. Je t'enverrai un message pour te dire où et quand récupérer le premier colis. Après, c'est à toi de jouer.

– Comment je vous donne l'argent ?

– T'occupe. Fais déjà ta part. Et attention. Je veux mes cent cinquante mille. Si t'essayes de m'enculer sur le prix, ça se passera mal, fillette. Et tu ne touches pas à la came. Tu peux t'acheter ce que tu voudras avec ta part, mais celle-là, elle est trop pure, elle n'est pas pour toi.

– Je tourne à l'héro, la coke c'est pas ma came…

– Hilarant… Tout est clair ou faut que je répète ?

– Limpide.

La communication est aussitôt coupée.

– Bonne soirée à toi aussi, connard.

La sonnerie d'un texto fait sursauter Chloé avant que le réveil, réglé sur 6 h 30, n'ait sonné. Les idées dans le brouillard. Elle chope son téléphone sur la table de nuit, déchiffre le message, la langue pâteuse, les paupières collées. « Premier colis : sous la haie, derrière le muret du parking de l'église de Rochefontaine. » Le mec se lève tôt. Livre quasiment à domicile.

Elle enfile son jean à la va-vite, un manteau et une écharpe, et sort dans la nuit glaciale. Pas un chat à l'horizon. Elle gravit les deux cents mètres qui la séparent de l'église, enjambe le muret, fouille dans les fourrés en jurant, les mains congelées, trouve le paquet, recouvert de neige, dans un sac en plastique Casino.

Elle planque le sac dans les combles de la maison, au milieu de planches de contreplaqué abandonnées là depuis la mort du mari de Michèle des années auparavant. Douche chaude pour se réveiller, café noir. Direction Millennials Fashion, première journée d'embauche.

Chloé, fébrile, se gare sur le parking des Capucins, puis remonte à pied la rue de Salins et bifurque rue Jules-Ferry. Tente d'évacuer le stress qui lui colle au corps depuis l'apparition de Samuel sur le parking de l'entrepôt. Le voir débouler et lui parler d'une nouvelle arrivée de drogue sur le marché, ça ne peut pas être une coïncidence. Qu'est-ce qu'il vient faire dans cette histoire ? *A priori*, il ne se doute de rien en ce qui la concerne, mais pourquoi est-il venu la voir ? Ça lui a foutu un sacré coup de pression.

Elle s'engouffre dans le hall d'une grosse maison à trois étages au-dessus d'un salon de coiffure. Premier étage, appartement de droite. Nerveuse. Temps d'arrêt. Puis elle sonne. Des pas à l'intérieur. La porte qui s'ouvre. Adnan. Mine déconfite de la découvrir sur son palier.

– Sérieux ?

– C'est pas ce que tu crois, réplique Chloé.

– Ah oui ?

– Tu ne veux pas me faire entrer, qu'on discute ?

– Je suis crevé là, je viens d'arriver.

– Je ne vais pas t'emmerder longtemps.

Il pousse un long soupir, mais la laisse entrer, la précède dans l'appartement en désordre.

– Fais pas gaffe. Je n'attendais personne.

– Ça n'a jamais été ton truc le ménage.

– Bon, écoute, tu veux quoi ? Je n'ai pas grand-chose sur moi. Je dois avoir deux grammes. T'as une sale gueule, dis donc, tu devrais ralentir un peu.

– Sympa… Je ne viens pas acheter, je viens vendre.

Il s'adosse à la fenêtre, rictus d'étonnement.

– Toi ?

– J'ai déjà vendu pour toi, je te signale.

– T'as fait la sortie des collèges, super. Qu'est-ce que tu vends ?

Chloé s'assied devant la table sans y être invitée. Appartement deux-pièces, une chambre et un séjour-salle à manger-cuisine. Ça empeste la beuh mêlée au graillon.

– Coco. Plusieurs kilos.

Adnan explose de rire. S'interrompt illico devant le visage de marbre de Chloé.

– T'es sérieuse ? Merde alors.

– Ça t'intéresse ou pas ?

– Tu crois que je peux acheter autant ? Si j'avais du fric, j'habiterais plus ici. Et ça sort d'où ?

– Je ne peux pas t'en dire plus.

– Pourquoi je me mouillerais dans cette histoire ?

Elle soupire. *Toujours aussi coincé.*

– Je n'ai pas le choix, faut que je vende. Je suis un peu dans la merde. J'ai besoin de toi.

– C'est la meilleure. Pourquoi tu ne vas pas voir tes dealers habituels ?

– Pas confiance. Toi, je sais que tu ne me feras pas un coup tordu.

– La bonne poire, quoi.

– Je comprends que tu m'en veuilles. Mais c'est toi qui m'as plaquée, quand même.

Le reflet de colère qui balaie les pupilles d'Adnan lui fait immédiatement regretter de s'être avancée sur ce terrain-là.

– Je vais voir ça avec mon fournisseur. Je ne te garantis rien.

Chloé se lève. Souvenirs fugaces des nuits passées à fumer à la fenêtre, de la douceur d'Adnan, toujours tendre et amoureux. De ce qu'elle a laissé filer.

– Merci. Vraiment.

– Tu as un échantillon ? Ils voudront tester.

Elle sort un sachet de sa poche intérieure. Contact des doigts entre eux, électrique. Il garde la main de Chloé dans la sienne, paume contre paume.

– Tu mets le pied dans quelque chose de trop gros pour toi.

Elle se libère d'un mouvement sec en arrière, sans répondre.

– Je t'appelle demain, dit-il.

Elle prend congé d'un simple hochement de tête. Par la fenêtre, Adnan regarde sa silhouette disparaître au coin de la rue, s'accroupit, profite de la présence évanescente qui flotte encore dans la pièce, tout à ses regrets. Rompre avec elle fut un calvaire nécessaire dont il ne s'est toujours pas relevé, et la revoir assise à sa table comme tous les soirs pendant plus de huit mois ravive la blessure. Il aurait dû lui claquer la porte au nez. Mais non, impossible. La revoir en chair et en os, c'est ce qu'il désire de plus cher depuis si longtemps. Un sursis.

Il allume son portable et appelle Éric Saillard.

25 janvier – 19 heures

Chloé passe récupérer Adnan en sortant du travail.

– Alors, l'échantillon ?

– Ça les branche. Mais ils sont méfiants. Va falloir les convaincre.

– T'es pas obligé de venir avec moi, tu sais.

– Évidemment que si, s'agace Adnan. Je ne vais pas te laisser y aller seule. Et je me porte garant pour toi, je te signale. J'ai été au lycée avec Éric, on se connaît bien, il me fait confiance.

– Ça va, je ne voulais pas t'énerver, c'est toi le patron.

– Par contre, laisse ton portable ici. Ils sont un peu paranos.

Chloé abandonne son sac à main sur la table de la cuisine, ses deux téléphones à l'intérieur.

Ils atteignent Morteau après trente-cinq minutes de route verglacée. Adnan guide Chloé jusque sur les hauteurs de la ville, dans un lotissement, une maison

neuve rue de la Fauvette. Ils se rangent derrière une voiture familiale, sonnent à la porte. Un blond costaud leur ouvre, petite trentaine, tenue décontractée, jogging, serre la main d'Adnan avec un grand sourire, tape la bise à Chloé et les invite à entrer. Un deuxième type, même gabarit et même blondeur, plus jeune, s'acharne sur *Call of Duty* avec l'aide précieuse d'un gosse d'une dizaine d'années, les détonations numériques emplissent le salon.

– Une bière ? demande poliment le premier homme en ouvrant le frigo, sortant un pack de six Kronenbourg.

– Merci, Marc, répond Adnan en en récupérant deux.

Chloé décapsule la sienne et boit trois gorgées.

– Mon frère, Éric, dit Marc à Chloé.

Le deuxième type abandonne la console pour saluer les nouveaux arrivants, accordant une accolade franche et amicale à Adnan.

– Venez, on sera plus tranquilles au sous-sol.

– Je te mettrai une branlée tout à l'heure, dit Éric au jeune garçon qui se sert un Coca en lançant une nouvelle partie en ligne.

Chloé et Adnan suivent les deux frères dans une grande pièce sans fenêtres, cave aménagée en salle de jeux avec billard et baby-foot, plus un banc de musculation avec barre d'haltères et kit de poids. Et dans l'angle opposé à l'escalier, un sofa d'angle en cuir brun entourant une table basse croulant sous les magazines de chasse, de course auto et de tuning, plus deux fauteuils. À l'entrée de la pièce, Marc se tourne vers son invitée.

– Ouvre ton manteau et soulève ton pull.

Chloé s'arrête net.

– Wow, c'est quoi ça ? intervient Adnan.

– Toi aussi, mec, dit Éric.

Elle les toise d'un regard noir.

– Sans déconner, vous croyez que j'ai un micro ?

– Je ne prends pas le risque.

– Viens, on se casse, dit Adnan, nerveux.

Chloé ne bouge pas d'un pouce. Fait face aux trois hommes, soulève pull et T-shirt jusqu'en haut du soutien-gorge.

– Ça va comme ça ? Ou j'enlève le bas ?

– C'est parfait.

Adnan s'exécute aussi, visiblement gêné.

Ils se répartissent autour de la table basse. Marc pose sa bière sur le numéro de décembre d'*Esprit Trail*.

– C'est quoi votre histoire à vous deux ? Vous couchez ensemble ?

Chloé manque de s'étouffer dans sa Kro. Éric éclate de rire.

– Non, répond laconiquement Adnan.

– Je déconne, Ad, détends-toi.

Bien lourds, se dit Chloé. Elle a encore touché le gros lot.

– Bon, Adnan dit que tu as du kilo.

– J'ai cinq kilos, mais c'est un avant-goût.

Adnan se tourne vers elle, perplexe. Mais n'ose intervenir.

– Tu veux dire que t'en as plus ? demande Éric.

– Ouaip. Y en aura bien plus, si jamais on fait affaire.

– Tu sais appâter le client, mignonne.

– Et je fais des prix de gros, si toutefois votre offre m'intéresse.

Marc la détaille en souriant, engloutit bruyamment une gorgée. Éric la reluque de haut en bas, pas très discret. Il en faut plus pour la mettre mal à l'aise. C'est Marc qui relance le premier :

– T'en demandes combien ?

– Quarante-cinq le gramme.

Il se marre.

– Soyons sérieux.

– Vous avez eu un échantillon, vous revendrez ça facile soixante euros le gramme.

– Tu rêves. On ne s'engagera pas si on n'a pas une marge intéressante. On ne te connaît pas. On ne sait pas d'où elle vient ta came.

Chloé sort son paquet de clopes et son Zippo.

– Je peux ?

– Pas dans la salle de sport.

Elle cale sa cigarette derrière son oreille brûlée. Éric affiche une mine dégoûtée devant cet appendice rabougri et fripé. Marc reste impassible.

– C'est nous qui prenons tous les risques.

– Vous n'aurez plus jamais une occasion comme celle-ci, dit Chloé. Vous allez inonder le marché pendant des mois. Vous faire des couilles en or. Acheter autant de salles de sport que vous voudrez. Ouvrir une chaîne, même.

Marc se marre franchement, tape sur l'épaule de son frangin.

– Elle me plaît bien. J'espère vraiment que c'est ta meuf, Ad.

Adnan reste muet, les yeux dans le vague. Chloé repart de plus belle :

– Vous voulez laisser cette chance à d'autres ?

– Pour qui tu roules ?

– Mon fournisseur préfère rester anonyme.

– Qui me dit que tu n'es pas toute seule sur ce coup ?

Marc laisse planer sa phrase, puis reprend :

– Une aussi grosse quantité qui apparaît comme par magie, je ne vois pas cinquante possibilités. Toi, ou vous deux, ou avec d'autres, peu importe, vous avez mis la main sur une grosse cargaison. Pour être plus clair, ça implique que cette cargaison ne vous appartient pas, que c'est du vol. La grande question, c'est à qui vous l'avez volée.

Silence de mort.

— Je ne peux pas te donner l'origine de la drogue, désolée.

— Bien sûr que non. J'en reviens à ce que je disais : c'est nous qui prenons tous les risques. On revend au détail, on est donc les plus exposés. Comme tu ne me diras pas comment tu es entrée en possession de la came, notre seul intérêt c'est de prendre une grosse marge. Je t'en propose donc cent cinquante mille, et c'est généreux.

— Cent soixante-quinze, en prévision de nos futures relations commerciales. Trente-cinq euros le gramme, franchement, c'est cadeau.

— Tu vas avoir du mal à trouver d'autres gars pour écouler ton stock. Si je refuse ce deal, t'es à poil.

Il marque une pause, laisse ses mots infuser. Chloé ne cille pas, soutient son regard.

— Mais ton truc me tente bien. Va pour cent soixante-quinze.

Éric remonte chercher une nouvelle tournée de bières. Les bouteilles s'entrechoquent.

— Tu files ton paquet à Adnan, il nous l'apporte demain sans faute. On lui donnera du cash. À partir de maintenant tout passe par lui. T'inquiète pas, on a de la trésorerie.

— J'en doute pas une seconde.

Ils trinquent, yeux dans les yeux. Les bières sont ingurgitées en deux minutes. Cinq minutes plus tard, la 106 déboule sur la D437 direction Pontarlier. Chloé pousse la voiture ronronnante, grisée par l'adrénaline. Adnan, enfoncé dans le siège passager, se concentre sur le faisceau des phares glissant sur la neige. Sans se détourner, Chloé lui colle une bourrade du coude dans les côtes.

– Putain, détends-toi un peu.

– J'espère que tu sais ce que tu fais.

Une main sur le volant, Chloé allume une clope et enfume l'habitacle.

– T'inquiète, t'auras une belle petite com'.

Adnan s'abstient de tout commentaire, s'empresse d'entrouvrir la vitre pour ne pas mourir asphyxié.

Marc balance les cadavres de Kro dans le bac de la cuisine pendant que son beau-fils reprend sa partie de *Call of Duty* avec Éric. Les hurlements et les sifflements de balles emplissent de nouveau le salon. Il se pose au bar qui scinde la pièce en deux, sirote un verre de Pontarlier-Anis bien chargé, suit la partie de jeu vidéo d'un œil distrait. Lorsque sa femme rentre, vers 21 heures, et monte coucher son fils, Marc raccompagne son frère à sa voiture, ils fument une dernière clope devant le garage, les doigts congelés, la fumée se mêlant à la vapeur de leur haleine.

– Demain, on s'active et on trouve d'où vient cette dope. Elle n'est pas tombée du ciel, lance Marc.

– T'as une idée derrière la tête.

– Autant de drogue, ils n'ont pas volé ça au dealer du pâté de maisons… Il y a un gros poisson dans l'histoire. On a tout intérêt à négocier directement avec lui, et ça ne va pas être trop dur de trouver à qui il manque une aussi grosse cargaison. Et ces gens-là, vaut mieux être de leur côté. On retrouve la drogue, on fait le ménage, et on passe un deal. Tout bénèf pour nous. On ne va pas s'emmerder avec cette gamine.

– Et Adnan ?

– Quoi, Adnan ? Il s'est foutu là-dedans tout seul. Pas mon problème.

Marc lâche sa cigarette dans la neige. Le mégot s'éteint dans un chuintement étouffé.

Chapitre 5

La barre de fer. La sueur froide qui colle le dos au matelas. Bouche pâteuse, âcre. Les rayons aveuglants filtrent à travers les volets. Odeur infâme. Vomi séché. Chloé rampe hors du lit. Se traîne à la salle de bains, un réduit attenant à sa chambre, avec un bac de douche et un lavabo. Traits creusés, peau cireuse. Elle s'est défoncée toute la soirée. Et a picolé à ne plus tenir debout. Elle penche la tête en avant dans l'évier, l'eau froide lui mord la nuque. Ça calme à peine le marteau sous son crâne. Son estomac vide ne parvient même pas à geindre. Les yeux mi-clos, elle se traîne à nouveau jusqu'au lit. Un air indistinct monte du rez-de-chaussée, Michèle écoute une émission musicale à la radio en lisant. Il a fallu se lever à 7 heures, lui préparer le petit déjeuner. Elle a bu un café, qu'elle a rendu aussi vite dans les toilettes. Et retour au lit. Michèle n'a fait aucune remarque. Comme d'habitude. Elle ne la juge pas.

Chloé s'enroule dans sa couette, sur le dos en travers du lit. Tend mollement son bras vers son sac de sport, vérifie qu'elle n'a pas perdu ses quinze mille euros, ni ses doses toutes fraîches. Putain de bon sang de bordel. Thunes. Héro. À volonté. Elle ne va plus toucher terre.

Aussitôt les vingt-cinq mille euros de marge empochés, elle en a refilé dix mille à Adnan, et lui a acheté cinq grammes d'héroïne direct, deux cents boules cash, malgré ses protestations. Il fait chier, Adnan, avec sa morale à deux balles. Ne pas toucher au produit que tu vends. À peine un joint de temps à autre, il n'a jamais accepté d'aller au-delà. Il a ses « limites personnelles ». Conneries. Il a toujours été trop mesuré, frileux. Pas de couilles. Un ascète.

Elle va pouvoir dire adieu aux jobs de merde. Mieux même. Demain, elle ne retourne pas chez Millennials Fashion, elle les plante là. Histoire de faire enrager la pouffiasse de l'agence d'intérim. Rien à branler. Ça ne plaira sûrement pas à son « fournisseur » qu'elle se fasse remarquer comme ça, mais merde, quoi. Et tant qu'elle gère les transactions, il ne va pas en faire une montagne ! Terminé de mendier pour des tafs sous-payés. De ramper plus bas que terre pour trois jours au SMIC par-ci, deux missions à l'autre bout du département par-là. Les biftons vont tomber !

Elle a livré le fric sans encombre. Simple. Elle a écarté sa part, la com' d'Adnan, fourré les cent cinquante mille restants dans un sac de courses et envoyé un texto avec son téléphone de guerre. Le soir même elle était en route ; le type l'a appelée, il a fallu remonter en voiture. Fixer le portable, mode haut-parleur, au support à pince enfoncé sur la grille de chauffage. Elle s'est laissé guider, a traversé les villages assoupis, la 106 a résisté aux dénivelés, serpentant entre les épicéas chargés de poudreuse. Vingt minutes de conduite nocturne. Val de Mouthe, puis remontée vers la forêt du Lancier. Elle a attaqué le flanc jurassien de la montagne, croisant le chalet de la Bourre, plusieurs véhicules garés sur le parking, certainement des touristes en train de dîner.

Le type au téléphone s'est peut-être même planqué là. Qui sait ?

– Tu vas bientôt arriver dans la plaine, ma petite.

– Z'avez pas mieux comme surnom, sans déconner ?

– Pas eu le temps d'y réfléchir, tu m'excuseras. Bref. En bas de la pente, tu vas arriver dans la plaine de Mignovillard.

– Ça va, je connais, merci !

– T'arrives vers les champs, tu balances le sac par la fenêtre sans t'arrêter et tu traces ta route. Tu passes par Mignovillard, tu bifurques sur Froidefontaine et tu remontes sur Cerniébaud. Je te surveille, alors joue pas à la maligne.

Et il a raccroché.

Une fois en bas de la pente, Chloé a envoyé le sac dans le fossé puis accéléré pour disparaître au virage suivant. Aucune intention de jouer à la maligne, justement. Tant que ça paye.

Depuis, elle attend la deuxième livraison. Aucune idée de quand ça va tomber. Son agenda à lui. Ses règles. Elle n'y trouve rien à redire, pas le choix. Respecter le processus à la lettre maintenant. Se rendre indispensable. Gérer.

Une sonnerie de téléphone rugit non loin de la tête de lit, lui vrille le crâne. Elle atteint le portable du bout des doigts, ferme les yeux pour adoucir la migraine, articule trois mots inintelligibles d'une voix de camionneuse. Pas de réponse. La sonnerie continue. Ce n'est pas le téléphone de guerre qui sonne, putain, c'est son perso. Elle devrait reconnaître la sonnerie pourtant. Saloperie de gueule de bois. Elle tire le mobile de la poche de son jean suspendu au pied du lit, entrouvre un œil pour déchiffrer le nom du correspondant.

Adnan. Qu'est-ce qu'il veut ?

Elle décroche, déjà lasse.

— Quoi ?

— T'es chez toi ?

— Ouais. Je crois.

— Barre-toi, Chloé. Tout de suite.

Décharge électrique dans la nuque. Elle se redresse contre la tête de lit.

— Je… Qu'est-ce que tu racontes ?

— Ils sont après toi. Faut pas que tu restes chez toi. Ils me cherchent, et toi aussi.

— Putain, mais qui ça ?

— Réveille-toi, Chloé ! Les types à qui appartient la dope !

— Je ne comprends pas ! Comment ils savent ?

— Réfléchis cinq minutes. Les frères Saillard. Ils nous ont balancés. Maintenant, tu te casses de là et tu arrêtes de discuter. Tu me retrouves sur le parking de la scierie Lacroix.

— Mais…

— Bouge-toi !

Il raccroche. Chloé reste paralysée quelques instants, digère les informations. Puis l'adrénaline inonde son corps, la peur cisaille son abdomen. Elle bondit sur son armoire bringuebalante, passe un pantalon trop large et un épais pull de laine, fébrile, et enfile ses Doc. Elle fourre ses billets dans un sac à bandoulière, ses deux téléphones et leurs chargeurs, sa demi-crosse de hockey, gants, bonnet, tout ce qui lui tombe sous la main, récupère son couteau papillon dans la table de nuit, direct dans la poche arrière du futal.

Elle dévale les escaliers et traverse le séjour en coup de vent sous les yeux ahuris de Michèle, qui en renverse sa tasse de thé sur le plancher. À peine sortie du garage, la 106 patine sur la glace et s'élance en direction du

98

lac des Forges, à dix bornes, et des forêts qui le sur-
plombent, au sein desquelles est nichée la scierie.

30 janvier – 10 h 30

La grille est fermée. Tout est paisible, au repos.
Peut-être y a-t-il un gardien, même pas sûr. C'est le
week-end. Elle est seule sur le parking extérieur abrité
par des piles de planches de sapin enveloppées dans des
bâches bleues, le long de l'aile sud d'un long bâtiment
de bois brun foncé. Adnan a bossé quelque temps ici,
elle venait l'y chercher le soir. C'est à l'écart, isolé de
tout, aucun village à plusieurs kilomètres à la ronde.
Le cœur des forêts. Vingt minutes qu'elle attend là,
retranchée derrière son volant. Tape du pied contre les
pédales. N'y tenant plus, elle se confronte à la température polaire, allume une Gauloise. Adnan ne devrait
plus tarder, il faut moins de quarante minutes depuis
Pontarlier.
Qu'est-ce qui s'est passé ? Elle ne comprend rien. Se
demande si elle doit appeler le type, le prévenir. Non,
trop risqué. S'il se doute qu'elle est grillée, il la lâchera
aussitôt. Elle ne sait rien de lui. Elle n'a aucun moyen
de pression. Elle est toute seule. Presque. Il reste Adnan.
Vingt-cinq mille euros à eux deux. De quoi se mettre
au vert, disparaître pour que ça se tasse. Se barrer d'ici.
Paris ? Le Sud ? La Bretagne, carrément ? Rien ne la
retient franchement ici, c'est le moment de faire le grand
saut. Convaincre Adnan. Et s'il refuse ? Elle a de quoi
partir seule, bordel. C'est ses potes de merde qui les
ont mis dedans. Elle ne doit rien à personne, et surtout
pas à Adnan. Il l'a larguée salement, sans même une
explication, genre « c'est fini entre nous, ça marchera

jamais », sans soutenir son regard. Merci, au revoir. On se tient au courant, on s'appelle. Et…

Ils ne savent pas où elle habite.

Les frères Saillard. Ils ne la connaissent pas. On ne trouve pas son adresse sur Google. Ils n'ont qu'un seul moyen de remonter à elle : Adnan. C'est quoi cette embrouille ?

Ses cicatrices la démangent, brûlent, comme chaque fois qu'elle commence à paniquer. Il ne va pas venir. Elle s'est fait niquer, il l'a trahie, c'est un putain de piège.

La fraction de seconde que prend sa clope pour atteindre le sol et s'éteindre, une Volkswagen Passat noire déboule de la route et dérape en travers du parking. Chloé se rue dans sa voiture et bloque toutes les serrures. Une silhouette s'élance hors du véhicule qui lui barre la route. L'homme, aux traits jeunes taillés à la serpe et les yeux rentrés sous les arcades, empoigne à mains nues sous son siège une longue tige d'acier, bravant le gel. Le pouls de Chloé atteint sa cadence maximale, elle tente désespérément de sortir le couteau de sa poche. Trop tard, un coup de barre à mine fracture la vitre conducteur. Un bras puissant lui enserre le cou et la tire par la fenêtre, arrachant les bouts de verre au passage. Elle chute lourdement sur la glace, un coup de pied dans l'estomac lui coupe le souffle. L'homme l'agrippe par la nuque et la force à se relever, la pousse sans ménagement jusqu'à sa voiture et l'envoie valser sur la banquette arrière. Tout juste le temps d'aspirer une goulée d'air glacial, elle se retrouve avec un canon de pistolet automatique enfoncé dans la joue.

— On va aller faire un tour et discuter, ma belle. Et t'as intérêt à être très coopérative, je ne suis pas très patient.

Chloé se retient de vomir sur le cuir des sièges. Il a un fort accent, pays de l'Est, devine-t-elle.

Il jette sa barre de fer sur la place passager, boucle les portières et s'installe au volant, fait vrombir le moteur et démarre dans un nuage de poudreuse.

30 janvier – 11 heures

Le contact du métal. Les doigts sur le manche du couteau, dans sa poche arrière. Chloé évalue le temps que ça lui prendrait de le sortir, le déplier, se redresser contre le siège avant et enfoncer la lame dans la jugulaire. Ou ailleurs. Entre les côtes. Pour ne pas le tuer. Juste avoir le temps de filer, de courir. Qu'est-ce qu'il va faire d'elle ? S'il voulait la tuer, ne l'aurait-il pas fait sur le parking, alors qu'elle était coincée au volant de sa voiture ? Une balle dans la tempe, bien nette. Où l'emmène-t-il ?

Une douleur lancinante la plie en deux. Elle n'arrivera pas à l'atteindre. L'abdomen en feu, les reins qui hurlent. Et la peur qui la paralyse. Elle ne sera jamais assez rapide. Le type garde son flingue à portée de main, sur les genoux, et son regard perçant fait des va-et-vient entre la route enneigée et le rétroviseur.

Mille pensées folles traversent son esprit embrouillé. Comment survivre ? Sa vie va se terminer ici, dans cette forêt, d'une balle dans le crâne. Pour une simple photo la montrant en train de voler les vélos d'une paire de gamines. Non. Parce qu'elle n'a pas pu dire non au pognon, à l'héroïne. Parce qu'elle a été naïve. À quoi s'attendait-elle ? Elle ne sait rien de l'homme qui l'a mise dans ce merdier. C'est pourtant tellement évident. Elle joue pleinement son rôle dans la chaîne : le fusible.

Ils ne pourront pas remonter plus loin qu'elle. Elle comprend aussitôt ce qui l'attend. Le regard du chauffeur, animé d'une flamme mauvaise, la transperce à nouveau. Il va la faire parler. C'est son seul but. Il va l'emmener au plus profond de la forêt. Personne à des kilomètres. Loin des pistes de ski et des refuges. Pour la torturer à loisir. Il ne la croira évidemment pas. Il n'a pas le choix. Des millions d'euros. Des kilos de blanche.

Elle doit jouer son va-tout. C'est lui ou elle.

Le type enfonce la pédale de frein, la voiture dérape et s'immobilise le long d'une congère. Trop tard. Elle n'aura plus jamais l'occasion de tenter quoi que ce soit, il sort déjà de l'habitacle, déverrouille les portes, ouvre celle de derrière, debout dans l'encadrement, arme son Sig Sauer 9 mm.

– Dehors !

Les jambes flageolantes, Chloé s'extrait de la banquette, prend appui sur la portière ouverte. face à face. Le visage de l'homme ne laisse paraître aucune émotion, seul son regard trahit sa rage. Il n'est pas beaucoup plus vieux qu'elle, vingt-cinq, vingt-six ans max. Fin comme un rameau, flottant dans un trench North Face trop ample qui lui tombe sur les genoux, les joues creusées, les arcades sourcilières proéminentes. Sec et nerveux. Imprévisible.

– Bouge de là !

Chloé, incapable de remuer le moindre muscle, se cramponne à la portière. L'homme grimace d'impatience et la chope par les cheveux, la colle contre lui, lui enfonce le canon du pistolet sous la mandibule, lui incline la tête en arrière d'un brusque mouvement du poignet, fait coulisser l'arme le long du cou. Le contact de la glissière du Sig Sauer sur ses cicatrices la révulse, elle se débat, mais la poigne ferme ne lui laisse aucune marge de manœuvre.

— T'es déjà pas bien belle, mais si tu n'obéis pas, je t'arrange l'autre côté, et plus personne pourra te regarder en face sans gerber.

Il la repousse et son crâne cogne contre la carrosserie dans un grondement de tôle. Étourdie, elle se remet aussitôt debout, ne lui offre pas le plaisir de flancher. Ne pas se laisser dominer si facilement. Ne pas subir. Ne pas détourner le regard. Elle le fixe avec un air de défi, du sang perle au coin de ses lèvres fendues. Malgré sa terreur, elle arbore son sourire le plus arrogant, découvrant des dents tachées de rouge carmin. Il hoche la tête, amusé par l'attitude effrontée.

— Je sens qu'on va bien s'entendre, toi et moi.

Il lui décoche un revers de la main en pleine tempe, Chloé rebondit contre la voiture et s'écroule sur le chemin, tête la première dans la neige. Il l'attrape de nouveau par les cheveux, arrachant des mèches par poignées, affirme son emprise et la traîne jusqu'à l'avant du véhicule, la coince dos au pare-chocs. Le moteur ronronne contre sa nuque, les odeurs d'huile et d'antigel lui piquent les narines malgré le froid qui lui coupe la respiration. Elle replie ses jambes, croise ses bras sur son torse, réflexe de défense. L'homme s'agenouille devant elle, son arme dans la main, lui tapote la joue de l'autre.

— Tu vas être bien gentille, on ne va pas passer la journée ici, on se les caille. Tiens, d'ailleurs, tu vas me virer ton gros manteau, et ton pull aussi.

Abasourdie, Chloé le dévisage, abasourdie.

— Allez, hop, en T-shirt !

Elle s'exécute malgré les douleurs au thorax, se retrouve bientôt bras nus, ses cicatrices offertes au regard, grelottant sous les flocons qui se remettent doucement à tomber, fondant dès qu'ils entrent en contact avec sa peau flétrie. Transie, le froid s'infiltrant jusque dans ses os, Chloé ne peut réprimer le claquement de sa mâchoire.

– Il paraît que c'est la mort la plus douce. Le froid. Qu'on s'endort tranquillement, comme anesthésié, que la douleur disparaît. Perso, ça ne me tente pas trop, je déteste ça. Alors, c'est à toi de voir. Plus vite tu accouches, plus vite ça s'arrête. Je ne sais pas combien de temps tu peux tenir.

Chloé bredouille quelques mots confus, le tremblement de son menton congelé l'empêche de former des phrases.

– Qu'est-ce que tu dis ? Va falloir faire mieux que ça.

– Je ne sais pas…

– Attends. Je te coupe tout de suite. C'est la dernière fois que tu prononces ces mots. Ce qui m'intéresse c'est ce que tu sais. Je vais te raconter ce que moi je sais, ça nous fera gagner un temps précieux à chacun. Cent cinq kilos de cocaïne pure. Envolés, comme par magie. Ça te parle ?

Figée, Chloé l'écoute dérouler son laïus sans broncher, des larmes de souffrance gèlent sur ses paupières.

– Comme par enchantement, quelques jours plus tard, te voilà en train de chercher un grossiste pour une grosse quantité de blanche pure tombée du ciel. Sacrée coïncidence, non ?

– Je… J'ignorais d'où venait…

Il l'interrompt d'un coup de poing dans la mâchoire. La tempête se déchaîne dans sa tête, son cerveau rebondit sur toutes les parois du crâne. Son visage est en bouillie.

– Mauvaise réponse. La seule que je veux entendre, c'est qui sont tes complices. Je suis certain que tu n'as pas monté un coup pareil toute seule. Trop conne et trop camée. Et pas sûr que t'aies les couilles de buter un mec juste pour ça. Alors ? Avec qui ?

Chloé crache un long filet de sang dans la poudreuse.

– Il… Il me livre… Je récupère la dope… Je la vends… Il… Tout par téléphone… Jamais vu.

Le type expire longuement un épais nuage de vapeur.

– Je… fais juste l'intermédiaire.

– Comment il te contacte ?

– Téléphone… Prépayé.

– Putain. Où ça, le téléphone ?

– Voiture… Sac…

– OK. Comment tu lui files le fric ?

– J'ai… un itinéraire… Il me… Je dois balancer un sac, au signal. En pleine campagne.

L'homme la jauge, ses yeux rétrécis à la taille de têtes d'épingle fouillent son âme, il analyse sa physionomie à la recherche du mensonge, de la dissimulation, scrute le moindre signe suspect.

– Et Adnan ?

Elle tressaille. Comprend tout. Adnan ne l'a pas piégée. C'est eux, ce type, et les frères Saillard, de mèche, ils l'ont forcé. Qu'est-ce qu'ils lui ont fait pour qu'il accepte de l'appeler, de l'envoyer dans la gueule du loup ? Il est peut-être même déjà mort. Elle réprime des sanglots dans sa gorge, serre les dents.

– Adnan n'a rien à voir. Il ne voulait pas… Juste me mettre en contact. Les frères Saillard…

– J'en déciderai. On verra si ça colle avec ta version. Combien tu touches ?

– Il me donne un prix fixe… Au kilo. Je garde… le surplus.

– Il est généreux. Comment il te connaît ? Pourquoi toi ?

Chloé hoche la tête en signe de négation, ferme les yeux, anticipe les coups.

– Un ex ? De la famille ? Réfléchis un peu. C'est lui qui m'intéresse, pas toi. Alors creuse-toi un peu la cervelle. Tâche de me servir à quelque chose.

– Sais pas… Plein de gens qui savent. Pour moi. Depuis le lycée… Dealers du coin…

– Ils n'auraient pas besoin de toi pour contacter des grossistes.

– Sais pas qui c'est… Pas vu… Je vous jure.

L'homme se relève, ses pupilles balaient la clairière qui les entoure. Un trou au cœur de la forêt, loin de toute civilisation. Une impasse. Il se dit qu'il ne remontera pas plus haut que cette pauvre fille. Il s'éloigne de quelques pas sur le chemin, gardant Chloé à l'œil. Elle grelotte, sa peau, désormais blanche, délavée, va bientôt virer au bleu. Le sang ne suffit plus à maintenir la température corporelle. Elle ne fait pourtant rien pour récupérer son manteau, presque à portée de main. Elle fait pitié à voir. Il prend son téléphone dans sa poche et ouvre son répertoire, presse sur l'entrée *Kosta*. Deux sonneries et il est en communication avec son frère aîné.

– Ouais, c'est Marko. J'ai retrouvé la fille. Impossible de remonter jusqu'au commanditaire avec elle… J'ai son téléphone… Ouais, sûr.

La discussion est courte, efficace, économe en mots. Marko pince les pans de sa veste autour de son cou, frigorifié. Sourit devant le tourment de sa proie. Reprend enfin la parole.

– Et elle ? Laisse-moi m'en occuper. On n'a pas besoin d'elle pour choper ce fils de pute. Elle est grillée de toute façon. Elle est plus gênante qu'autre chose. Ici, on ne la retrouvera pas avant des mois…

Silence en ligne. Kosta réfléchit. Trop. Marko se retient de relancer, masque sa fébrilité. Il doit maîtriser la situation. Prouver à son frère qu'il a les épaules. Et enfin, le feu vert. Un simple « oui », sobre, définitif. Fin de la conversation.

Marko rempoche le portable. Ses doigts se contractent autour de la crosse du pistolet. Non, pas de balle. Pas de trace. Il passe l'arme dans sa ceinture, enfile ses gants de cuir. Chloé n'est pas suffisamment abrutie par le froid pour ne pas saisir la situation. *Témoin gênant.*

Elle glisse à plat ventre, ses doigts contractés griffent le sol, accrochent la pellicule de verglas en mouvements désordonnés, elle rampe sur le côté de la voiture, le vent lui ramène les gaz d'échappement en pleine figure, elle hoquète, se hisse, pousse sur ses pieds qui patinent. Centimètre par centimètre, elle survit. Le froid, partout, les brûlures. La glace ronge sa peau comme le feu quelques années auparavant. Même sensation de mourir consumée, d'étouffer lentement. Terminaisons nerveuses passées au chalumeau, des milliers d'aiguilles s'infiltrent sous l'épiderme. Elle hurle, mouline des bras dans une ultime tentative de fuite désespérée. Jusqu'à ce qu'une main gantée l'immobilise au sol, et qu'une seconde lui broie l'avant-bras et la retourne sur le dos, la redresse contre l'aile de la voiture. Elle n'a même pas avancé de deux mètres. Il la relève sans effort, main autour du cou, la plaque contre le marchepied de la banquette arrière.

– A… attends…

– Ça ne sera pas long.

Il serre. Lui coupe le souffle. Dernier espoir. Elle lève son bras droit. Sa main rencontre l'entrejambe du type. Douce. Il fronce les sourcils. Relâche légèrement l'étreinte.

– Qu'est-ce que tu imagines ?

Chloé ferme les yeux, fort. Affermit sa pression contre le sexe de son bourreau. *Dernière chance.* Son cœur s'emballe. Peut-être ses dernières secondes de vie.

– Tu veux encore jouer ?

Elle vide toutes ses pensées. Surtout ne plus réfléchir. Offrir son corps pour survivre. Tout sacrifier. Elle n'a plus que ça. Pas pire que se vendre pour une dose. Pas pire. Pas pire…

Elle ouvre la braguette d'une main frémissante, le sent durcir. Il se colle à elle, main toujours sur son cou.

– Baisse ton froc…

Sa respiration se fait plus saccadée. Elle l'a ferré. Il sort son pistolet de sa ceinture, le lui colle sur la tempe.

– On va jouer.

Elle enlève ses chaussures, se déboutonne tant bien que mal, fait glisser son jean sur le marchepied. Il baisse les yeux sur ses cuisses exsangues et vacillantes, relâche la pression sur le cou, laisse courir sa main libre sur ses seins, son abdomen. Chloé s'efforce de réprimer son dégoût. *Ça va aller. Ça ne peut pas être pire.* Elle se convainc. Il le faut. La paume en cuir lui frôle le ventre, redescend sur l'aine. Il arrache sa culotte d'un geste brutal. En profite pour faire tomber son pantalon et son caleçon sur ses chevilles. Elle fait tous les efforts du monde pour penser à autre chose, pour déconnecter son esprit. Elle s'offre entièrement, dos en appui sur l'assise de la banquette. Il la presse contre son torse et tente de la pénétrer. Elle serre les dents, l'oxygène bloqué dans ses poumons. Le type s'énerve, bouillonnant, maladroit. Quand il réussit enfin à entrer en elle, Chloé manque de perdre connaissance, déchirée dans sa chair. La brûlure est maintenant en elle, plus forte que les flammes, plus puissante que le gel. Le supplice l'oblige à porter son poignet à sa bouche et à le mordre jusqu'au sang, étouffant le cri de désespoir qui monte de ses entrailles. Et de nouveau la main qui comprime sa gorge, qui serre. Elle ouvre les yeux, et découvre le visage cramoisi à quelques centimètres du sien, qui se repaît de son agonie.

La main de Chloé retombe le long de la banquette et fouille le tapis de sol, jusqu'à la marche. Rencontre enfin le jean. Elle concentre ses dernières forces à agripper son vêtement sans que le type ne le remarque. Elle doit faire vite, il est survolté, ne va pas tenir longtemps. Elle tâte les poches, tombe enfin sur celle de derrière. Les doigts sur le métal. Elle sort le couteau papillon. Plus d'air. Elle suffoque. *Pas encore.* Elle déplie la lame, bloque le manche. Sa main tremble. Aucune force dans les bras. Attendre. Le bon moment. Quand il sera le plus vulnérable.

Elle replie ses jambes autour du type, il accélère la cadence. Le canon du flingue sur sa tempe vibre, la prise s'accentue sur son cou, écrase sa trachée. Elle part, les ténèbres l'engloutissent, elle ne va pas y arriver. Et soudain il se cambre et jouit. Le pistolet ripe en arrière et quitte le crâne de Chloé. *C'est maintenant.*

Elle concentre toute l'énergie qui lui reste et lance son bras dans le dos de son assaillant. La lame fend les chairs et s'enfonce sous les côtes du type en plein orgasme. Une grimace atroce le défigure alors qu'il bascule, lâchant le cou de Chloé. Le pistolet rebondit contre la portière et termine sa course entre les sièges. Chloé ressort le couteau et remonte le bras, donne un second coup, transperce la jugulaire. Le sang l'éclabousse, l'aveugle alors que l'homme s'effondre, un cri silencieux déforme ses traits, il porte frénétiquement la main à sa gorge béante et dérape, s'affale contre une congère, le manteau imbibé de sang poisseux, le pantalon sur les mollets.

Chloé aspire l'air glacé dans une quinte de toux, pliée en deux. Son corps refuse de lui obéir, son esprit dérive.

Au prix d'un effort surhumain, elle se glisse sur la banquette et referme la portière. Attrape le flingue, sur le tapis de sol. Le type se roule dans la neige, se vide de son sang comme un cochon égorgé.

L'adrénaline l'aide à surmonter la douleur. Elle contemple les derniers instants de son agresseur à travers le rideau de buée, son souffle haletant sur la vitre. Encore quelques sursauts, et il s'immobilise définitivement. Elle laisse passer les secondes, puis les minutes. Prostrée. Nue. Anéantie, mais vivante. Elle se tortille pour enfiler son jean, et après moult hésitations, elle ouvre la portière, pistolet en main. Contourne le corps et récupère pull, manteau et chaussures. Se rue aussitôt à la place du conducteur sans quitter le cadavre des yeux, augmente le chauffage, boucle toutes les portières. Désemparée, elle a perdu toute volonté, ne sait plus que faire.

Elle prend soudainement conscience du sacrifice qu'elle a accepté pour sauver sa peau. *Ça ne peut pas être pire*, se disait-elle. Son corps entier lui hurle le contraire, se contracte dans le fauteuil, elle frappe de toutes ses forces contre le volant en serrant la mâchoire, manque de se briser les os des bras.

Ne pouvant se décider à fuir avec la voiture de son assaillant, ni à partir à pied, incapable de rassembler ses idées et de reprendre le dessus, elle se résigne à appeler Samuel, désespérée. Il est venu lui poser des questions, il est forcément impliqué d'une façon ou d'une autre dans cette histoire, lui seul pourra lui venir en aide.

30 janvier – 12 h 30

Samuel conduit comme un fou furieux en contournant le lac des Forges, une route sinueuse et peu fréquentée qui mène à la scierie Lacroix en bordure de forêt, sur le versant ouest. Le coup de fil de Chloé l'a abasourdi. Il lui a fallu réagir très vite, dépasser ses angoisses, se secouer les puces. Impossible de la faire parler plus. Il doit la retrouver, la tirer du mauvais pas dans lequel elle s'est fourrée. C'est lié, c'est forcément lié, se dit-il en slalomant avec le Partner pour éviter les plaques de glace. Il ignore ce qu'il va trouver là-bas, dans les bois, mais il s'attend au pire. Il a emporté son fusil. Mais pas uniquement. Il a chargé des bidons de fuel dans l'utilitaire. Et une bâche.

« Je l'ai tué. »

Les mots résonnent encore à ses oreilles. Il ne peut pas abandonner Chloé.

Il arrive enfin à la scierie, repère immédiatement la 106 sur le parking, vitre éclatée. Il la dépasse et s'engouffre dans le chemin de chasse qui grimpe la montagne. Il ne met pas longtemps à atteindre la clairière, à pleins gaz.

Une voiture noire arrêtée en pleine voie. Une forme sombre à gauche, un corps recroquevillé, baignant dans une mare vermeille. Il refoule un haut-le-cœur. Reconnaît aussitôt le type. Marko Zajini. Mort.

Il se gare derrière la Passat, et prudemment s'avance, fusil en main. Pas un murmure ne vient troubler la quiétude de la forêt. Il progresse jusqu'à la voiture,

111

se penche vers la vitre. Chloé lui lance un regard fié-vreux depuis l'avant, il ne lui connaît pas cette expression de détresse absolue, et ça l'atteint en plein cœur. Elle déverrouille, il contourne le véhicule et se glisse à côté d'elle, referme derrière lui. Il marque un temps d'arrêt en examinant Chloé : le visage tuméfié, les lèvres fendues, des traînées de sang sur son jean, elle serre fermement un pistolet Sig Sauer entre ses phalanges écorchées. De violents sanglots la secouent, mais aucune larme ne coule. Délicatement, il ôte l'arme de ses mains tremblantes et la range dans la poche intérieure de son blouson. Chloé tourne vers lui des yeux affolés.

— Pourquoi tu es venu me poser des questions ? Qu'est-ce que tu sais à propos de cette drogue ? Qu'est-ce que tu as à voir là-dedans ?

L'estomac de Samuel se tord, un relent acide remonte dans son œsophage.

— Chloé… Raconte-moi ce qui s'est passé.

— Toi d'abord.

— J'ai merdé. J'ai grave merdé. Parce que je devais de l'argent à mon oncle. Je l'aide à planquer de la dope pour rembourser ma dette.

Chloé renverse la tête en arrière.

— Depuis longtemps ?

— Cinq ans, lâche-t-il d'une voix éteinte.

— Me dis pas…

— C'est comme ça, Chloé.

— Putain… C'est ma faute !

Il se fige face à elle.

— Arrête avec ça, tu avais seize ans ! Et c'était un accident. Et il n'y a pas que ça, j'ai d'autres dettes, il a fallu que je rachète les parts de Bertrand quand il est parti.

– Tu peux dire ce que tu veux, c'est ma faute. J'ai bien eu le temps de retourner ça dans ma tête. Chaque fois que je me regarde dans la glace, mes cicatrices… Les deux tiers de ma peau… Je ne savais même pas que tu payais encore pour rembourser… Que tu étais encore dans la merde à cause de moi.

– Je ne t'en ai jamais voulu, Chloé, jamais. J'étais responsable de toi.

Elle plonge son visage dans ses paumes égratignées. Il avance timidement la main, mais retient ce geste affectueux.

– C'était une grosse livraison, reprend-il. Il y a dix jours. Mon cousin, Simon, ramène de Suisse des paquets pour le compte d'un gang de Kosovars, on les cache dans la grange, ils sont ensuite dispatchés sur Lyon, Dijon. Enfin bref. On ne sait pas ce qui s'est passé exactement, mais Simon est mort. Il est tombé dans un piège, on a retrouvé sa voiture en bas d'une falaise. La drogue avait disparu, aucune trace.

Chloé se penche en avant contre le volant, serre les dents pour contenir la douleur, le fixe dans le blanc des yeux.

– Bordel, Samuel…

– Ce type, là, dans la neige. C'est un des Kosovars. Il a débarqué à Dampierre pour retrouver le voleur, pour faire le ménage. Je suis tellement désolé. Comment t'a-t-il chopée ? Qu'est-ce qu'il fait là ?

– Je suis une grande fille, je me suis mise dans le pétrin toute seule. Le type qui a tout volé m'a contactée. Il m'a chargée de tout écouler, et je touche une commission.

Samuel porte la main à son front.

– Ils connaissent ton identité…

– J'ai vendu une première fournée, pour cent cinquante mille. Les fils de putes avec qui j'ai fait affaire ont joué double jeu, ils m'ont piégée.

– Si on ne retrouve pas cette dope, on est morts…

– Moi, je suis morte, de toute façon ! J'ai tué ce type ! Il voulait m'éliminer quoi qu'il arrive, ils vont se débarrasser de toutes les personnes gênantes. Et tu me dis qu'en plus c'est un des pontes du réseau ?

– Calme-toi, Chloé, on va trouver une solution.

Il l'enlace alors qu'elle panique à nouveau, cherchant l'air, cognant le tableau de bord.

– Autant crever tout de suite !

– Je t'interdis de dire ça. Personne ne sait qu'il est là !

– Il a appelé quelqu'un au téléphone. Juste avant d'essayer de me tuer !

Elle s'abandonne contre son épaule, secouée de sanglots muets.

– Je vais te déposer à ta voiture, et tu vas aller te planquer, faire profil bas quelque temps. Je vais m'occuper de lui. Personne ne le retrouvera de sitôt. Et personne ne remontera jusqu'à toi.

– Je ne peux…

– Laisse-moi faire maintenant, la coupe-t-il. J'ai un peu d'argent, ça t'aidera.

– Laisse tomber. J'ai ma part en liquide, dans ma voiture.

– Tu as de quoi te changer ? Tu sais où aller ?

– Je peux me débrouiller.

– Je sais, ma puce. Viens avec moi.

Ils s'extraient de la Passat et rejoignent le Partner. Samuel repart en reculant, le corps sans vie de Marko Zajini n'est bientôt plus qu'un point noir dans la plaine blanche.

Ils atteignent la scierie. Samuel surveille les environs, fébrile, pendant que Chloé se change et jette ses vêtements souillés à l'arrière de l'utilitaire, se frictionne énergiquement les mains et le visage de neige fraîche pour effacer les giclures et les croûtes. Pas parfait, mais ça ira, avec un bonnet enfoncé jusqu'aux oreilles et une écharpe remontée jusqu'au nez.

Ils se séparent sans un mot, après s'être agrippés l'un à l'autre, les bras entourant les épaules, la respiration en osmose.

Samuel regagne le chemin. Les traces de pneus de la Passat et de son utilitaire sont bien visibles sur la route, mais seront vite recouvertes par les prochaines précipitations, et personne n'a de raison de venir traîner par ici en cette saison.

Il prend une grande inspiration et se lance. À pas mesurés, il approche du cadavre, le sang déjà coagulé masque presque le visage bleu figé dans un rictus de terreur. Un visage si jeune. Non. Il doit se faire violence. Passer par-dessus ses scrupules et son dégoût. Il voulait la tuer. Sa Chloé. Elle n'avait pas le choix.

Il tressaille, réalisant seulement maintenant que le pantalon du jeune homme est baissé, son sexe congelé dépasse de sa parka. Cette découverte le terrasse. Il ne voulait pas uniquement la tuer. Il l'a violée. Samuel suffoque de rage. Plus aucun remords, aucune hésitation.

Il referme ses mains autour des chevilles de Marko, frémit en sentant la chair morte malgré les épaisseurs de tissus. Il tire, traîne la dépouille, ignorait qu'un corps sans vie pouvait être aussi lourd. Au prix d'immenses efforts, il parvient à hisser Marko au volant de la voiture, à l'installer en position de conduite, définitivement figé par la mort. Il retourne ensuite récupérer les bidons de fuel dans son Partner, en asperge copieusement l'intérieur, les sièges, les vêtements de Marko, puis termine le bidon sur la carrosserie et les pneus.

Il enflamme un morceau de journal qui traînait à l'avant de son utilitaire, et le lance contre la Passat.

Le véhicule s'embrase aussitôt, contraignant Samuel à reculer de plusieurs mètres sous l'effet de la chaleur. Les flammes lèchent l'habitacle. Le brasier absorbe bientôt le cadavre dans une odeur infecte de cochon carbonisé. Une fumée noire s'élève au-dessus de la cime des sapins. Samuel ne doit pas s'éterniser. Il ne peut quitter du regard la silhouette en feu, la peau qui se détache du crâne, les orbites vides. Jamais il n'a ressenti pareille haine, désir de détruire, d'anéantir un être. Si seulement il avait su dire non, dès le départ.

Ça n'aurait rien changé. Simon serait quand même mort, la drogue volée, et Chloé impliquée.

Si seulement il avait été là pour elle. Toutes ces années. S'il avait su comment la sauver, la tenir à bout de bras. Il glisse dans la neige, se rattrape, s'assied, écœuré.

Tout lui paraît perdu, sans espoir. Marko Zajini est mort. Son frère aîné, Kosta, va très vite s'apercevoir de sa disparition. Marko était sur les traces du voleur, il était remonté jusqu'à Chloé. C'est donc sur elle que vont se concentrer les recherches. Marko a passé un coup de fil avant de tenter de tuer Chloé. Kosta sait donc qu'il était avec elle. Il va falloir que Chloé parte, le plus loin possible. Quitter la région. Quitter la France ?

Détail important : Kosta ignore qu'il a vécu pendant quelques années avec sa mère. Il n'a pas le lien. En tout cas pas encore, sinon Marko serait venu directement à lui, à lui et à Claude. C'est ça. Il faut que Chloé disparaisse et qu'ils ne lui mettent pas la main dessus. Comment ?

Et moi ?

Partir ? Tout abandonner ? Après toutes ces années d'effort à redresser la ferme. À tout donner, tout sacrifier. Les vaches. La coopérative. Peut-il tout plaquer du jour au lendemain comme ça ? Avec quel argent ? Et ça veut dire… Abandonner Claude. S'il disparaît avec Chloé, c'est Claude qui prend. Certain. Mais s'ils sont sur les traces de Chloé… Ils finiront par savoir. Impossible autrement. Et si Claude comprend que Chloé est impliquée dans ce bordel, que va-t-il penser ? La seule chose qu'il pourra en déduire : la collusion. Que Samuel a fait le coup, et a tué Simon, avec la complicité de sa belle-fille. Qu'ils ont revendu la drogue. S'ils disparaissent, ça ne fera que confirmer cette hypothèse. Dans tous les cas, Kosta Zajini ne les croira pas. Claude devra sauver sa peau, quoi qu'il arrive. Donc : lâcher Samuel. Le charger.

L'agriculteur se relève et regagne son véhicule, laissant la carcasse se consumer. Le Sig Sauer dans la doublure de son manteau cogne contre ses côtes. Samuel se sent coincé, de tous côtés. Il va falloir réfléchir à un plan, et vite. Le Peugeot Partner repart en marche arrière en faisant gicler la neige sous ses pneus.

30 janvier – 17 heures

Après avoir quitté Samuel, Chloé a pris le risque de repasser chez elle à Rochefontaine pour récupérer ses dernières affaires, prendre une douche pour tenter d'effacer ce qui s'est passé. Elle a évité Michèle, assoupie dans le salon, s'est enfermée dans la salle de bains.

Des frissons d'angoisse lui ont sillonné le dos. Le type avec sa barre de fer qui bondit sur elle et défonce la vitre, la tire dehors. Les coups. Le sang, puis l'horreur. Bouillonnante, affaiblie, elle fouille dans sa sacoche et en sort son nécessaire, se prépare avec son Zippo et son rouleau d'aluminium une dose qu'elle inhale à grandes bouffées, recroquevillée derrière les toilettes. Respire enfin. Elle enfile son sweat à capuche bleu marine et son baggy. Elle a laissé ses vêtements souillés à Samuel, qui les détruira.

Elle prend le peu d'affaires dont elle a besoin. En redescendant, elle marque un arrêt sur le seuil du salon. Michèle ronfle avec entrain, un roman de Barbara Cartland replié sur la poitrine. L'émotion saisit Chloé, ses mains en tremblent. Elle l'abandonne lâchement, cette vieille dame qui ne lui a jamais demandé de comptes. Les larmes lui piquent les yeux, elle s'avance dans la pièce, prend appui sur le fauteuil, dépose un baiser sur le haut du front de sa logeuse.

Une peau fripée entre en contact avec le dos de sa main, elle sursaute, baisse les yeux.

– Où étais-tu, ma petite ?

Michèle la détaille de son regard assoupi.

– Je…

Michèle tousse, puis caresse tendrement la main de Chloé, qui s'agenouille.

– Je vais devoir partir quelque temps, Michèle. J'ai des choses à régler.

Michèle lui sourit, lui écarte une mèche rebelle.

– J'espère que ce n'est pas trop grave, ma belle.

– Ça va aller. Ne vous inquiétez pas pour moi.

– Tu sais que tu peux revenir quand tu veux. Ma porte sera toujours ouverte.

Les mots s'étranglent dans la gorge de Chloé.

– Reviens me voir, quand tu pourras.

– Bien sûr… Bien sûr que je reviendrai, Michèle. Surtout, arrêtez d'ouvrir votre porte à n'importe qui !

Les deux femmes s'étreignent, puis Chloé se détourne, le regard fuyant, elle ne peut supporter de partir aussi abruptement. Elle attrape son sac, laisse son double de clés sur le meuble du vestibule et sort.

Elle fonce direct à Pontarlier, erre le long du Doubs, ne sachant que faire, ni où aller. S'achète quelques bières qu'elle siffle. Elle reprend la 106, à moitié soûle, et se traîne jusqu'au cinéma Olympia, à la sortie de Pontarlier, après la gare. Elle enchaîne deux films sans être très attentive à ce qui se passe sur l'écran. Les plans coulent sur elle, les sons se mêlent dans ses oreilles sans atteindre son cerveau. De Clint Eastwood qui convoie des kilos de coke du Mexique au Texas, ou Clavier et Lauby qui se dépêtrent une seconde fois de leurs histoires de gendres, elle sera bien incapable de résumer la moindre scène. Son cerveau bouillonne. Elle engouffre des douzaines de M&M's depuis quatre heures, se dope au Sprite, elle est au chaud, enfermée dans le noir, coincée entre un père de famille avec sa ribambelle de piailleurs, lorgnant avec méfiance cette fille seule qui cache son visage tuméfié sous sa capuche, et un couple de quinquas, rugissant à la moindre vanne, qui la toisent avec mépris, dégoûtés de n'avoir que ces deux seules places contiguës encore libres. Elle ne les entend pas, ne remarque pas leur gêne. Elle ne voit qu'une chose. La gorge béante de Marko et le sang qui bouillonne. La sensation de la lame qui s'enfonce dans les chairs. Son absence totale d'hésitation. Elle devait le faire. Il allait la tuer. Elle revit inlassablement la scène, son regard ahuri juste avant qu'il rende son dernier souffle. L'expression de surprise totale, les gestes désordonnés, le masque mortuaire qui fige le visage. Elle se repasse le film en boucle. *J'ai tué.* Un salopard qui ne méritait que ça. Si c'était à refaire, elle le referait. Cent fois. Mille fois. À mains nues, s'il le fallait. En le regardant crever. Sans sourciller. Sans remords.

Elle ne peut pourtant pas ignorer cette ulcération qui lui laboure les tripes. *La brûlure.* Comment s'en sortir ? La drogue la maintient à flot, ainsi que l'ivresse qui brouille ses pensées.

Adnan.

Il faut... Qu'est-ce qu'ils lui ont fait ? Elle doit le voir, lui parler, trouver une solution. Il saura, lui. Il a toujours eu la tête sur les épaules, pragmatique, organisé. Il l'a trahie. C'est à cause de lui que l'autre l'a coincée. Il l'a piégée. *Il n'avait pas le choix.*

Elle n'attend pas la fin de la projection, se lève et dérange toute la rangée pour gagner le couloir, au grand soulagement de ses voisins.

Sur le parking, elle se rue dans la 106, pousse le chauffage, clope au bec, et sans hésitation appelle Adnan. Il répond aussitôt.

– Bon sang, Chloé, tu...

– Tais-toi ! le coupe-t-elle. Il faut qu'on se voie.

– Je te jure...

– Maintenant ! T'es à Pontarlier ?

– Oui, oui. Et toi ?

– Moi aussi.

– Viens à la maison.

– Non. On se retrouve à l'Hyper U, dans la galerie.

Elle raccroche sans attendre et enclenche la première.

Adnan passe les tourniquets vitrés du centre commercial et fouille du regard la galerie bondée. Il l'arpente, nerveux. Les boutiques. Les caddies qui se frôlent. La foule. Aucune trace de Chloé. Son téléphone vibre dans sa poche, il répond illico.

– T'es où ?

– Dans le magasin. Rayon laitages. Prends un panier.

– Putain, Chlo…

Elle a raccroché. Il franchit les portiques antivol de l'Hyper U et récupère une bannette à roulettes près des caisses, rejoint les yaourts et pots de crème fraîche. Reconnaît Chloé qui se dirige droit sur lui depuis le rayon des surgelés, engoncée dans son sweat à capuche et son manteau trop larges. Elle jette aussitôt une pizza Sodebo quatre fromages dans son panier. C'est alors seulement qu'il remarque les ecchymoses et les plaies, sur son front, ses joues, et sa bouche fendue.

– Putain…

– Viens, on fait les courses.

– Ça va pas, non ? Qu'est-ce qu'on fout là ?

– Je voulais être sûre que tu serais seul. Et on est dans un lieu public.

Adnan s'arrête net.

– Chloé… Je suis désolé. Tu ne crois quand même pas ?…

– Avance. Personne ne fera attention à nous si on se balade dans le magasin. Mais on va se faire remarquer si on discute trois plombes dans un rayon.

Il la suit aux fruits et légumes, elle fait mine de choisir, de tâter, de humer.

– Je t'écoute.

– Les frères Saillard, et un autre type, ils ont débarqué chez mes parents. Ils les ont menacés si je ne t'appelais pas. Ils ont frappé mon père, sous mes yeux.

– Putain, Adnan…

– Je n'ai pas pu. Je suis désolé.

Elle lui prend la main.

– C'est moi. C'est ma faute.

– Non. J'aurais pu te dire non quand tu m'as sollicité.

– T'as jamais su.

Il baisse les yeux.

– Ce type, il m'a dit qu'il me tuerait, et toute ma famille, si je te prévenais du piège.

Adnan essuie une larme du revers de sa manche.

– Je ne voulais pas qu'il te…

Il lève sa main libre pour écarter les pans de la capuche, étudier le visage boursouflé. Chloé accuse un léger recul, par réflexe.

– Au moins ça équilibre un peu avec l'autre côté, non ?

– Arrête. Qu'est-ce qu'il t'a fait ?

– Tu ne veux pas savoir. Vraiment.

– Il est après toi ?

– Lui, non. Il ne reviendra pas.

Elle se détourne, part vers les conserves et les féculents. Adnan lui emboîte le pas. L'attrape par la manche.

– Que… Qu'est-ce que tu veux dire ?

– Je veux dire qu'il ne reviendra pas. Je ne veux pas en parler tout de suite. S'il te plaît. Mais je suis en danger. Je n'ai nulle part où aller, j'ai trop peur de rentrer.

Il la toise, médusé.

– Tu sais très bien que tu peux venir chez moi, Chloé ! Tourne pas autour du pot.

– Je ne t'apporte que des problèmes.

– Arrête tes conneries. Bien sûr que je vais t'aider.

– C'est pas trop dangereux ?

Il secoue la tête.

– Je ne pense pas que les frères Saillard viendront fouiller chez moi. Ils s'en cognent, ils ont passé un deal, ils vont en faire le moins possible. Et ils ne savent pas que j'ai mon propre appart de toute façon.

– Et tes parents ?

Le regard d'Adnan se voile.

– Après qu'ils sont tous partis, mon grand frère m'a foutu à la porte de la maison. Mes parents étaient en larmes, complètement choqués. Il m'a balancé dehors, et m'a interdit de remettre les pieds chez eux. Je te passe les insultes. J'ai déshonoré la famille.

Sans prévenir, Chloé l'attrape par le cou et le serre contre elle, du plus fort qu'elle peut. Déconcerté, il lui rend son étreinte.

– On va s'en sortir, tous les deux, murmure-t-il dans son cou. Viens, partons d'ici.

30 janvier – 22 h 10

Le calme règne dans le petit appartement de la rue Jules-Ferry. Ils engloutissent une pizza en silence, les bruits de la ville meurent au-dehors. Un lampadaire baigne la pièce d'une lueur orange, enrobant les visages d'un halo fantomatique.

Chloé essaie de purger toute la saleté de cette journée sous une douche bouillante, une épaisse buée tapisse les murs de la salle de bains. Dans la cuisine, Adnan sourit, heureux de la savoir ici, et indemne, plonge ses bras dans l'évier, frotte, lave, essuie.

Quand elle émerge de la salle de bains, le BZ qui sert de canapé est déplié, occupant les deux tiers du séjour,

Adnan sort de la chambre avec un sac de couchage et un oreiller.

– Je te laisse le lit, tu seras mieux.

Elle incline la tête, amusée.

– Tu as besoin de repos. C'est nettement plus…

Il ne termine pas sa phrase. Elle pose une main fraîche et humide sur sa joue, l'attire à elle, et presse ses lèvres contre les siennes. Longuement, tendrement. Sa deuxième main enlace le cou du jeune homme, qui se laisse aller, passe ses deux bras autour de la taille de Chloé.

Tout juste assoupie dans les bras d'Adnan, Chloé se réveille, en sueur. Les images de la journée la harcèlent, la privent d'un sommeil réparateur. Elle tente de se rendormir, mais la brûlure en elle est trop intense.

Elle laisse échapper des sanglots dans le noir. Adnan l'enveloppe de ses bras, la serre contre son torse, embrasse son front. Il a le bon geste, la parfaite caresse, il sait la calmer. Son esprit se purge, elle prend conscience du miracle d'être encore vivante, de pouvoir profiter de ce moment. Du gâchis de sa vie. De la seconde chance qui lui est offerte. Qu'elle doit saisir. Elle doit se battre. Elle doit vivre.

– Il faut que tu m'aides, Ad.

Il lui embrasse le bout du nez, souriant dans l'obscurité ambrée.

– On est ensemble, on est plus forts.

– Je vais décrocher. Pour de bon.

Il se redresse sur son coude.

– T'es sérieuse ?

– Oui. Si tu es là pour moi. Je ne veux plus de cette merde dans mon corps.

Chapitre 6

Deux jours noirs. Sans se camer.

Le manque, dans la tête. Dans le cœur, sous la peau, dans la sueur, partout. L'envie de fuir, de courir retrouver ses dealers, de claquer tout le fric et d'inhaler des tonnes d'héro. De calmer enfin le besoin.

Elle résiste. Elle ne peut plus faire marche arrière. Adnan est à ses côtés à chaque instant. Il a détruit ses dernières doses, l'a emmenée chez un médecin qui lui a prescrit de la méthadone. Ça aide. Elle doit combattre, encore et encore, repousser l'appétit insatiable. Ne pas se laisser dévorer. Elle passe ses journées devant la télé, les soaps du matin, les jeux du midi, les téléfilms mielleux, les feuilletons et le JT, elle regarde tout et n'importe quoi. S'abrutir. Vider. Purger. Guérir.

Son corps réagit, la martyrise. Ses intestins se compriment et se dilatent, monopolisent son attention. Elle est complètement détraquée. En vrac.

Ça va passer. Ça va passer.

Elle envoie chier Adnan, incessamment, plusieurs fois par heure. Il revient toujours. Lui fait boire de l'eau. La fait se lever, marcher. Elle s'insurge. Pas la force. Il la soutient. Pas à pas.

Crampes dans les jambes. Mal de ventre. Crise d'angoisse et frissons glacés. Barre de douleur derrière les yeux.

L'envie. Forte.

Ne pas craquer.

Aller loin. Vivre fort.

Tenir sur la durée. Éliminer les pensées et tarir la soif.

Sans dormir. Les jambes qui tremblent. Les mouvements involontaires.

La fatigue. Le feu, dans le ventre. Les brûlures qui se réveillent. Combustion du corps. Cicatrices rougissantes, ardentes. Peau en fusion.

S'accrocher à l'espoir.

Méthadone.

La seconde d'après, retombée en enfer.

Sa mémoire la violente, la harcèle.

La ferme de Hautecombe.

Seule, face à ses souvenirs les plus sombres. Piquer les clopes de Samuel, se planquer. Elle a seize ans, c'est la fin de l'été, il pleut des cordes, l'atmosphère est lourde et moite. Sa mère est au travail.

La paille sèche s'enflamme. Fumer dans la grange. Ruiner sa vie par un geste stupide, irréfléchi. Absurde. Une fraction de seconde.

Les flammes s'étalent et l'entourent, elle chute, effarée, son ciré vert pomme s'embrase en un clignement de paupière et se dissout sous la chaleur, dévore rageusement sa peau. Ses cheveux flambent en dégageant une odeur atroce, elle perd connaissance sous l'effet de la douleur insoutenable jaillissant de son oreille et de son visage qui fondent.

Des bras forts l'extraient du brasier, la roulent dans une couverture qui étouffe les flammèches. Elle émerge, tousse, ses poumons ravagés par l'épaisse fumée. La voix de Samuel, lointaine, incompréhensible. Le toit en feu, en arrière-plan. Il la serre, paniqué, la porte dans la maison, alors que la charpente de la grange s'effondre. Le dernier souvenir avant de s'évanouir à nouveau, le cri des bêtes. Les vaches hurlent à la mort et ruent dans l'étable, en proie à une terreur effroyable.

Les deux tiers du troupeau grillent vivants sans que Samuel ait pu réagir, attendant les secours, au téléphone avec un médecin pour sauver Chloé. Il assiste impuissant à la propagation des flammes, de la grange à l'étable, qui à l'époque étaient contiguës. Certaines vaches réussissent à défoncer les barrières dans l'affolement, mais la majorité des bêtes meurent intoxiquées, englouties par la fournaise.

Les semaines d'hôpital. L'imperméable incrusté dans la peau qu'il a fallu racler au bistouri. Brûlée à plus de quarante pour cent. Au troisième degré. Les opérations. Reconstruction de la peau. Les greffes. Les tentatives de suicide. La chute inévitable.

Samuel est là, toujours là. Abattu. Perdu.

Sa mère aussi.

La distance se creuse dans leur couple, des ressentiments apparaissent.

Les reproches, inévitables.

La haine, finalement. La rupture, brutale. On quitte la ferme, on emménage à Pontarlier faute de mieux, on fuit le Haut-Doubs, ses montagnes désormais repoussantes.

Plus personne ne sait comment agir avec Chloé. Sa mère, Marianne, ne supporte plus ses crises. Elles ne se parlent plus.

Des mois de reconstruction. Des mois d'échec. De rééducation. De psychothérapie. De hurlements dans le noir. De coups contre les murs.

Refuser son visage, son corps. Les brûlures partout, dedans, dehors. Les greffes prennent, mais la rendent monstrueuse et difforme.

Sa mère la retrouve poignets ouverts au rasoir dans la salle de bains. Hôpital. Psychiatres. Retour à la case départ, encore et encore.

Puis l'héroïne. Seul soulagement. Seule possibilité. S'enfermer dans un cocon ouaté. Faire disparaître le monde. Faire disparaître le monstre.

Marianne la fuit. N'ose même plus la regarder en face. Chloé lui reproche tout. D'avoir été absente. D'avoir rompu avec Samuel. De la détester depuis toute petite, de lui avoir toujours fait sentir qu'elle était un poids. Sa mère encaisse tout, en silence. Chloé claque la porte après l'avoir insultée une fois de trop. Marianne baisse les bras, vaincue.

Elles ne se parleront presque plus.

Le départ de Marianne, à La Rochelle, quelques semaines plus tard, se fait dans un silence de plomb. Chloé a décliné l'invitation. Repartir de zéro, ailleurs, près de la mer. Non, pas avec toi, a sèchement répliqué Chloé, au bord des larmes.

Elle reçoit cinq cents euros de sa mère tous les mois, par virement bancaire.

Elle s'installe dans la chambre chez Michèle, qu'elle a rencontrée en bossant l'été à la Poste, alors qu'elle squattait encore chez sa copine Audrey. Enchaînant les boulots de merde pour payer ses doses, pour supporter sa vie et son visage. Elle abandonne le lycée en terminale, après s'être fait choper à fourguer du cannabis, premier passage à la gendarmerie. Enragée, à la dérive.

Elle rencontre Adnan. Quelques mois d'accalmie. Elle se pense sur la bonne pente. Elle lui achète quelques grammes, il paraît froid, hautain. Mais un regard incandescent, irrésistible. Distant, mystérieux, envoûtant. Il lui faut un gros shoot d'héro pour annihiler sa honte et son dégoût de soi, pour aller à lui, le séduire. Elle n'a engagé aucune relation depuis l'accident. La répulsion de sa chair, et la sécheresse de ses sentiments. Désabusée aussi par le comportement des adultes, sa mère qui part se cacher à l'autre bout de la France, Samuel qui ne donne plus de nouvelles, cloîtré dans sa montagne.

Mais Adnan se montre différent des autres. Elle apprend la sensualité, le désir et le plaisir. Jamais il n'a semblé répugné par son visage, par sa peau. Avec lui, elle redevient Chloé. Reconquiert son identité calcinée. Redécouvre son corps. Quelques mois de parenthèse enchantée. Qui ne durent pas. Adnan se renferme, n'accepte pas sa dépendance à l'héro. Et après tout, il en vend, il n'a pas à la sermonner. Puis un jour, tout s'arrête, d'un coup. Il n'appelle plus. Il ne répond plus.

– Pourquoi tu m'as plaquée ?

– Chloé…

Ils sont enlacés sur les couvertures en cette fin de deuxième jour, il lui passe la main dans le dos, elle se niche dans son cou, tremblante. Les symptômes du manque s'apaisent légèrement. Elle vient d'absorber sa dose de méthadone.

– Je ne veux pas me disputer, je te jure. Je veux juste savoir. On n'a jamais eu cette discussion.

– Je t'aimais plus que tout, Chloé. J'aurais tout donné. Mais tu étais devenue… différente.

– C'est-à-dire ?

– Tu sais très bien pourquoi j'ai rompu. Il n'y avait plus que l'héro pour toi. Tu t'enfonçais de plus en plus, et je n'existais plus. Je ne savais plus pourquoi tu étais avec moi, si c'était pour moi, ou parce que je pouvais te la fournir.

Elle encaisse. Il a raison. Elle le fixe, pose une main sur sa joue, incapable de dire quoi que ce soit pour le contredire. La blessure est encore vive, c'est évident.

— Je t'aimais quand même, Ad. Je t'aime toujours.

Il l'embrasse sur le front, sur les lèvres.

— Ça ne te suffisait pas. Je n'ai pas supporté de te voir te démolir et ne pouvoir rien faire.

— J'avais besoin de me shooter. J'avais trop mal… En moi. Je… Je ne pouvais pas te raconter, c'était trop dur.

— Je sais. J'aurais dû mieux te comprendre. Je n'ai pas suffisamment essayé. Je n'aurais pas dû baisser les bras.

— Tu es là… Tu ne m'as pas laissée tomber. Malgré tout ce qui s'est passé.

Elle dépose un baiser sur le coin de ses lèvres.

Soudain, un bruit sourd les fait sursauter. On frappe à la porte. Chloé se redresse, en alerte.

— Tu attends quelqu'un ?

— Calme-toi, je vais voir.

— Adnan…

— Reste cachée dans la chambre, tout va bien. C'est sûrement un de mes potes qui passe à l'arrache. Peut-être… mon frère.

Trois coups, de nouveau. Adnan embrasse la paume de son amante, éteint la lumière, sort de la chambre en laissant la porte entrebâillée.

Chloé retient son souffle, plongée dans l'obscurité, recroquevillée contre la tête de lit.

1er février – 19 h 10

Claude Vauthier termine la paperasse qu'il a laissée en plan depuis la mort de son fils, baigné dans un nuage de fumée. Le cendrier déborde sur le carrelage gris écaillé. Il se réfugie dans le travail, se concentre sur les factures, histoire d'éviter de rentrer trop tôt à la maison. Il fuit. Ça ne pourra pas durer, mais il ne voit rien d'autre à faire. Marko Zajini s'est lancé sur la piste du voleur, va remuer ciel et terre. Plus qu'à prier qu'il mette rapidement la main dessus. Qu'il règle le problème. Les Zajini doivent absolument comprendre qu'il n'y est pour rien. Claude a beau se répéter ça inlassablement, il a conscience d'être en sursis. Il a foiré la mission qui lui avait été confiée. Peu importe que Simon soit mort, c'est lui qui était chargé de la manœuvre, c'est à lui de rendre des comptes. Même si le type qui a tué son fils paye l'addition, Claude ne peut espérer s'en tirer indemne. Au minimum rembourser le préjudice, le manque à gagner.

Un frottement, au sol. Il lève les yeux. Catherine le fixe dans l'encadrement de la porte, son visage cireux détonne dans la pénombre. Depuis combien de temps l'observe-t-elle, hésite-t-elle à franchir le seuil ? Claude, immobile, cigarette tremblante entre l'index et le majeur, ne sait comment réagir. Il bredouille, comme un enfant pris en flagrant délit, se lève. Les joues rouges.

– Tu comptes rentrer, ce soir ?

La voix de Catherine, rauque. Monocorde. Le regard perdu, ailleurs.

– Je finis la paperasse, Cathy… Tu n'avais pas besoin de venir jusqu'ici.

– Si je veux te voir, je suis bien obligée.

Claude plisse le front. Phrase cinglante. Il ne peut nier. Il ne parvient toujours pas à la regarder dans les yeux.

– J'ai besoin de travailler. C'est la seule façon de…

– J'ai besoin de toi. Et toi de moi. Tu t'enfonces la tête dans le sable, Claude. Tu me fuis.

– Cathy…

– Ose prétendre le contraire.

Elle pose un pied dans le bureau, puis le deuxième, lentement. Elle tousse, la fumée brûle ses poumons.

– Ce n'est pas contre toi, je te jure.

– On a tous les deux perdu notre fils. Pas que toi.

– Je ne sais pas comment gérer ça…

– Tu n'as pas à gérer !

La colère déforme ses traits. Et la fatigue. Elle semble au bord de l'épuisement.

– Je ne te vois presque plus depuis l'enterrement ! Tu te planques ! De quoi ? Pourquoi ? Ta place est auprès de moi !

– Je sais, je sais ! Je… J'ai des choses à régler. Je te jure. J'ai vraiment des choses à régler. Après, ça sera plus simple.

Catherine s'avance et se colle au bureau, y plaque les mains d'un claquement sec.

– Après quoi ? De quoi tu me parles ? Qu'est-ce qui est plus important que nous deux ? Qu'est-ce qui passe avant la mort de ton fils ? Tu ne peux même pas me le dire !

Claude plonge son visage dans ses mains, exténué. Il expire, bruyamment.

– Je vais trouver une solution.

Catherine lève les yeux au ciel, ferme les paupières. Se laisse choir sur une chaise. Poings serrés.

Les deux époux se dévisagent. Deux corps las qui ne trouvent plus la force d'interagir. Les minutes s'égrènent sans que ni l'un ni l'autre ne rompe le malaise.

C'est finalement la porte du hangar qui se referme en résonnant dans les couloirs qui les tire de leur marasme. Catherine interroge Claude du regard. Il hausse les épaules, il n'attend personne à cette heure. Des pas précipités dans le garage se rapprochent. Trois ou quatre personnes. Le cœur de Claude s'emballe.

Trois silhouettes se dessinent derrière Catherine. Des épaules musclées, des dos trapus, des visages anguleux, des yeux perçants. Le plus grand s'avance, contourne Catherine, qui s'est aussitôt redressée. Cheveux bouclés grisonnants, la cinquantaine flamboyante, des cicatrices le long des joues, des yeux bleu azur aux pupilles rétrécies engoncés dans des orbites marquées. Kosta Zajini inspecte la pièce en boitant imperceptiblement, tandis que ses acolytes se tiennent en retrait, bloquant la seule issue possible.

– Spartiate.

Sa voix de baryton remplit la pièce. Il se plante sur le côté du bureau, mains dans les poches de son blouson de cuir.

– Rasseyez-vous, madame Vauthier. Je vous en prie.

– Je… Qui êtes-vous ?

– C'est vrai. Nous n'avons pas été présentés. Claude ?

Catherine se retourne vers son mari, qui se décompose dans son fauteuil. Un sourire scinde la mâchoire du Kosovar sur toute sa largeur. Un sourire qui ne transpire pas la sympathie.

– Il ne vous a jamais parlé de moi ? C'est bien navrant. Je m'appelle Kosta Zajini. Je suis, comment dire, un associé de votre mari. Et de votre fils, par la même occasion.

Catherine sursaute, semblant recevoir un coup de poignard en plein cœur à la mention de Simon.

– Claude… De quoi il parle ?

– Tu fais des cachotteries à ta femme, Claude ?

Kosta domine l'entrepreneur de toute sa hauteur. Claude, pétrifié, ne peut remuer le moindre muscle.

– J'en conclus qu'il ne vous a jamais parlé des petits convois qu'il organise régulièrement pour moi, entre la France et la Suisse ? Ni de ce qu'il s'est réellement passé le soir du 21 janvier ?

– De quoi…

– Arrêtez ! Je vous en prie, Kosta !

Comme si c'était le signal qu'il attendait, Kosta se rue en avant et balance un crochet du gauche sur le nez de Claude. Craquement sinistre et jets de sang. Catherine se rejette en arrière de surprise et hurle de terreur. D'une pression sur les épaules, deux paires de bras puissants l'immobilisent. Claude se rassoit en prenant appui sur ses deux mains poisseuses, des larmes de souffrance mêlées à l'hémoglobine ruissellent sur son menton.

– Où est la dope ?

La voix reste posée. Kosta reprend sa position initiale, droit dans ses bottes.

– J'en sais rien, c'est pas nous !

– Et mon frère ? Vous savez où il est ?

– Comment je le saurais ? Il est sur la piste de la coke justement, il ne vous a rien dit ?

– Et toi, tu fais quoi pour la retrouver ? Tu restes bras croisés dans ton bureau à attendre que ça tombe ?

– Je…

– Ferme-la.

Claude ne moufte pas. La gueule de travers, les paluches pleines de sang. C'est Catherine qui s'en charge, malgré les deux bodybuilders qui la contraignent :

– Qu'est-ce que vous voulez ?

– Est-ce que le nom de Chloé Monnier vous dit quelque chose ?

1ᵉʳ février – 19 h 15

Léthargique, Samuel effectue la traite au radar, la tête prise dans un étau. Il a dormi tout l'après-midi, depuis deux jours il s'assomme le soir à coups de bouteilles

134

de poulsard, repoussant les décisions au lendemain. Il revoit en boucle le corps de Marko cramant dans sa caisse. La puanteur. Il revoit surtout le cadavre sur le bas-côté, pantalon aux chevilles. Le monstre qui a osé toucher *sa* petite fille.

Ça ne va pas pouvoir durer, ce poids sur les épaules. Il va falloir trouver une solution. Et se confronter à Claude, d'une façon ou d'une autre.

Les griffes de traite pèsent des tonnes, ses muscles courbaturés peinent à la tâche. Au bout de la première travée, il se penche sur l'évacuateur à purin et vomit la bile qui lui brûle l'œsophage.

1er février – 19 h 20

La main de Claude est agitée de soubresauts.

– Vous avez dit Chloé… Monnier ?

– T'es à moitié sourd ou quoi ?

Kosta lève le bras, menaçant, Claude se recroqueville dans son fauteuil. Kosta secoue la tête, de mépris. Le conseiller municipal se mordille le gras de la main, à bout de nerfs.

– Je vais te raconter une belle histoire. Je n'ai plus aucune nouvelle de mon petit frère depuis trois jours. Pourquoi tu crois que je serais là sinon, abruti ? Parce que ça m'amuse de venir me les cailler dans votre trou merdique ? Oui, Marko était sur la piste de la dope. Il a mis la main sur cette Chloé Monnier. Cette pute a revendu une partie de la came qu'on nous a volée. Et il a disparu. Pfuitt ! Plus de nouvelles, depuis deux jours. Tu trouves ça normal ?

– Je…

135

– La ferme. Tu parleras après. Il n'y a qu'une explication possible au silence de mon frère : il est mort. Et ça...

– Je vous jure...

Coup de poing en pleine face, l'arcade sourcilière explose. Hurlements. Kosta empoigne Claude par la tignasse et lui tire la tête en arrière.

– Tu ne comprends pas « ferme-la » ?

Il le repousse, mime le dégoût, le surjoue.

– Donc : Chloé Monnier est la dernière personne à avoir vu mon frère en vie. Donc : j'ai très envie de rencontrer Chloé Monnier, en tête à tête.

Il scrute les réactions de Claude, et de Catherine, sous le choc. Se pince l'arrête du nez, soupire.

– Maintenant, c'est à toi. Et réfléchis bien à ce que tu vas dire sinon il y aura des conséquences.

Les deux hommes derrière Catherine, muets comme des tombes, exhibent deux pistolets qu'ils tiennent le long des cuisses, mains sur la crosse.

– Je... Je la connais. Je ne sais pas ce qu'elle vient faire là-dedans. Je ne comprends pas. Je vous jure, Kosta !

– Qui... est-elle ? Question simple, réponse simple.

– C'est la belle-fille de Samuel, mon neveu.

– Le paysan ?

Kosta plisse un sourcil, déconcerté.

– Oui. Enfin, il est sorti avec sa mère pendant un moment. Il l'a quasiment élevée, cette gosse.

– Et tu veux me faire croire que vous n'y êtes pour rien ?

Panique. Claude cherche ses mots, réfléchit, tout se bouscule.

– Je ne savais pas qu'elle était dans le coup. Je vous jure. Mon fils est mort lui aussi, putain !

Kosta médite un instant, masse ses phalanges endolories.

– Et Samuel ?

– Je ne sais pas. Je n'arrive pas à y croire…

– Elle n'a pas organisé ça toute seule.

Une sonnerie interrompt la conversation, Kosta sort son portable et vérifie l'écran. Se tourne vers ses sbires.

– Je reviens. Ils ne bougent pas d'ici. Laissez-les s'expliquer entre eux, ils ont sûrement beaucoup de choses à se raconter.

La porte claque derrière lui. Les deux bodybuilders reculent contre le mur, stoïques, arme en main. Regard d'acier, imperturbable.

Claude ose enfin un regard en direction de sa femme. Juste le temps de la voir bondir en avant, empoigner le cendrier en faisant voler mégots et cendres et le lui expédier en pleine figure.

Elle reprend sa place, exsangue, sans détourner les yeux.

– Tu as tué notre fils !

– Tu ne peux pas…

– N'essaye même pas de te justifier. Je ne te pardonnerai jamais.

– Ça ne s'est pas passé comme prévu. Quelqu'un a tué Simon, et volé la drogue qu'il transportait.

– Tu m'as caché ce que vous faisiez. Tu ne m'as jamais consultée ni demandé mon avis.

Claude se penche en avant, empourpré de rage.

– Arrête un peu, ne fais pas comme si tu ignorais tout. Tu crois que ça sort d'où, les bagnoles, la maison ? Que c'est uniquement les revenus de la boîte ? Ne me fais pas croire que tu es naïve à ce point ! Et les revenus de Simon, tu crois qu'ils couvraient toutes ses dépenses ? Avec tout ce qu'il claquait ?

– Je t'interdis ! Ne parle plus de lui ! Tu l'as tué, c'est comme si tu l'avais tué toi-même ! Et tu oses me regarder dans les yeux ! Et Samuel… Après tout ce qu'on a fait pour lui. Après la mort de ses parents. Après le départ de son associé. Après l'incendie. Tout. Dis-moi que ce n'est pas vrai ! Dis-moi que ce n'est pas lui qui a tué Simon !

Elle se ratatine, comme si elle se desséchait, que ses muscles s'atrophiaient. Les mains noueuses, les joues tombantes. Elle enserre sa poitrine, blême et vacillante.

Claude contourne le bureau, affolé, l'enlace, la retient alors qu'elle s'apprête à tomber. Elle pousse un long râle, se cramponne à ses épaules. Sanglots sans larmes. Claude la serre contre lui, une boule dans la gorge, les yeux inondés, les bras flageolants.

– Si c'est lui, je te promets qu'il paiera.

Elle redresse la tête, enferme celle de Claude entre ses mains rêches. Leurs pupilles se verrouillent, leurs nez se touchent presque.

– Et cette sale… droguée. C'est elle. J'en suis sûre. Elle n'a jamais apporté que du malheur à cette famille. Elle a détruit Samuel, et elle l'a manipulé !

– Ils vont la retrouver, chérie. Elle va payer.

– Je veux qu'elle souffre pour ce qu'elle a fait.

Kosta s'isole dans le garage, au bout de l'entrepôt, ignorant les cris provenant du bureau, téléphone vibrant dans sa paume. Il décroche, s'installe à califourchon sur un sac de ciment poussiéreux.

– Marc Saillard… Que me vaut l'honneur d'un appel si tardif ?

– Le type. Il nous a contactés. Il veut vendre. Tout.

– Et Chloé Monnier ?

– Non. Il n'est pas passé par elle. Elle n'est pas dans la boucle. Il est allé directement voir Adnan, notre dealer.

– C'est dommage.

Silence.

– Écoutez, monsieur Zajini. On a une opportunité. La junkie, on pourra toujours la choper plus tard.

– Je m'occupe d'elle.

– Et pour le type ?

– Vous acceptez le deal. Pas intégralement. Prétendez que vous n'avez pas la trésorerie suffisante.

– On n'a pas autant, de toute façon.

– Évidemment. Peu importe. Disons que vous acceptez d'en prendre pour un million en cash. Négociez. Il doit être aux abois, il va vouloir un rendez-vous. Vous me le coincez. Surtout, vous ne vous en chargez pas vous-même. Vous me ramenez la drogue, et le type. Vivant.

– Ça marche. Et Adnan ?

– C'est votre dealer. Votre problème. Faites le ménage.

1ᵉʳ février – 19 h 30

Le téléphone vibre dans la poche de Samuel. Il laisse pisser. Nouvelle série de vibrations Puis une troisième. L'interlocuteur ne se lasse pas. Samuel sort son portable. C'est son oncle. *Putain.* Il décroche, malgré le raffut des pompes à lait.

– Allô ?

– Tu branles quoi ? Ça fait combien de fois que ça sonne ?

– À ton avis ? Je suis en pleine traite.

– Tu te ramènes tout de suite au bureau.

– Que… Pourquoi ?

Claude vocifère à l'autre bout de la ligne.

– Parce que je te le dis ! Tu te ramènes tout de suite, il faut qu'on parle tous les deux !

Et il raccroche, laissant Samuel pantois, le téléphone muet toujours collé à la joue.

Qu'est-ce qu'il veut ?

Il s'est forcément passé quelque chose. Est-ce qu'il sait tout ? L'angoisse se réveille, chasse l'ivresse et la gueule de bois.

Samuel veut savoir de quoi il retourne. Il n'a pas le choix. Il termine la traite en quatrième vitesse, grimpe dans le Partner sans prendre la peine d'ôter sa cotte de travail, le Sig Sauer de Marko sur ses genoux, et dévale la montagne. Une seule chose en tête. Chloé.

1er février – 20 h 05

Samuel se gare à l'entrée de l'entrepôt, après avoir largué le lait à la fromagerie. La voiture de Catherine est là, à côté de celle de Claude. Samuel fronce les sourcils. Qu'est-ce qu'elle fait là à cette heure, pourquoi veulent-ils le voir tous les deux ? Ça n'a donc rien à voir avec la dope ? Problème de famille ?

Il cache l'arme sous sa cotte de travail, dans la ceinture de jean, froid contre la peau. Trop nerveux.

Tu te fais des films.

Il rejoint la porte d'entrée en se protégeant du vent glacé. Pénombre dans le hangar. De l'autre côté, la carrure charpentée de Claude se détache en contre-jour sur le couloir éclairé par des néons. Samuel balaie l'espace du regard. Pas de trace de Catherine. Certainement dans le bureau. Il s'avance, impossible de distinguer les traits de son oncle.

– Dis-moi que tu n'as rien à voir là-dedans.

Samuel s'arrête net. La voix est ferme, distante, contenue. Seul un léger chevrotement laisse poindre la colère.

– De quoi tu parles ?

Il n'est qu'à deux mètres de son oncle, aveuglé par les tubes fluorescents.

– Tu m'as menti, Samuel. Et je ne sais pas encore à quel point.

Samuel regrette aussitôt d'avoir laissé le fusil dans la voiture.

– Je ne…

– Chloé. Je sais que c'est elle.

Pris de court, Samuel s'appuie contre un poteau. Un vertige lui fait perdre l'équilibre.

– Elle n'a rien fait !

– Elle a revendu une partie de la drogue volée !

– D'où tu sors ça ? C'est quoi cette connerie ?

– Arrête de mentir, Samuel ! Tu ne dois rien à cette petite conne !

La fureur qui le submerge lui redonne des forces.

– Tu racontes de la merde, Claude. C'est tout ce que je peux te dire.

– Tu es avec elle, c'est ça ? Vous avez monté ce truc à deux ? Tu as tué Simon, Sam ?

– Je refuse d'écouter ces conneries. Tu ne peux pas croire ça.

– Tu le détestais. Tu étais jaloux de sa réussite !

– Va te faire foutre.

Samuel lui tourne le dos, direction la sortie.

– Qui a tué Marko Zajini ? Toi ou elle ?

Samuel fait volte-face, sidéré. Claude marche sur lui d'un pas décidé, un manche de pioche à la main. Samuel n'a pas le temps de sortir le pistolet ni de parer le coup qui l'atteint direct à l'estomac et le plie en deux. Il crache sa bile dans la poussière, un deuxième coup le cueille à la tempe, le sonne. Il roule sur le dos, son oncle à cheval sur ses côtes presse le manche de bois contre sa glotte, bloquant l'arrivée d'air, la crosse du Sig Sauer lui laboure le dos. Claude émet des mots confus sur un rythme chaotique, l'accuse de toutes les trahisons, le désavoue, lui qu'il considérait comme son propre fils. Pire encore, plus digne de lui que son propre fils. Mais Samuel n'entend qu'à moitié, déjà sa vision se brouille, l'air peine à rejoindre ses poumons, sa gorge s'enflamme, il sombre.

Et tout s'arrête.

Il avale, enfin, l'air poudreux.

Sa poitrine se gonfle, la douleur s'infiltre dans sa trachée, la toux le secoue.

Le poids sur son torse s'évanouit.

Il respire. Des larmes embuent sa vue. Des formes mouvantes. Des ombres, devant les taches lumineuses.

1er février – 20 h 20

On le traîne dans le bureau de Claude. Il reconnaît le chemin. Ses tempes cognent, il lutte pour retrouver ses esprits. Où est Claude ? Des pas l'accompagnent, des bras musclés le maintiennent, ses jambes molles ne le portent pas, ses chaussures raclent le sol bitumé. On ouvre des portes. Un cri. *Catherine.*

On le fouille, on trouve rapidement le flingue, on lui confisque également son téléphone portable. On le lâche sur un fauteuil, celui de Claude, sans ménagement. On lui attache les mains aux accoudoirs, il reconnaît le cliquetis des colliers Serflex que l'on referme. Il cligne des paupières. Mise au point. Catherine le dévisage. Claude le dévisage. Trois hommes les entourent. Visages inconnus. *Kosovars.*

Claude, agenouillé, flingue sur la nuque. Un type lui attache les mains dans le dos avec des liens de serrage.

Catherine, transie, flingue sur la nuque. Mains liées par-devant.

Le troisième homme, le plus âgé, rejoint Samuel de l'autre côté du bureau. Il soupèse le Sig Sauer, et dépose le téléphone de Samuel sur le bureau.

Claude a le visage tuméfié, le nez brisé. Plein de sang. Évite son regard.

Catherine fixe méchamment Samuel. Sa tante le hait au plus profond d'elle-même, il ne lui a jamais vu cette expression. Il avale sa salive, au goût métallique. Le sang, entre ses dents. Sa carotide écrasée le fait souffrir quand il déglutit. L'homme dans son dos fait pivoter le fauteuil, l'oblige à lui faire face. Catherine et Claude disparaissent de son champ de vision.

– Chloé. Où est-elle ?

– C'est pas elle qui a volé la drogue.

Samuel s'efforce de garder son calme, de ne pas ciller. Kosta Zajini semble scruter au fond de son âme. Pas même un battement de cil ne perturbe cette figure figée.

– Ce n'est pas ce que j'ai demandé.

– Elle n'a rien à voir…

– C'est elle qui a tué Marko. Mon frère. Je le sais. Tu le sais aussi.

Kosta lève le pistolet sous le nez de Samuel, le tourne dans tous les sens.

– Ça, c'est son flingue, abruti. Sig Sauer SP-2022. Explique-moi un peu ce qu'il fait en ta possession.

Pulsation cardiaque effrénée. Sueur dans la nuque. Langue pâteuse.

– C'est moi qui l'ai tué. Pas elle.

Kosta crispe la mâchoire.

– Tu mens. Il était seul avec elle.

– C'est moi.

– Où est-elle ?

– C'est pas elle ! C'est moi qui l'ai tué ! Moi, moi ! Tuez-moi, et laissez-la en paix ! Elle ne vous connaît pas ! Elle ne sait rien !

Kosta fait pivoter le fauteuil, Samuel se retrouve de nouveau face aux prisonniers. Ne voit pas le signe de tête que Kosta lance à ses hommes.

À gauche, Claude est projeté au sol, un genou dans le dos.

À droite, le type agrippe Catherine, passe un bras autour de son visage, elle suffoque, il tire sa tête en arrière.

De sa main libre, il saisit un couteau de poche qu'il déplie avec aisance, et d'un geste sec lui tranche la gorge.

Claude hurle en voyant sa femme convulser sur la chaise, les pieds frappant le rebord du bureau, son sang qui gicle et forme une tache sombre qui s'élargit jusqu'à quelques centimètres de son visage. L'homme relâche son emprise et le corps tombe contre le mur, les mains jointes, les colliers de plastique ont entaillé la chair des poignets, les doigts crispés dans un ultime sursaut de survie. Des gargouillis terribles s'éteignent dans la trachée béante. Le visage pétrifié de stupeur et d'épouvante, Catherine a vu sa vie lui échapper en une poignée de secondes.

Samuel manque de s'étouffer dans sa bile, le choc l'empêche de vomir. On relève Claude, à genoux. Son visage, tordu, insondable. Ravagé. Des râles de désolation, inhumains.

Le fauteuil se retourne de nouveau. La face de cire, les yeux de chacal. Imperturbable. Un prédateur.

– Tu as encore une chance. Après c'est toi.

– P… p… pourquoi ?

– Tu veux la protéger. Je sais que c'est elle.

Samuel ne peut retenir ses sanglots. Sa poitrine se comprime.

– On n'a pas volé la drogue… Ni elle… Ni moi… Marko… Il voulait la tuer… Il l'a violée ! C'est moi qui l'ai brûlé… Laissez-la… Elle a payé ! Tuez-moi !

– Ça ne me suffit pas.

L'horreur. Les gémissements de détresse de Claude, en sourdine. L'odeur du sang, la mort, partout. La fin.

– Allez vous faire foutre. Je ne sais même pas où elle est de toute façon. Marko, il a eu ce qu'il méritait !

Impassible. Un mur. Pas le moindre signe d'énervement. Kosta se contente de hocher la tête deux fois. Il se penche en avant sur le fauteuil, le visage à quelques centimètres de celui de Samuel.

Il tend le bras et récupère le portable sur le bureau, presse la touche latérale, allume l'écran. Verrouillage à reconnaissance faciale. Il empoigne Samuel par les cheveux, lui tord la tête en arrière. Place l'écran face à son visage. Déverrouillage. Il relâche Samuel, ouvre le journal des appels.

– Chloé. Elle t'a appelé le 30 janvier, vers midi trente. À peine une demi-heure après que j'ai parlé à mon frère pour la dernière fois…

– Va…

– … te faire foutre. J'avais compris.

Il quitte la pièce en retournant le fauteuil au passage. Samuel ne peut détacher ses yeux du cadavre de sa tante, affalé contre le mur dans une posture improbable, une prière muette. Cette vision n'est rien à côté de la bestialité et de la rancœur qu'il découvre sur le visage brisé de son oncle. Toute vie, tout espoir l'ont quitté. Il n'est plus que fureur et vengeance.

Chloé décroche au bout de dix secondes. Totalement affolée. Elle prend dix secondes pour articuler. Phrases saccadées, débit frénétique.

— Samuel ? Tu es là ? Samuel ?

Silence. Kosta la laisse bloquer son souffle.

— Samuel ?

— Bonsoir, Chloé.

Silence.

— Je suis Kosta Zajini.

Silence.

— Il serait bon qu'on se rencontre enfin, toi et moi.

— Où est Samuel ? Qu'est-ce que vous lui avez fait ?

— Il est entre de bonnes mains. Je ne lui ai rien fait. Pas encore.

— C'est moi que vous cherchez ! Il n'a rien à…

— Il m'a dit la même chose. C'est fascinant.

— C'est moi qui ai tué Marko. Je lui ai planté mon couteau dans la gorge. C'est moi que vous voulez.

— Effectivement.

— J'ai la drogue. Toute la drogue.

Kosta se fige, serre le poing.

— Impossible.

— Je vous livre la drogue, et le type qui l'a volée. Vous nous laissez en vie. Moi et Samuel.

Silence.

146

– Appelez les frères Saillard si vous ne me croyez pas. Et rappelez-moi après.

Elle coupe.

Kosta en reste sonné.

Il se saisit de son téléphone, enregistre le numéro de Chloé. Appelle ensuite Marc Saillard. Dix secondes. Répondeur. Éric Saillard. Dix secondes. Répondeur. Réessaye. Dans le vide.

Compose le numéro de Chloé.

– L'abruti qui m'a volé, qui c'est ?

– On échange. Je vous rends la came, je vous donne le type, vous me rendez Samuel.

– La came, le vol, c'est le business, gamine. La mort de mon frère, c'est personnel.

– Pour moi, y a pas de business. Pas depuis que votre connard de frangin a voulu me tuer. Je me suis défendue, c'est tout. Si ça ne vous va pas, je détruis tout. Et vous ne saurez jamais qui vous a volé cent kilos de coke.

Silence.

– Est-ce que la mort de Samuel vaut plusieurs millions d'euros ?

Kosta se passe la main sur le front, yeux clos.

– Samuel reste en vie.

– C'est-à-dire ?

– Ta vie contre la sienne. Tu te livres avec la dope et le voleur. Si tu détruis la drogue, il crève aussi sec.

– Je vous rappelle d'ici une heure.

Fin de la conversation.

TROISIÈME PARTIE

« Changer de vie, ça demande des sacrifices. »

Chapitre 7

Fin de journée.

Thierry donne congé à ses deux employés, une fois le garage remis en ordre. Thierry aime l'ordre, et l'organisation. La clientèle le sait, c'est comme ça qu'il garde sa confiance. Minutie, professionnalisme. Il ne faut jamais baisser la garde. La moindre erreur et le client fonce chez la concurrence, de plus en plus rude, avec tous ces prestataires de services auto qui ont poussé comme des champignons dans les zones commerciales. Des putains d'amateurs et d'escrocs. Chez les Lambert, on a la mécanique dans le sang. De père en fils. Jusqu'à lui, tout du moins. Le garage ne lui survivra pas. Vendre le fruit du travail de toute sa vie, de celle de son père, il ne veut même pas y penser. Il a passé tellement d'années à trimer, à s'éreinter le dos, se déglinguer les articulations. Il n'y a guère que le travail qui compte. Aujourd'hui, il est au pied du mur. Les temps ont changé. En mal, évidemment. L'argent ne rentre plus autant qu'autrefois. Il ne va bientôt plus pouvoir payer les salaires de Mathieu et de Fred, son mécano et son carrossier. Au jour le jour, il ne montre rien, ne dit rien, encaisse, mais l'angoisse lui broie les tripes. Il va devoir se séparer de l'un des deux, dans un futur très proche. Le début de la fin. Les créanciers sont déjà à la porte, plus moyen d'emprunter à la banque. Il a utilisé toutes ses cartouches. Il ne peut supporter de devenir celui qui coulera le Garage Lambert. Une institution. Il connaît des gars, à Épenans, qui pourraient lui prêter. Sous le manteau, à des taux prohibitifs, il va sans dire. S'il doit s'y résigner, ce sera pour survivre.

Thierry serre les poings, refoule la crise d'angoisse. Pour se calmer, il prend une douche dans la petite salle d'eau attenante au bureau, se débarrasse de la crasse de moteur, de l'huile de vidange, des effluves de gasoil. L'odeur de graisse ne s'estompe jamais tout à fait, lui colle à la peau. Il lui reste à se cogner la paperasse, terminer sa compta. Encore une heure de bureau, minimum, personne pour faire ce travail à sa place. Personne ne l'attend à la maison. Il enchaîne les cigarettes, se récompense avec deux bières fraîches.

Thierry souffle un peu en fin de soirée, quand son bip se déclenche. Sonnerie stridente. Il consulte l'écran : un petit village, à cinq kilomètres de Dampierre. Il est affecté au VSAV, sans surprise.

En moins de cinq minutes, il gagne la caserne des pompiers, en plein centre du village, à moins de cinq cents mètres de son garage, et enfile son uniforme. Le véhicule et ses trois occupants filent dans la campagne enneigée, les gyrophares se répercutent sur les sapins blanchis, éveillent la forêt. Deux voitures de gendarmerie leur collent bientôt au train, les dépassent et prennent la tête du convoi. Si on les a appelés, mieux vaut leur laisser ouvrir le bal.

Violence conjugale. Engueulade de couple qui dégénère, le mari a trop picolé, cogne sa femme plus fort que d'habitude, les voisins appellent.

Le mari, bouteille de Suze à la main, insulte copieusement les gendarmes et tente de les repousser hors de chez lui, termine le nez dans le canapé et les pinces aux poignets. La femme, petite cinquantaine, effondrée près de la cheminée. Le médecin de Dampierre, tiré d'un repas de famille, se penche sur elle, avec des gestes doux, protecteurs.

Une épaule luxée et l'arcade sourcilière ouverte, des côtes brisées, des hématomes sur le visage et les bras. Il faut l'évacuer à Pontarlier, à cause des risques de lésions internes. Elle est sous le choc, refuse catégoriquement de porter plainte. Ça lui passera, assure-t-elle, c'est juste une mauvaise période, il a bon fond, vous savez. Le type dormira quand même au poste, et elle aux urgences. Et la vie reprendra, jusqu'à la prochaine fois. Si elle y survit.

Thierry a de plus en plus de mal à supporter la misère sociale, cette campagne de plus en plus reculée, abandonnée. Le fossé entre les plus aisés et les laissés-pour-compte se creuse d'année en année, et les pompiers ramassent les morceaux, décrochent les pendus, extraient les alcoolos de leurs voitures broyées. Les suicides, les tensions familiales, les vols et les cambriolages, les agressions, pour arriver à payer le loyer et les factures, l'alcool, la drogue aussi, de plus en plus. Les gens qui pètent les plombs, règlent un différend familial au couteau de cuisine, sortent leur fusil pour un conflit de voisinage, ou avalent un bidon de soude caustique pour appeler à l'aide. On en voit de toutes les couleurs, même dans ce petit village perdu dans des montagnes que personne ne connaît, à la marge du pays.

La belle allure qu'il avait, à seize ans, jeune pompier volontaire, sur ses premières interventions. Idéaliste. Passionné. Humaniste, presque. Les années à côtoyer la détresse et la violence ont émoussé son entrain. La compassion a disparu, remplacée par le mépris et l'écœurement. Il a perdu la foi, il le sait. En vingt ans, il a vu le métier changer, l'engagement n'est plus le même. Les gens considèrent comme un dû les services des pompiers. On se déplace pour des conneries, parce qu'il faut convoyer des personnes âgées que les ambulances et le SAMU ne peuvent pas prendre en charge faute d'effectifs, parce qu'on doit ramasser des ivrognes et des camés, parce qu'un connard ne veut pas emmener sa fille aux urgences lui-même pour un bras cassé, parce qu'on paye des impôts, merde ! On est parfois accueillis avec une carabine ou un cutter à la main, on prend des coups, on se fait caillasser dans les cités de Besançon et de Belfort, alors qu'on vient chercher un blessé ou un malade, qu'on est là pour aider. Les pompiers récupèrent ce que les autres ne peuvent plus gérer, au détriment de leur mission principale. Des hôpitaux de campagne supprimés, de moins en moins de médecins dans les zones rurales, des services d'urgences saturés, un manque critique de moyens et d'effectifs, partout, ça leur retombe forcément sur la gueule. Le dernier fusible, qui menace de lâcher à tout moment. Les collègues sont à bout, les jeunes s'enrôlent moins facilement, les anciens partent usés.

Il va arrêter, raccrocher l'uniforme, il va vraiment le faire. Combien de fois a-t-il eu envie de fracasser la tête de ceux qu'il convoyait au CHU ? Il est anesthésié, en dedans, il se blinde, s'éloigne. Les cadavres le laissent de marbre, la souffrance des autres n'est plus qu'un désagrément, il ne la supporte plus, comparée à la sienne. La violence couve sous sa peau, il bouillonne sans broncher, emprisonne ses pensées noires au plus profond. Un de ces jours, à force, il va craquer, il prendra un fusil, et il fera le ménage. Tous ces connards. Certains villages mériteraient d'être rasés. Il a perdu le feu sacré, l'étincelle s'est consumée. Et ça lui prend trop de temps, avec les problèmes du garage, ce n'est plus possible, il ne peut plus tout gérer. Il va exploser en vol, la colère déborde de partout.

Il n'a pas réussi à sauver son couple ni à garder ses deux filles auprès de lui, Isabelle a demandé le divorce après dix-huit ans de mariage, embarquant les gamines direction Charleville-Mézières, près de chez ses parents. Il n'arrive pas à se libérer suffisamment pour les voir régulièrement, il lutte pour joindre les deux bouts avec les revenus du garage et ses indemnités de pompier volontaire, il faut verser la pension alimentaire, sans compter les frais de déplacement et d'hôtel pour monter plusieurs jours dans les Ardennes, cinq heures de route, et profiter d'elles. Avant qu'elles ne grandissent trop. Avant qu'elles ne l'oublient. Il a même envisagé de déménager, d'ouvrir un garage là-bas, dans le Nord. Le courage de se déraciner lui manque. Abandonner l'affaire familiale, le village qu'il a connu toute sa vie. Thierry n'est pas à l'aise, sorti de ses repères. Malheureux ici, mais ce serait pire ailleurs. Au moins, il peut se raccrocher à quelque chose, les voitures, la mécanique, le club de foot dont il est entraîneur pour les juniors. Il a sa place dans la communauté. Il compte pour quelque chose. Il est le garagiste du village.

La séparation n'a pas été une partie de plaisir, ils ne sont pas restés en bons termes et Isabelle ne lui facilite pas la tâche. L'écarte de la vie de ses filles, il en est persuadé. Elle le hait. Il le lui rend bien. Lassée par son absence, par son silence, elle lui a lâché un beau matin qu'elle ne reconnaissait plus le jeune homme sportif, avenant et aimable dont elle était tombée

155

amoureuse. Elle ne l'aime plus. C'est bien simple. Si elle a quelqu'un d'autre ? Même pas. Elle aurait préféré. Il ne fait plus attention à elle. Ne la respecte plus. Il ne s'en défend pas. Elle a raison. Elle ne mérite ni son attention ni son respect. Elle s'est laissée aller, a gonflé de vingt kilos, est devenue aigrie. Elle déteste le froid, elle déteste la montagne, et la campagne. Elle a suivi Thierry par amour, et c'est le plus gros regret de sa vie.

Ça a été le mot de trop.

Il l'a clouée au mur, a serré son cou, fulminant.

Il s'est repris au dernier moment, ne comprenant pas son geste. La laissant glisser au sol en suffoquant, des empreintes rouges striant sa gorge. Pendant une semaine, elle a masqué ces ecchymoses à l'aide d'une écharpe, en plein mois d'août. Elle a porté plainte. Les gendarmes sont venus. Il n'a rien nié. Il l'a laissée partir, emmener les gamines.

Il a accepté le divorce sans broncher, sans se battre. Elle a obtenu la garde exclusive. Elle le tenait. Elle l'a poussé à bout. Elle l'a piégé, il en est persuadé. Elle a des photos, une attestation médicale, une plainte, trois jours d'ITT. Il est à genoux.

– Thierry ?

La voix de son collègue le tire de sa rêverie. Il se gare sur le parking du CHU.

– Oui ? Pardon…

– Téléphone !

Son portable vibre dans sa poche, sans qu'il s'en soit rendu compte. Il jette un œil à l'écran. Sa sœur.

– Appel perso…

– Bah, vas-y, on s'occupe de la cliente.

Le collègue sort pour aider les infirmiers à brancarder la femme jusqu'aux urgences.

Thierry, agacé, décroche.

– Oui, qu'est-ce que tu veux ?

– Sympa…

– Je suis en inter, Virginie, je ne vais pas rester long-temps.

– Je suis en panne, à Brico. La bagnole ne démarre pas. Tu crois que tu pourrais passer me récupérer ?

– Et Greg, il ne peut pas se bouger, lui ?

– Il est chez sa sœur à Besançon avec le petit. Je te demande pas grand-chose, merde, Thierry. Tu peux me dépanner, non ?

– Mmmhh. Je suis à Pontarlier, à l'hosto. Le temps de rentrer et de prendre ma voiture, je peux être là vers 21 heures ou 22 heures.

– Tu veux que j'attende là pendant deux heures ?

– Tu vas bien te trouver un bar pour siffler deux ou trois bières, non ?

– À Épenans ? Tu fais chier.

Elle coupe la communication. Putain, vraiment il n'a pas besoin de ça. Quel boulet, sa sœur, toujours à se foutre dans la merde.

21 janvier – 22 h 40

Elle le saoule déjà.

Elle se plaint de tout. Le temps, les températures, la bagnole, le taf, les allocs chômage de Greg, le gosse qui ne fait pas ses nuits, la baraque à finir, l'isolation à revoir. Comme si elle était seule à en chier. Où est passée la gamine espiègle, l'adolescente turbulente et joyeuse, la battante à la tête farcie de voyages et d'expériences inédites, prête à parcourir le monde, à sortir du rang, à s'extirper de sa condition sociale ? Une vie étouffée dans l'œuf par sa rencontre avec Grégoire

157

Favrot, un abruti fini et bon à rien. Il lui en veut tellement d'avoir livré sa jeunesse et ses ambitions à un mariage qui la tire vers le bas, qui a piétiné toute volonté de liberté et d'évasion. Il la déteste d'être rentrée dans le rang, de s'être laissé domestiquer, il projetait tous ses espoirs déçus sur elle. Ils ont une douzaine d'années de différence, il l'a élevée, l'a couvée, l'a endurcie. Elle incarnait l'espoir, la seule à pouvoir briser le destin de la famille, toucher du doigt des rêves de grandeur, là où lui se devait de reprendre l'affaire paternelle, s'enterrer à Dampierre pour faire tourner le garage.

Sa petite sœur.

À ses yeux, elle n'a pas essayé assez fort. Elle devait vivre leurs rêves, pour eux deux. Elle l'a abandonné. Pour le premier connard venu.

Il la laisse monologuer, se concentre sur la route, sort d'Épenans sous des giboulées particulièrement intenses. S'engage sur la route des crêtes qui rejoint la Suisse par le col de Hautecombe.

– Pourquoi tu passes par là ?

– C'est plus court.

– Non, c'est pareil… Par la vallée, c'est de la grande route et c'est bien déneigé.

– Je suis équipé. Je préfère. C'est toi qui conduis ou c'est moi ?

– Ne commence pas à râler.

– C'est moi qui râle ?

Virginie pose un coude sur le rebord de la fenêtre et appuie sa tête contre sa paume, boudeuse.

– Si tu crois que ça m'amuse.

– T'es toujours en train de te plaindre.

– Ben il y a de quoi. Coincée pendant deux heures sur le parking ! T'as vu ce temps pourri ? Comment je vais faire demain moi, pour aller au taf ?

– Je te préviens de suite, ne compte pas sur moi.

– Oh, ne t'en fais pas, je ne compte pas sur toi.

La voiture s'enfonce dans la forêt, entame la montée le long des falaises.

– Bonjour la gratitude. Je suis quand même venu te chercher.

– Monsieur est trop bon.

– J'hallucine…

Chacun se tient dans son coin, silencieux, seul le battement des essuie-glaces trouble l'atmosphère pesante. Ils ne croisent personne sur la route recouverte d'une épaisse couche de neige. Thierry se montre habile sur ce terrain, habitué à piloter sa voiture dans les conditions les plus compliquées.

– En plus, c'est l'occasion de se voir. Si je ne tombe pas en panne, je n'ai pas de nouvelles…

Thierry lève les yeux, exaspéré. Il entame la redescente sur le hameau de Hautecombe après avoir passé le col. Route sinueuse et étroite, coincée entre des surplombs rocheux à gauche et un ravin profond à droite.

– Toujours la même discussion.

– Bah, t'as qu'à t'intéresser un peu à la vie de ta famille aussi. T'as vu ton neveu qu'une seule fois depuis qu'il est né. T'habites pas à l'autre bout de la France, je te signale. De Dampierre à Hautecombe, il n'y a même pas vingt minutes, t'abuses un peu.

– Je n'ai pas envie de me coltiner ton mec.

– Mon mari.

– Ouais. Ton mari.

– Tu pourrais faire des efforts. Tu te penses tellement supérieur à lui.

– Bah, franchement…

– Pauvre con. T'es vraiment un connard quand tu t'y mets, Thierry. Tu tiens de papa.

– Je vais sortir les violons.

– Greg, il en chie. Tu crois que c'est marrant ? Il fait ce qu'il peut pour sa famille. Il est là, au moins.

Thierry vire à l'écarlate.

– Tu dépasses les bornes, fais gaffe, Virginie, fais gaffe. Avec tous les sacrifices que j'ai faits…

– Tu ne te mets pas à sa place, c'est ça que je veux dire ! On ne trouve pas un job à tous les coins de rue !

– Putain, mais c'est toujours le même refrain ! Il a qu'à se bouger un peu le cul aussi !

– C'est toi qui dépasses les bornes !

– Greg ci, Greg ça. Tu me fais chier. Il n'y a pas que lui qui a des problèmes.

– Et c'est moi qui suis en boucle ! On en a soupé aussi de ton divorce !

– Virginie…

– Tu n'arrêtes pas de me casser du sucre sur le dos, de me regarder de haut. De quel droit tu me juges ? Et Grégoire ?

– Franchement, ferme-la !

Loin de l'entendre, Virginie hurle de plus belle.

– Tu te crois toujours meilleur que tout le monde ! On n'est pas plus des losers que toi ! Regarde-toi un peu, merde ! Tu peux dire ce que tu veux, moi j'ai su garder ma famille !

Thierry enfonce la pédale de frein. La voiture dérape dans la descente, s'immobilise le long du ravin, en plein virage.

– Dégage de là, réplique-t-il d'un ton féroce.

Elle ne bouge pas d'un pouce, médusée. Muette.

– Tu vires ton cul de ma voiture !

Devant l'absence totale de réaction, Thierry sort comme une tornade et contourne le véhicule, ouvre la portière d'un geste brusque.

– Tu fais quoi là, Thierry ? T'es complètement malade ou quoi ?

Sans répondre, il déboucle la ceinture de sécurité de sa sœur et la tire sèchement par le manteau hors de l'habitacle.

– Arrête, putain, lâche-moi !

– Il te reste quelques kilomètres à faire, démerde-toi !

– Tu ne vas pas me laisser là, rugit-elle, horrifiée. Il fait moins vingt !

– Je vais me gêner…

Il referme la portière et fait volte-face pour regagner la place conducteur. Virginie, déchaînée, s'accroche à lui, agrippe son blouson, de toutes ses forces. Il la traîne dans son sillage, impassible. Elle lâche prise et chute le long de l'aile.

– Enculé ! Me laisse pas là !

Au moment où il se retourne une dernière fois vers elle pour cracher son venin, une paire de phares déboîte dans le virage derrière eux, il lève les bras, aveuglé. La voiture est lancée sur eux à pleine allure. Thierry comprend que c'est fini. Virginie se recroqueville en position fœtale contre la roue arrière.

Le conducteur donne un coup de volant à gauche au dernier moment, pris au dépourvu face à ce véhicule arrêté en travers de la chaussée. Sa voiture évite de justesse la collision et frôle Thierry et sa sœur sans les percuter, mais tamponne la paroi de roche qui borde la voie de gauche avec une extrême violence et roule en tonneaux sur plusieurs dizaines de mètres, pour s'arrêter en aplomb de la falaise, le capot avant pendant dans le vide. Le vacarme du métal se compressant sous l'impact et de la tôle crissant contre la glace s'éteint en un claquement de doigts. Le calme de la forêt reprend ses droits. À peine une brise d'air.

Thierry et Virginie restent cloués sur place. Lui, bras ballants, exsangue, et elle toujours pelotonnée sur le sol. Ils reprennent peu à peu leurs esprits, leurs muscles réagissent. Virginie se relève, tremblante, Thierry s'avance à pas hésitants en direction de la carcasse fumante.

La carrosserie est pliée, éventrée. Il s'approche par l'arrière. Toutes les vitres ont éclaté, les roues sont tordues. L'aile gauche, à présent vers le haut, est courbée vers l'intérieur. Thierry scrute l'habitacle par le coffre béant. Virginie reste prudemment en retrait. Le chauffeur remue légèrement la tête, penché sur le côté, contre le tableau de bord, retenu en suspension par sa ceinture et l'airbag désormais percé.

– Vous m'entendez ?

Faible gémissement. Un râle de douleur. Il est vivant, mais gravement blessé, c'est évident. Thierry ne peut contourner l'épave, nez au-dessus de l'à-pic. Il remarque alors de gros paquets enrobés de plusieurs couches de plastique qui dépassent entre les tôles écartelées des parois du coffre. Il tend le bras, en attrape un. Frisson dans la nuque. Virginie se rapproche.

– Qu'est-ce que tu fais ?

Il défait l'emballage, arrache le plastique. De la poudre blanche, qu'il goûte du bout du doigt.

Cocaïne.

Il fouille partout, sort des tas de ballots identiques, effaré. Plusieurs kilos. Plusieurs dizaines de kilos.

– C'est quoi ?

– De la drogue.

Elle a un mouvement de recul involontaire.

– Tu déconnes ?

– Cocaïne. J'ai vu suffisamment de camés… Je ne pense pas me tromper…

Il se retourne et la regarde droit dans les yeux. Son expression effraie sa sœur.

– Aid… aidez-moi…

Ils sursautent à l'unisson.

Ça remue à l'avant. La voiture grince, se balance dangereusement. Les phares oscillent sur les branches les plus hautes des sapins. Thierry plisse les yeux, observe la silhouette entre les sièges transpercés. Le visage lui dit quelque chose, mais impossible de le remettre. Il fait nuit et le type est couvert de sang.

– Surtout ne bougez pas.

– Je ne peux pas. J'ai… J'ai trop mal.

– On va vous tirer de là. C'est quoi votre nom ?

– Vauthier. Vous… vous pouvez appeler mon père ?

Simon Vauthier. C'est ça. Un vrai connard. Ingénieur en Suisse, pété de thunes. Une petite frappe, un flambeur. Il est tourné vers lui, le regarde avec espoir.

– Vous… Garagiste ? Lambert ?

Thierry ferme les yeux. Hoche la tête.

– On s'occupe de tout. On appelle les secours.

Il se retourne vers Virginie qui compose le 15. Il l'arrête aussitôt en posant sa main sur l'appareil.

– Attends. Pas si vite.

– Qu'est-ce qui te prend ? On ne peut rien faire. Faut appeler une ambulance.

Il lui montre les paquets de drogue.

– Tu sais combien il y a de kilos ? Une centaine, voire plus.

– Que… Qu'est-ce que tu veux dire ?

– Putain, Virginie, réfléchis un peu ! Tu te rends compte de ce que ça représente ?

– Je… T'es malade ou quoi ?

– Des milliers et des milliers d'euros ! Plusieurs millions même sûrement…

Virginie se paralyse sur place, bouche bée.

– Je ne déconne pas, Virginie.

– Tu ne penses pas…

– Personne ne sait qu'on est là. Personne ne saura que c'est nous.

– On ne peut pas…

– Terminés, les problèmes. La maison. Le gamin. Le boulot. On peut tout effacer. Repartir de zéro.

Elle ne répond pas. Ses pupilles remuent frénétiquement. Elle se mord le poing.

– Des millions… Comment… ?

– Je m'occupe de ça. Je gère, Virginie. Laisse-moi faire. Mais faut se grouiller.

Elle se recule, hagarde. Il court jusqu'à sa voiture, met le contact et avance au pas, au plus près du coffre ouvert, manœuvre pour que son propre coffre soit à portée de bras. Et commence à transvaser.

– Que… Qu'est-ce… Vous faites quoi ?

Thierry lève les yeux vers Vauthier, dont les traits abîmés trahissent la panique, sans lui répondre.

– Vous… Prenez tout… Je ne dirai rien… Je… Aidez-moi…

En moins de dix minutes, toute la cargaison est dans sa voiture. Thierry éventre les emballages, trouve trois boîtiers gris, des traqueurs GPS, entre les pains de came, les balance sur son tableau de bord. Vauthier se répand en supplications, en promesses. Puis en menaces. Il souffre le martyre, mais son esprit reste suffisamment clair pour comprendre ce qui se trame.

– Tu… Tu ne sais pas à qui tu t'en prends… Fils de p…

Thierry se détourne sans écouter la suite.

– Viens vite, Virginie. Monte dans la caisse.

Elle remue la tête, partagée entre l'angoisse étouf-
fante et la fébrilité.

– Tu… Tu vas faire quoi ?

– À ton avis ?

Elle le détaille de ses grands yeux écarquillés d'effroi,
les poings repliés sous le menton.

– Thierry… Ça va trop loin…

– Tu vas pleurer sur cette petite merde ? Tu sais qui
c'est ?

– Qu'est-ce que ça change ? On ne peut pas faire ça !

– C'est un dealer, Virginie ! Un putain de fils à papa
qui se fait des couilles en or en Suisse et qui en plus
vend de la coke ! Bordel, tu n'en as pas marre que ce
soient toujours les mêmes qui réussissent, qu'on se tape
les miettes ? Il se balade fièrement en BMW, moi, j'ai
les mains dans le cambouis ! Ça pourrait être nous, cette
fois. À leur place !

Elle baisse le regard, la chaleur lui inonde les joues.
Thierry lui pose une main sur l'épaule, se courbe
devant elle.

– Il m'a vu, Virginie. Il m'a reconnu.

– Thierry…

– C'est notre tour, petite sœur. À nous de saisir notre
chance. Une nouvelle vie.

Elle ne peut contenir quelques larmes, sa lèvre
tremble, elle la mord, laisse le sang se répandre sous
sa langue.

– Monte dans la voiture… Je m'occupe de tout.

Elle capitule et obéit à l'injonction, se replie dans le
siège. Thierry se hisse au volant, manœuvre, se place
en diagonale de la route. Pleins phares sur la détresse
de Simon Vauthier, prisonnier de la carcasse de sa Série
1 rutilante. Ses hurlements déchiquètent la nuit, aigus,
désespérés. Thierry embraye la première, léger patinage,

une secousse et la voiture vient se coller au pare-chocs arrière de la BMW. Virginie enfouit sa tête dans ses genoux repliés sur son torse, plaque ses mains contre ses oreilles. Thierry enfonce l'accélérateur, les couinements de Simon se perdent dans le vrombissement du moteur en surrégime. La voiture bouge, s'ébranle et glisse implacablement vers la pente. Thierry contracte ses doigts autour du volant, jointures blanches, les veines pulsent à ses tempes, son cou se gonfle sous la tension.

Dans un beuglement métallique, la voiture bascule par-dessus le faîte. Thierry pile et repasse au point mort. Les cris de Simon flottent dans l'air quelques secondes avant de mourir dans le vacarme de la collision avec la falaise : la voiture ricoche contre la roche et s'écrase dix mètres en dessous, roule sur elle-même dans le dévers du ravin et termine sa course folle contre un épicéa centenaire.

Et de nouveau la sérénité des bois recouvre la route du col. Thierry fait marche arrière sans plus attendre et dévale la montagne jusqu'au lieu-dit de Hautecombe. Expédie les trois boîtiers GPS dans un ravin à mi-chemin. Dès qu'il se range près de la maison de la famille Favrot, Virginie explose en sanglots, des pleurs incontrôlés, nerveux. Thierry la prend dans ses bras, passe sa main sur sa nuque, maladroit.

— Ça va aller, petite sœur, ça va aller.

— Qu'est-ce qu'on a fait ? Putain, Thierry, qu'est-ce qu'on a fait ?

— Nos vies vont changer, Virginie. Vraiment changer. On était là au bon endroit, au bon moment, c'est tout.

— On a tué un…

— Arrête tout de suite. C'était juste un petit trafiquant de merde. Il ne méritait pas mieux. Pense à ton mari, pense à ton fils. Pense à l'avenir maintenant.

– Comment on va faire ça ? On se fout dans la merde…

– Tu me laisses faire. On partage cinquante-cinquante. On ne claque rien. On planque l'argent.

– Comment tu veux écouler tout ça ? T'as vu la quantité ?

– C'est mon problème. Toi, tu n'as rien à faire. T'attends que ça tombe.

– Comment je peux être sûre que tu ne vas pas te barrer avec tout ?

– Putain, Virginie ! Fais-moi un minimum confiance ! On dépend l'un de l'autre maintenant. On y était tous les deux.

Elle commence à se calmer, respire par grandes goulées.

– D'accord… C'est toi qui gères…

– Personne à part nous ne sait qu'on est allés là-haut. C'est un vulgaire accident de la route. Le type roulait trop vite, il a perdu le contrôle.

Virginie dodeline de la tête. Thierry dépose un baiser sur son front.

– Faut être forte. Et patiente. Demain, j'irai chercher ta voiture avec la dépanneuse, je te filerai une voiture de remplacement. Tu reprends le boulot, comme si de rien n'était. Et surtout, Virginie, pour le moment, pas un mot à Grégoire. Ça reste entre nous, tant que je n'ai pas tout écoulé.

– Mais…

– Non ! Pas pour l'instant.

Elle acquiesce.

– Et passe-toi un coup de neige sur la figure avant de rentrer, t'as une tronche de déterrée.

Elle sort de la voiture en trébuchant, se frictionne le visage d'une grosse poignée de poudreuse glacée et se dirige vers la maison.

Thierry, grisé par l'adrénaline, redémarre au quart de tour et plonge dans la vallée de Dampierre.

Ses mains tremblent. Le froid, l'excitation. Il redescend sur terre. Pas si difficile. Tuer un homme. Le cri dans la nuit. Et tout le monde rentre chez soi.

Il vérifie une troisième fois chaque paquet, il n'a oublié aucun traqueur, les a tous balancés dans la montagne. Pas le droit à l'erreur. Les types sont organisés. Des dizaines de kilos. La lumière au bout du tunnel. Un cadeau tombé du ciel.

Thierry s'écroule dans son canapé-lit, les pains de coke entassés sur le lino du salon de son deux-pièces donnant sur le stade de foot de Dampierre-les-Monts. Le vertige le saisit. Deux cent dix paquets de cinq cents grammes. Cent cinq kilos de coke pure.

Il allume son ordinateur portable, enfonce frénétiquement les touches, lance des recherches sur son navigateur. Explore les sites, les forums.

Rapidement, il se fait un ordre d'idée : le gramme, à la revente, coupé, peut se vendre dans les soixante à soixante-cinq euros. En la revendant en gros, il peut espérer du trente-cinq mille le kilo. Total : trois millions six cent soixante-quinze… En bradant, pour écouler vite, on peut descendre à trois millions deux, trois millions trois. Les chiffres virevoltent dans sa tête. Les idées s'entrechoquent. Trouver quelqu'un pour jouer l'intermédiaire, ne pas se mettre en première ligne. Un petit dealer, un camé, n'importe, un fusible. Tester le truc. Accrocher la curiosité des grossistes, revendre en plusieurs fois, étaler les paiements, voire vendre à plusieurs grossistes. Le plus vite possible. Même en bradant à trois millions cinq, en refilant une marge à l'intermédiaire, disons cinq cent mille, il reste trois millions, à diviser entre lui et Virginie. Un million et demi d'euros chacun.

De quoi disparaître. Tout reprendre de zéro. Changer de vie. D'identité.

Finis les crédits, les dettes. Adieu le garage familial, les pompiers, le club de foot... Adieu Dampierre.

Récupérer les filles.

Maeva. Elsa.

Ses deux trésors. Enfin. Une issue.

Les enlever des griffes de leur mère. Cette sale pute condescendante.

Avec de l'argent, on peut tout faire.

Choper les filles à la sortie de l'école, ou après les cours de musique au conservatoire de Charleville. Trouver une combine. Le coffre rempli de pognon. Passer en Belgique. En Allemagne ou aux Pays-Bas. En avion, gagner l'Asie du Sud-Est ou l'Afrique. Où bon lui semblera. Avec ses filles sous le bras, et un million et demi en poche. Placer l'argent dans des banques pas trop regardantes. Investir. S'acheter une vie totalement vierge.

Tellement de détails à régler. Une foule de possibilités.

Thierry s'élance d'un pas exalté et prend deux sacs de sport dans son placard, il les remplit de pains de cocaïne. Va falloir penser à acheter d'autres sacs, se dit-il en souriant bêtement. Et trouver une planque. En attendant, il fourre le reste dans une housse de couette et descend ranger le tout dans son box au sous-sol, prenant bien soin de vérifier l'absence de voisins. Cinq allers-retours sur la pointe des pieds, retenant les portes avant qu'elles ne claquent dans son sillage. Il remonte ensuite dans son appartement en nage, essoufflé par l'effort (cent cinq kilos !), mais baignant dans la quiétude.

Il fume clope sur clope, impossible de dormir, les nerfs en pelote.

Son bip de pompier retentit aux alentours de 3 heures du matin.

Direction le col de Hautecombe.

L'accident a été découvert.

22 janvier – 3 h 45

Tout est sous contrôle.

Le père de Simon Vauthier, Claude, conseiller municipal. Effondré, sous le choc. C'est lui qui a trouvé la carcasse de la voiture, avec son neveu, Samuel, paysan de Hautecombe, voisin de Virginie et Grégoire, quelle ironie. Des bouseux. Des passeurs. Thierry imagine leur gueule en découvrant la bagnole en miettes avec un cadavre en charpie au volant, et aucune trace de drogue. Déçu d'avoir raté ce moment. Ils sont sacrément dans la merde, les Vauthier, se félicite-t-il. Va falloir rendre des comptes maintenant, les cocos. Comment vont-ils pouvoir expliquer ça à leurs *employeurs* ? Ça risque de pas très bien passer, pour sûr.

Désolés, les gars, on a perdu cent cinq kilos de coke dans un accident de la route.

Ils sont donc les deux seuls pour l'instant à savoir que *quelqu'un d'autre* était là. Quelqu'un qui a maintenant la main. Et ce qui tombe bien, c'est que ces deux abrutis de péquenauds font de parfaits boucs émissaires. Des coupables idéals, pour leurs commanditaires, et pour la justice aussi, si besoin est.

Des collègues de Thierry chargent Claude Vauthier, choqué, dans une ambulance vers le CHU de Pontarlier, Samuel au volant du SUV à leur suite. Les gendarmes inspectent la route. Ils détectent rapidement le point d'impact contre le flanc de montagne, les marques des tonneaux sur le goudron éraflé. Les empreintes de ses pneus ont été recouvertes par la neige, impossible de savoir qu'une autre voiture était présente. De toute façon, il a pris soin de venir garer le VSAV à l'endroit exact où il avait stoppé la voiture en arrivant sur les lieux. Ils descendent auprès de la voiture accidentée. C'est pas beau à voir, plein de sang et de tripes, Vauthier n'est même plus reconnaissable tellement il est défoncé de partout. Finie, sa sale petite gueule. Thierry mime le dégoût, masque sa satisfaction. Ça va être vite enterré, cette affaire, pas de quoi se mettre la rate au court-bouillon côté gendarmerie. Un test toxicologique du cadavre. Un interrogatoire vite fait bien fait du père et du cousin.

La désincarcération du cadavre leur prend toute la nuit, il faut faire intervenir les pompiers du GRIMP[1]. Le médecin repart après avoir constaté le décès. Thierry est aux premières loges. Il ne reste que de la bouillie de chairs et d'os.

22 janvier – 10 heures

Peu dormi.

Le garage n'attend pas. Les voitures arrivent, cabossées, abîmées. La neige et la glace font des ravages. Bon pour les affaires. Thierry a la tête ailleurs. Laisse bosser

---

1. Groupe de reconnaissance et d'intervention en milieu périlleux.

ses employés. Ce n'est qu'une question de temps. Plus besoin de se lever. Plus besoin de s'épuiser. L'héritage familial lui paraît beaucoup moins pesant. Ce garage, il va pouvoir l'abandonner à son sort. Tout laisser derrière lui. Ne pas regarder en arrière. Foncer. Vivre enfin.

Première étape : trouver quelqu'un pour écouler. Un intermédiaire.

Les toxicos, ce n'est pas ça qui manque.

Il en a ramassé quelques-uns durant sa carrière de pompier. Mauvais trip. Des gamins qui ne savent pas s'y prendre, qui en veulent toujours plus. De la cocaïne de mauvaise qualité, coupée au lévamisole ou au plâtre de chantier pour gonfler les ventes, des accidents dus à l'euphorie, à la puissance du produit, des agressions. La drogue inonde les campagnes, aide les gens en détresse à supporter le quotidien, le stress, les infirmiers dans les hôpitaux, au bout du rouleau, les serveurs des restaurants, les agriculteurs aux cadences infernales. La bibine ne suffit pas à noyer l'ennui, l'héro anesthésie, la coke vivifie.

Bref.

En repassant en mémoire les diverses interventions, un visage s'impose naturellement. Et comment ne pas y penser, cette tronche à moitié cramée, la peau parcheminée, joue, oreille, cou. La fille Monnier. Primo, elle est liée à Samuel Vauthier. Thierry le sait bien, il est intervenu sur l'incendie de la grange à Hautecombe, cinq ans auparavant, lorsque la môme s'est cramé la moitié du corps. C'est parfait. Ça lui offre un véritable levier sur elle, et sur lui. Un moyen de pression, et de contrôle. Deuxio, il l'a également chargée dans le VSAV depuis, en pleine crise de manque, angoisse maximale, en sang après s'être fait tabasser par deux ados d'Épenans à qui elle essayait d'extorquer quelques grammes.

Et tertio, le hasard faisant bien les choses, elle a aussi fait appel à ses services de garagiste pour dépanner sa Peugeot, l'automne dernier. Il l'a tout de suite reconnue (ce visage !), pas elle. Il a remorqué la voiture jusqu'au garage, une épave sur roues, déposant Chloé chez elle au passage, à Rochefontaine, une maison en plein virage. Il s'en souvient bien, avec la vieille femme qui le matait par le rideau. Pour ce qu'il connaît d'elle, grâce aux gendarmes qui étaient présents le soir où il l'a emmenée aux urgences, complètement stone, elle est connue pour dealer un peu dans la vallée, au collège, auprès des saisonniers d'été, dans les campings, les fêtes de village, ce genre de trucs. Arrêtée plusieurs fois, pas de vraie condamnation. Une fille à la dérive. Le père est en tôle depuis quelques années pour des braquages de supérettes et de bureaux de tabac, la mère s'est tirée. Aucun avenir, elle va finir comme son vieux.

Bref.

La candidate parfaite pour commencer. Ce n'est pas par hasard que leurs chemins se sont croisés si souvent ces dernières années. C'est un signe.

Une fois n'est pas coutume, il laisse la boutique à ses employés pour la journée, c'est assez calme. Il file aussitôt à Besançon, une heure trente, achète deux téléphones, un chez Orange à École-Valentin, l'autre à la boutique de Châteaufarine. Puis détour par celle du centre-ville où il achète deux Mobicartes, juste avant la fermeture de 13 heures. Dans l'idéal, il aurait préféré acheter chaque élément dans une ville différente, mais bon, tant qu'il ne se procure pas tous les éléments au même endroit, ça devrait bien se passer. Qui se souvient d'un client achetant un smartphone standard ou deux cartes prépayées à dix balles ? Les vendeurs n'ont-ils pas mieux à faire, franchement ? Retour à

Dampierre dans l'après-midi, radieux. Il entre le numéro du deuxième mobile dans celui qu'il gardera pour lui. Il crée un compte Google, y connecte les deux téléphones. Installe l'application « Localiser mon portable » sur le sien. Test : les deux téléphones apparaissent, localisés au même endroit. Il pourra ainsi la suivre à la trace.

Il efface consciencieusement ses empreintes. Portable clean et prêt ! Plus qu'à embrayer sur la partie pratique.

22 janvier – 20 heures-23 h 30

Le soir même, il piste Chloé. Il se pointe à la maison dans le virage, note le nom de la vieille sur la boîte aux lettres : Michèle Marguet. Juste en dessous, ajouté au stylo Bic, Chloé Monnier. Rochefontaine. Un bled planté au milieu de la départementale. Une petite mairie, une église, des maisons éparpillées autour et basta. Il planque depuis le café en face de l'église, avec vue sur la maison à trois cents mètres de là. Ça gèle sévère dehors, quelques habitués viennent des hameaux alentour se réchauffer autour d'un ballon de rouge ou d'un café. Une poignée de touristes termine sa journée de ski en dégustant le plat unique de la patronne : une poêlée franc-comtoise, saucisse de Morteau, patates, lardons, vin blanc et cancoillotte coulante, ça embaume dans tout le bistrot. Thierry se laisserait bien tenter, son ventre gargouille, mais bon. Pas de distraction. Rester focus.

Aux alentours de 20 h 30, la porte du garage s'ouvre. La vieille doit avoir fini le JT, direct au pieu. Chloé sort sa 106 et la range le long du trottoir pour refermer derrière elle. Thierry règle la note et rejoint sa voiture sur le parking de l'église, emmitouflé dans un épais manteau.

Il la suit, gardant une distance de sécurité suffisante compte tenu du peu de voitures qu'ils croisent. Elle roule une vingtaine de minutes avant de bifurquer à gauche, vers un flanc de colline piqueté d'habitations éparses, de fenêtres brillantes dans le noir. Thierry reste prudemment en retrait, il n'y a pas trente-six bifurcations et il connaît toutes les ramifications de ces routes de montagne sur le bout des doigts. Chloé traverse le dernier village, Clairfoix, au pas. Après ça, quelques lotissements isolés, c'est un cul-de-sac. Où va-t-elle ? Un fournisseur, un client ? Un rendez-vous tardif, dans un coin paumé. Ou juste un dîner chez une copine ? Ayant une vue imprenable sur les phares de la 106 qui enchaîne les têtes d'épingle, Thierry arrête la voiture en aval, coupe toutes ses lumières. Chloé se range en retrait de la route, derrière un hangar. Bizarre. Coup de chance ?

Thierry s'élance à pied dans la pente, sac en bandoulière, prêt à dégainer son appareil photo. Se trouve une belle planque à proximité de la voiture, une fontaine couverte. L'attente est longue. Le froid terrible. Malgré ses gants et son bonnet de laine. Elle ne veut pas s'activer un peu, la petite ? Thierry comprend rapidement qu'elle est elle-même en planque. Les minutes passent, ça l'agace, mais il devine son manège. Il n'a pas besoin de plus.

23 h 30, elle tape la maison la plus éloignée. Il se rapproche, s'allonge dans un talus, derrière un bosquet de noisetiers. Elle ne reste pas longtemps. Il la shoote en rafale à l'instant où elle bondit du garage, des cabas sur l'épaule et deux vélos d'enfant sous le bras, traversant en courant le halo d'un réverbère.

Clic-clac, c'est dans la boîte.

La première livraison s'est déroulée nickel. Pas un accroc. Thierry est euphorique. Cent cinquante mille, en cash. Soixante-quinze mille pour sa pomme. Un bon début.

Finalement, Chloé n'a pas été si difficile à convaincre. L'appât du gain a été amplement suffisant pour la motiver (ne jamais sous-estimer le pouvoir de la cupidité, encore moins celui de la dépendance), les voyants devaient clignoter à pleins tubes dans sa tête. Elle va pouvoir s'en foutre plein le pif à ce prix-là. Tant qu'elle assure la vente, il s'en cogne. Il se dit qu'il aurait même pu s'économiser le coup de pression, la soirée à se les cailler juste pour quelques clichés. Mais c'est toujours mieux d'avoir la carotte *et* le bâton.

Il a tracé le portable, jusqu'à Pontarlier, rue Jules-Ferry. Il a gardé ses distances, a vu Chloé ressortir du bâtiment avec un type d'une vingtaine d'années, typé maghrébin, ou turc. Ils sont partis ensemble. Le téléphone, lui, n'a pas bougé. Elle l'a laissé sur place. Thierry est entré dans l'immeuble, a vérifié les boîtes aux lettres : pas difficile de trouver son gars. Adnan Özcan. Il ne les a pas suivis et n'a donc pu savoir où ils se sont rendus pour fourguer la came.

Elle a été rapide, en plus, la petite. Il lui a livré la came le 24 janvier, deux jours plus tard il avait le fric ! Il a misé sur le bon cheval d'emblée, un sacré flair, le Thierry, il devrait jouer aux courses (plus besoin, il a déjà tiré le gros lot !). Et les billets sont là, dans ses mains. Tout frais, tout froissés. Du dix, du vingt. Elle a assuré, bordel ! Le fric lui brûle les doigts, encore plus que la came. La chance a définitivement changé de camp. Il pense à ses deux filles, à la vie qu'il va pouvoir leur offrir. Leur désintoxiquer la cervelle des saloperies que leur mère dégoise sur lui. La tronche qu'elle va tirer ! Désespérée, vaincue, à terre. Sans ses filles, seule. Comme lui, aujourd'hui. Elle va enfin comprendre. Il va la démolir. Inverser les rôles.

Il retrouve Virginie le lendemain midi, ils mangent ensemble à la cafétéria du supermarché Casino d'Épenans. Des années que ça n'était pas arrivé. Un silence électrique survole le repas, chacun garde le nez dans son assiette, jette des regards en coin.

Thierry lui refourgue un sac de sport avec sa part sur le parking, qu'elle s'empresse de cacher dans son coffre.

– Tu compteras ça au calme. Soixante-quinze mille euros.

Virginie est estomaquée. Elle n'a jamais eu autant d'argent d'un coup.

– Je te fais confiance.

– Compte quand même. Et surtout, t'en parles pas à Greg, hein.

– Tu te répètes.

– Pas avant qu'on ait tout.

Elle grommelle. Il lui fait une bise expéditive sur la joue. Chacun regagne sa voiture. Virginie quitte précipitamment le parking dans sa C3. Elle a un démarreur tout neuf.

Chapitre 8

Greg se monte la tête. Tâte le pognon.

Les journées en face à face avec son miroir, et l'argent qui lui brûle les mains. Pas assez, et pas assez vite.

Il en faut plus, plus, plus. Virginie l'a dit, il y en a pour des millions.

Paris. Bordeaux.

Julie.

Il est de retour dans le match. Ses yeux vont briller. Elle va le regarder droit dans les yeux, différemment.

Tout plaquer, reconstruire une nouvelle vie.

Lâcher Virginie avec le gosse. Il s'y est préparé. Il ne peut plus la voir. Elle ne fait que confirmer son échec. Il s'est laissé avoir, pour Gabriel, croyant que ça allait relancer la flamme. Grave erreur. Apathique. Sans enthousiasme. Une bouche de plus à nourrir. Sans argent, sans amour. Et depuis, ils ne couchent même plus ensemble. Lassés, dégoûtés l'un de l'autre, sans se l'avouer. Elle le méprise, sournoisement, faisant mine de le comprendre, de compatir. Ses regards, ses silences. Impuissant, seul à la maison avec son cafard. Il s'assomme à la bière dès 10 heures du matin.

Il va pouvoir rayer cette partie de sa vie, construire ce qui en vaut la peine, avec son amour, avec Julie. Lui offrir le monde. Plus besoin de faire des études, de trimer. Voyager, se sentir libre. Partout chez soi. Il va la combler.

Il ronge son frein. Il fulmine.

Il dépend de Virginie, et de son connard de frangin, qui a gardé toute la drogue. Elle s'est laissé amadouer. Pauvre connasse. Il ne peut plus attendre. Il faut que ça avance. Chaque jour l'éloigne de Julie. Il veut lui prouver qui il est. Il veut voir l'étincelle dans ses yeux.

Il n'y tient plus.

Impossible de résister.

Il compose son numéro.

Il a quelque chose de très important à lui dire.

29 janvier – 12 heures

Ils se retrouvent sur le parking du lycée Xavier-Marmier, à Pontarlier. Il l'emmène déjeuner. Elle reste silencieuse pendant tout le trajet, assez bref, jusqu'au restaurant. Centre-ville, vue sur le Doubs. Il se gare.

Il lui offre une cigarette. Entrouvre la vitre.

– Alors ? Cette grande nouvelle.

– Après le restau.

– C'est pas le kebab du coin, dis donc.

Il sourit.

– Beaucoup de choses vont changer.

– T'as trouvé du taf ? demande-t-elle d'un ton nonchalant.

– Mieux que ça. Une montagne de pognon. J'ai de quoi changer nos vies pour de bon.

Le repas, délicieux, est vite expédié.

Julie ne retourne pas en cours ce mardi après-midi.

Elle n'a rien perdu de sa vigueur. Il est survolté.

Ils font un sort au lit du Campanile de la zone commerciale.

Il la retrouve. Leur complicité. Leur complémentarité. Il redevient celui qui compte.

Il lui raconte tout. Tout ce qu'il a prévu. Ce qu'il a dans la tête.

Dès qu'il aura l'argent. Tout l'argent.

Rien que pour eux. Tous les deux, ensemble. Loin. Pour toujours.

30 janvier – 16 heures

Greg a acheté hier un flingue au marché noir, en Suisse, grâce aux petites annonces en ligne. Un calibre.38 spécial Smith & Wesson. Quatre cents euros. Plus les balles.

Il va devoir agir, brusquer Thierry. Accélérer la manœuvre. Aucune confiance en son beau-frère. Pourquoi étaler les ventes ? Autant se débarrasser de la patate chaude. Tant que la drogue reste drogue, elle ne sert à rien. Elle doit se transformer en billets. Des kilos de billets.

Il prend l'arme en main. Vise la télé. Aligne Sophie Davant. Mime le recul du tir. BOUM. Il se sent bien. Tellement. Le contact de la crosse. Les balles dans la chambre. Maître du jeu. Il doit reprendre le dessus sur Thierry, lui faire comprendre qui est le chef.

La sonnette d'entrée le tire de sa rêverie. Qui ? À cette heure ? Il fourre le pistolet sous le coussin du

canapé. Le facteur ? Il est en short, débraillé. Tant pis.
Il passe un long manteau. Ouvre la porte.

Julie.

Son Amour.

Flamboyante, sous son bonnet de laine bleu canard.

– Que…

Il jette des coups d'œil anxieux alentour.

– Qu'est-ce que tu fais là ?

– Je me suis dit que tu serais sans doute seul.

– Putain, entre, on pourrait te voir !

Il la tire à l'intérieur et referme aussitôt.

– Ici ? Qui ça ?

Julie s'avance dans la pièce, espiègle, explore la cuisine.

S'arrête dans le salon. Au-dessus du lit parapluie de Gabriel, qui dort à poings fermés.

– Il ne te ressemble pas. J'imagine qu'il a pris de sa mère.

– Julie…

– J'avais envie de te voir. Chez toi. Voir à quoi tu renonçais. Pour moi.

Il s'approche, l'enferme dans ses bras.

– Je peux renoncer à tout. Bientôt, chérie.

– Quand ?

– Une question de jours.

Il prend son visage dans ses mains, embrasse ses lèvres fines, son diamant au coin du nez, ses joues bombées.

– Je ne veux plus attendre, moi non plus.

– J'en peux plus de ce bled, Greg. Je vais devenir folle si on ne se casse pas rapidement.

– Je sais. Moi pareil.

– Dis, y a pas moyen de taper un peu de coke dans le stock ? Ça ne se remarquera pas.

– Je… C'est pas moi qui l'ai.

– Comment ça ? Elle est où ?

– Mon beau-frère. C'est lui qui s'occupe de vendre.

– Greg…

– Ça va aller. Je gère.

– C'est tout ce que je veux entendre.

Elle se love contre son torse.

– J'ai envie. Ici.

– Putain, Julie…

Elle balance son sac à main sur la table basse, les télécommandes volent sur le tapis.

Il lui fait l'amour langoureusement. Gabriel pousse un grognement, mais ne se réveille pas.

Greg se montre tendre. Attentif. Excité de faire ça sous son propre toit. Sur le canapé où lui et Virginie ont conçu leur fils. Il porte le dernier coup de couteau à son mariage agonisant.

Il baigne dans la volupté, l'abandon.

Il ne remarque pas le téléphone de Julie dissimulé dans la poche avant du sac à main.

En mode caméra.

30 janvier – 19 heures

Pas de réponse.

Thierry tente de joindre Chloé tout l'après-midi. Répondeur. Sur l'appli, le téléphone est indisponible. Éteint. Il s'énerve, passe ses nerfs sur ses employés, bougonne devant les clients.

Est-ce qu'elle le laisse tomber ? A-t-elle détruit le téléphone ? Est-ce que le premier versement lui a suffi ? Impossible. Si c'était le cas, elle ne lui aurait pas donné sa part, elle serait partie avec les cent soixante-quinze mille ! Ça ne colle pas.

Dès la fin d'après-midi, il a planqué derrière l'église de Rochefontaine. Pas de mouvement. La vieille est bien chez elle, mais aucune trace de Chloé. La nuit tombée, il force la porte du garage. Vide. Pas de voiture.

Où est-elle passée ?

Il bouillonne.

31 janvier – 12 heures

Grégoire fait la lessive. Le ménage. Virginie végète devant la télé, épuisée, elle a posé sa journée. Il s'active à fond. Se fait oublier. Joue au mari idéal.

De toute façon il ne fait rien de la semaine, non ?

Rien n'est jamais exprimé ainsi. Virginie se fait toujours comprendre, sans jamais attaquer de front. Elle le juge en silence.

Elle ne sait pas ce qui l'attend.

Quand elle s'apercevra qu'il est parti avec l'argent, avec ses espoirs, il sera déjà loin. Elle regrettera ses œillades méprisantes, ses soupirs d'abattement.

La veille au soir, encore excité par la visite de Julie, il a tenté une approche. Des caresses, un baiser dans le cou, sous la couette. Trop fatiguée. Pas le moment. Virginie l'a gentiment éconduit. Elle a toute la semaine dans les pattes, elle.

Sous-entendu : quand tu auras de nouveau un travail, tu pourras te prétendre digne de moi.

Punition. Reproches. Sans un mot.

Tant pis pour elle.

Il est en plein récurage de la cuisine lorsque son téléphone vibre dans sa poche de survêtement. SMS.

Julie.

Fichier vidéo.

Un regard furtif vers Virginie, jambes pendantes du canapé, yeux mi-clos devant Nagui. Il se réfugie dans les toilettes.

Coupe le son. Lance la vidéo.

Devant sa maison. On distingue les boots de la jeune femme gravir le perron inachevé. Sonnerie. Elle a tout filmé. Son entrée. Son exploration des lieux, puis le sac qui tombe sur la table basse, l'image se stabilise.

Lui et elle. Sur le canapé du salon. Image penchée, grand angle. Mais on les reconnaît parfaitement. Lui sur elle. Elle sur lui. Léchant, embrassant, caressant, corps emmêlés. Vertige.

Second SMS.

« Cinq cent mille euros. Je ne suis pas trop gourmande. Sinon ta femme reçoit cette vidéo. Tu as cinq jours, chéri. »

Fin de partie.

Il est baisé. Bien baisé.

31 janvier – 16 heures

Une perle de sueur glacée perle dans le dos de Thierry lorsqu'il voit la Polo de Grégoire s'arrêter à l'entrée du garage, alors qu'il s'engueule au téléphone avec un fournisseur en retard sur une livraison, une énième fois. Le stress monte encore d'un cran lorsque Greg s'approche de son mécanicien à l'œuvre sur une Dacia, qui tend un doigt noirci en direction du bureau.

Greg entre sans frapper. Thierry lève les yeux au ciel, lui intime de refermer la porte, de s'asseoir. Il écourte la conversation, laissant s'éteindre les protestations de son interlocuteur.

Pas de poignée de main. Greg s'assied sur une chaise.

– Qu'est-ce qui t'amène ?

– À ton avis, putain ? Faut qu'on parle de la drogue !

Elle lui a dit. Putain, la conne, il a fallu qu'elle lui dise.

– Pas ici, nom de Dieu, t'es taré ou quoi ?

– Me traites pas de taré, Thierry. Fais gaffe.

– Gueule-le sur tous les toits, je suis sûr que Mathieu n'a pas bien entendu, là-bas, avec le bruit du moteur.

Grégoire se rencogne dans sa chaise.

– Ça va, ça va, tout baigne.

– Bon. Vas-y, accouche.

– Toujours aussi aimable. On est de la même famille, non ?

– Quand ça t'arrange.

– En parlant de ça… Je trouve que le partage n'est pas très équitable. Tu as décidé ça tout seul, Virginie a été un peu légère sur ce coup-là, elle n'a pas beaucoup pensé à son petit mari.

Thierry bouillonne, manque de choper une clé anglaise et de la lui balancer en pleine tronche.

– Tu veux rire, j'espère ? C'est moi qui gère tout, cinquante-cinquante ça me paraît plus que correct.

– Je n'ai pas été consulté.

– C'est entre moi et ma sœur.

– Sauf que je suis au courant, et je peux plus ignorer ce que je sais.

– Tu ne nous balanceras jamais, Greg. Si tu me balances aux flics, Virginie tombe avec moi. Et pas de fric pour qui que ce soit !

– Aux flics, non. Mais cette drogue appartient bien à quelqu'un, qui doit la chercher…

Enculé.

– Tu n'aurais rien à y gagner.

– C'est vrai. Mais toi tout à y perdre. C'est toi qui as tué le fils Vauthier. Je pourrais facilement faire passer un message à son père…

Thierry le toise, une flamme brûle dans ses pupilles. Grégoire sourit. Croise les mains. L'examine attentivement.

– Vu que tu gères tout, comme tu dis, quand est-ce que tu as prévu la prochaine livraison ?

– Tant que ça tombe, qu'est-ce que ça peut te foutre ?

– Je m'intéresse.

– J'ai des petits contretemps.

Greg se penche en avant, frappe du plat de la main sur le bureau.

– Bouge-toi le cul, putain ! Tu crois vraiment que les types que t'as arnaqués sont pas après nous, ou quoi ? Démerde-toi pour tout vendre rapidos !

– T'as besoin de thunes ? C'est quoi ton souci ?

– Tu crois que je roule sur l'or ?

– Vous avez eu soixante-quinze mille. Ça fait déjà de quoi voir venir, non ?

– Chacun ses problèmes.

– Je dois m'inquiéter pour ma sœur ?

Grégoire se défile, hésite. Ça n'échappe pas à Thierry.

– Tout va bien. Faut pas traîner, c'est tout.

– Sinon quoi ?

– Tu veux que je prenne les choses en main ? Je n'ai pas envie d'attendre dans mon canap' que ça tombe, mon gars !

– Tu fais pourtant ça très bien.

Grégoire se lève d'un bond, renverse le bureau, papiers, téléphone, tout s'envole et s'écrase sur le béton, et empoigne Thierry par le cou, le colle au mur. Thierry se débat, sans résultat probant. Malgré sa grande taille,

Grégoire le domine. Il fulmine, le détaille d'un air mauvais, le rouge aux joues, la bave aux lèvres.

– Tu vas faire ce qu'il faut. Tu vas accélérer la cadence. Je m'en cogne de tes contretemps. Tu te démerdes, tu termines cette histoire cette semaine, sinon on va avoir une sacrée explication.

– Lâche-moi, putain !

Tous les moteurs s'éteignent. Les chuintements, les ronronnements, tout se fige dans le garage. Mathieu, le mécano, et Fred, le carrossier, affichent des mines effarées, devant le tableau de leur patron plaqué au mur et rudoyé par cette brute à la crinière blonde hirsute. Ils n'entendent que des cris inintelligibles.

Grégoire relâche son beau-frère, les deux hommes se défient, leurs visages à quelques centimètres l'un de l'autre. Greg recule à pas mesurés, lève un index menaçant.

– Et dorénavant, c'est un tiers chacun. Ne joue pas avec moi, Thierry !

Il sort en claquant la porte vitrée qui manque d'exploser sous le choc.

– Vous voulez ma photo ? hurle-t-il en regagnant sa Polo.

Les deux employés contemplent leurs chaussures de sécurité. Les minutes s'écoulent après le départ en trombe du type. Mathieu passe la tête dans le bureau.

– Ça va, boss ?

– Occupe-toi de tes affaires, Mat. Ça va.

Je vais tuer cet enculé.

1ᵉʳ février – 12 heures

Thierry frappe au carreau. Tape du pied pour se réchauffer. Le rideau s'entrebâille. Une petite tête aux cheveux clairsemés, le visage mangé par d'épaisses lunettes, le dévisage. La porte s'ouvre.

– C'est pour quoi ?

– Bonjour… Madame Marguet ? Je suis désolé de vous déranger pendant votre déjeuner. Je recherche Chloé Monnier. Je crois qu'elle vit chez vous. Je suis conseiller pour une agence d'intérim. Elle devait travailler pour un de nos clients, mais je n'arrive plus à la joindre. J'ai pensé qu'en venant ici… Peut-être est-elle souffrante…

– Elle ne vous a pas prévenu ? Oh, ben c'est embêtant. Elle est partie, il y a deux ou trois jours, je ne sais plus. Elle avait des choses à régler. Elle n'est pas revenue, depuis. Je ne sais pas du tout où elle a pu aller, monsieur. Ça avait l'air important, pour elle.

– Je… Merci, madame Marguet.

– Désolée. Je ne vous aide pas beaucoup. Elle est comme ça, Chloé. Impulsive. Elle fonce tête baissée. Elle a sûrement trouvé un vrai travail ! Ou un jules !

Thierry prend congé poliment. Son cœur bat la chamade. Tout ça ressemble fort à une fuite précipitée. Quelqu'un est-il après elle ? Pourquoi n'a-t-elle pas repris contact ? L'ont-ils chopée ? L'ont-ils interrogée ? Torturée ? Tuée et enterrée en forêt ? Qu'a-t-elle pu dire ? Elle ne sait rien, ou presque.

Un frisson de terreur.

Et s'ils savaient où elle vit, et comment il lui a délivré la drogue ? Et s'ils étaient *là*, en train de l'épier ? S'efforçant de garder son calme, il regagne sa voiture. Scrute les environs. Le café d'où il observait la maison. Personne. Pas de traces. Sont-ils après lui ? Déjà ?

Greg a raison. Faut se tirer. Faut tout fourguer au plus vite. Il démarre, en seconde.

Le lieu du rendez-vous : les vestiaires du stade de foot. Elle a le sens de l'ironie. Greg n'est pas d'humeur à rire. Il tourne la clé rouillée, le double qu'il a piqué à Thierry plusieurs mois auparavant, pour ses rendez-vous crapuleux.

Il pousse la porte, un grincement sinistre. À l'intérieur, le désordre. Personne n'est passé par là depuis qu'il a démonté patères et portes. En hiver, personne ne vient.

Julie sèche donc les cours. Elle n'est pas retournée au lycée, elle est restée chez ses parents, à l'étage de la pharmacie de Dampierre.

Il a laissé Gabriel tout seul. Pas le choix. Faut régler le problème. Impossible de l'amener. Impossible de le laisser à quelqu'un sans éveiller les soupçons. Il se mettrait des claques, d'agir comme ça. Un débile profond. Il ne sera pas parti longtemps de toute manière, il sera de retour à la maison avant Virginie. Il ne peut pas faire autrement. Julie l'a coincé. Elle doit payer.

Il dépose le sac de sport au sol. Il en a bourré le fond de papier journal, pour faire illusion. Tapissé le haut avec des billets, les soixante-quinze mille euros de la première vente. Il n'a pas droit à l'erreur. Virginie ne doit s'apercevoir de rien. Si jamais elle apprend qu'il la trompe, il est fini. Il sera hors du coup, les millions s'envoleront. La maison. Tout. Ce qui reste de sa vie s'effondrera comme un château de cartes. Il faut à tout prix étouffer la menace dans l'œuf. Il va régler le problème, et rentrer aussi vite, ni vu ni connu. Il va prendre les choses en main.

Il tâte le canon du Smith & Wesson. Le contact le fait frémir. Il referme les doigts sur la crosse. Il n'a jamais tiré de sa vie. Il ne compte pas le faire.

Il va lui faire peur. Il va la brusquer.

Elle veut le détruire. Elle veut le faire chanter. Il avait confiance, il la voulait, il a tout fait pour la rendre heureuse. Elle a profité de lui.

Sale con. Abruti. Tu t'es fait baiser par une gamine de dix-huit ans.

Il n'a pas dit son dernier mot. Elle ne va pas s'en tirer si facilement. Il faut qu'il récupère cette vidéo. Coûte que coûte. Qu'elle flippe. Qu'elle le croit prêt à tout.

Il attend plus de trente minutes, se ronge les ongles. La lueur de la neige pénètre difficilement par les vasistas.

Julie se glisse enfin par la porte entrebâillée, emmitouflée dans un manteau de ski. Elle s'attarde prudemment sur le pas de la porte.

– Tu as fait vite.

– Tu ne m'as pas vraiment laissé le choix.

Elle désigne le sac de sport du menton. Il ouvre la fermeture éclair, lui montre les billets. Elle avance d'un pas, à distance raisonnable.

– Je veux les voir.

Il sort une liasse, la lui envoie. Elle examine les billets. Large sourire.

– La vidéo. Tu la supprimes.

– Tu me prends pour une débile ?

– Et je devrais te faire confiance ? Te laisser partir avec tout le fric, et croire que tu vas te contenter de ça ?

– Tu n'as pas le choix.

Il inspire une longue goulée d'air froid. Les mains tremblantes, il sort le pistolet de la poche de sa veste. Le rictus de satisfaction de Julie s'évanouit. Grégoire braque l'arme en direction de la jeune femme, le geste mal assuré.

– Ton téléphone !

Elle hurle :

– François, il a un flingue !

Grégoire a un mouvement de recul, pris de court.

– À qui tu parles ?

– Tu crois vraiment que je me serais pointée dans la gueule du loup toute seule ?

Elle prend son téléphone, qui affiche le nom de l'interlocuteur en ligne, *François*.

– Qu'est-ce…

– Ouais, c'est mon mec, connard ! Et il va envoyer la vidéo sur le Messenger de ta femme si tu ne me files pas ce sac dans la seconde !

Greg ne se contrôle plus. Tout lui échappe. Ses muscles se crispent, son souffle se coupe, il est paralysé par la panique.

Il lève les mains. Très lentement. Rempoche le pistolet. Julie, empourprée, n'est plus si belle. Elle garde son portable devant sa bouche, prête à donner le signal.

– C'est bien. Gentil. Donne le sac.

Il passe sa main dans les courroies de la sacoche. Tend le bras. Au dernier moment, donne une impulsion, pivote d'un demi-tour sur lui-même et lance son bras en avant. Julie prend le sac en pleine tête et valdingue contre une cabine de douche, son portable lui échappe et roule sous les urinoirs. Grégoire se précipite dessus. Elle braille :

– Envoie ! François, envoie-la !

Il écrase le téléphone du pied, deux fois, trois fois. L'écran explose, le boîtier craque, les composants volent.

Salope.

Il fait volte-face. Elle se hisse sur les genoux, son expression vire à la terreur pure. Elle bondit, mouline des bras pour reprendre son équilibre, se lance vers la porte. Trop tard.

Tu vas payer. Petite pute.

Grégoire la percute dans le dos de tout son poids, elle bascule, son front heurte le montant de la porte, elle se retrouve allongée, sonnée. Immédiatement, il est sur elle. Lui arrache des mèches de cheveux en l'empoignant de ses grosses paluches, lui cogne le crâne contre le carrelage. Elle cherche l'air, lui griffe les bras.

Il ne sent rien. Ne ressent plus rien. Il veut la détruire. Elle n'est pas à lui. Elle ne sera à personne. Il va la pulvériser.

Elle murmure son nom. Il ferme le poing.

Frappe. Défonce sa jolie gueule. Éclate la mâchoire, le nez, il s'en fait saigner les jointures. Elle crache ses dents. Elle ne crie plus.

Et, soudain, la porte s'ouvre en grand, un adolescent encapuchonné fait irruption et se rue sur lui, brandit un casque de moto, le frappe. Grégoire bouge à peine, sous le coup de l'adrénaline. Un deuxième coup en plein visage le fait basculer sur le dos. Le type se penche sur Julie, il pleure, il l'appelle, la supplie de répondre. La tire vers la sortie. Grégoire met la main sur son flingue. Sa vue est brouillée par le sang, il vise au jugé. Enfonce la détente.

Rien.

Il a laissé la sécurité.

Il est seul dans le vestiaire.

Ils ont réussi à lui échapper.

Ils ont embarqué le sac, les billets.

Il se frappe la tête du canon de son arme, plié en deux par le désespoir.

1er février – 17 h 30

Thierry ferme la boutique. Renvoie Mathieu et Fred chez eux, ils osent à peine protester, éberlués. Il leur assure qu'ils seront payés et n'ont qu'à profiter de ce congé. Il baisse le rideau métallique, coupe les lumières du bureau. Tente une nouvelle fois d'appeler Chloé, depuis le fixe. Chou blanc. Mains moites.

Il file à son domicile, emballe quelques affaires de rechange dans un cabas de courses, le strict nécessaire.

Dévale les marches jusqu'au sous-sol. Dans son box. Charge toute la drogue dans le coffre de son Captur, relevant la tête toutes les trente secondes, à l'affût du moindre bruissement. Empile les sacs les uns sur les autres. Sous des couvertures tachées, des journaux froissés. De la sueur lui perle dans les yeux.

Une arme.

Il lui faut une arme. Il ne peut pas se pointer chez des dealers comme ça, à poil. Il ne peut pas se balader avec cent kilos de cocaïne sans se protéger. Trop fébrile, il n'arrive pas à réfléchir posément, à prendre du recul. Il faut qu'il prenne les devants. Qu'il assure.

Il n'a pas d'arme à feu. Il ne connaît personne qui en a. Il n'est pas chasseur, n'a jamais tiré un coup de feu. Il fouille son garage, ses outils personnels. Il embarque son couteau multifonctions Leatherman. Il vide deux bouteilles de Destop dans des bocaux qu'il enveloppe dans des torchons. Puis fourre le tout dans un sac à dos, derrière son siège.

Il s'installe au volant, lance la voiture sur la rampe de sortie. La luminosité l'aveugle.

Il traverse Dampierre en respectant strictement la vitesse limite. Passe devant la gendarmerie, la peur au ventre. Le sentiment tenace que chaque personne se retourne sur lui. Aux habitants qui le connaissent et le saluent depuis les trottoirs, il répond d'un geste timide de la main, tremblant. Ils se demandent sûrement ce qu'il fiche là en pleine semaine, au lieu d'être en train de bosser.

Grégoire fonce tête baissée au garage de son beau-frère. Personne. Fermé.
Un vendredi.
Il sonne, frappe au carreau. Met ses mains en visière, pour distinguer l'intérieur de l'atelier. Désert. Le bureau, vide.

Thierry bondit sur le siège en entendant la sonnerie de son portable, manque de frôler le trottoir. *Pas d'accident !*
Il se range sur le parking du supermarché Colruyt, à la sortie du village. Reprend ses esprits. Tâte ses poches, frénétiquement, des fois que ce soit Chloé, enfin. L'espoir. Il déchante vite : sa sœur. Il décroche.

Grégoire enfonce furieusement le bouton de l'interphone de l'immeuble de son beau-frère. Dans le vide, une nouvelle fois. Il se décide finalement à appeler Thierry, la panique lui vrille l'estomac.
L'enculé. Il s'est fait la malle. Avec la drogue. Il a tout pris.

– Allô ?
– Attends, j'ai un double appel.
Il regarde l'écran : Grégoire.
– C'est ton mari… Qu'est-ce qu'il me veut ?
– Surtout ne réponds pas ! Tu m'entends ? Tu ne lui réponds pas ! Le fils de pute de sa mère !
Thierry se fige sur place, glacé par l'intonation de la voix de sa sœur, déchaînée, enragée, comme il ne l'a jamais entendue.

– Que…

– Je vais le tuer, Thierry, je vais tuer cet enfoiré !
Il… Putain, j'y crois pas !

Elle éclate en sanglots. Thierry éloigne le combiné
de son oreille, Virginie pousse des cris stridents qui lui
défoncent le tympan.

– T'es où Virginie ? Qu'est-ce qui se passe ?

Gémissements effroyables, suivis d'un silence
sinistre. Elle cherche sa respiration.

– Je suis à la maison… Il est parti, Thierry ! Il a
laissé mon fils tout seul ! Il l'a abandonné… Je vais
le buter.

– Calme-toi !

– J'ai reçu une vidéo, Thierry… Une vidéo où… Bon
sang ! Il est en train de baiser une adolescente ! Sur le
canapé du salon !… Gabriel est juste à côté, dans son
lit ! Je… Je vais le tuer.

Thierry se tasse dans le siège, se cramponne au
volant.

Grégoire sillonne les rues de Dampierre, bouillonne,
pied au plancher. Où se cache cet enfoiré ?

Greg ne peut pas rentrer à la maison. C'est fini. Tout
va s'effondrer. Sauf s'il met la main sur le magot et qu'il
réussit à fuir. C'est la seule alternative.

Il doit trouver Thierry. Coûte que coûte. C'est sa
seule chance.

Il manque de s'étrangler en voyant le Renault Captur
sur le parking de Colruyt. Il vérifie la plaque d'imma-
triculation : c'est la bonne. Aperçoit une silhouette, au
volant. Il se range près de la station essence, de l'autre
côté de la route. Il serre le pistolet dans ses doigts,
jusqu'à entendre craquer ses phalanges. Il enfile son

bonnet de laine, referme son anorak, mains dans les poches, et traverse la Grande-Rue.

— Je vais m'en occuper, Virj.
— Je veux qu'il crève.
— On va régler ça. Calme-toi.
— Tu ne comprends pas ! Sur la vidéo, ils parlent de la drogue ! À cette salope ! Elle lui demande de lui en filer, de se faire un rail ! Et il parle de toi, de moi. Il lui dit qu'ils vont partir avec le fric ! Elle sait tout... Et... putain, attends...
— Quoi ?

Il l'entend haleter au bout de la ligne, le combiné frotte entre sa joue et son pull, elle est en mouvement, en panique.

— Il a pris tout l'argent ! Je viens de regarder dans la buanderie. Il est parti avec ma part !

La gorge de Thierry se noue. Il serre les poings, se retient de frapper, de tout péter, de faire craquer le pare-brise. De brûler ce putain de village jusqu'à la dernière maison.

— Virginie, je te rappelle !
— Non, ne me raccroche pas au nez !
— Je m'en occupe... Faut que j'y aille.

Il coupe la communication.

Il retombe le front contre le volant. Contient ses hurlements de rage.

La porte côté passager s'ouvre d'un coup sec. Un corps massif s'engouffre dans l'habitacle. Grégoire a les yeux d'un fou déchaîné. Son énorme paluche se referme sur le cou de Thierry et le broie, le projette contre la portière, son crâne cogne, menace d'exploser. Puis il l'immobilise, fermement. Lui enfonce le canon d'un pistolet dans les côtes, fort, l'obligeant à se plier en deux.

– Tu te barres avec le magot, salopard ? Tu crois que tu peux me la jouer comme ça ?

Thierry décide sur-le-champ de feindre l'ignorance. De ne pas être au courant. De ne pas avoir parlé à sa sœur. Il remarque aussi que Grégoire n'a pas le fric avec lui. Seulement son flingue.

– De quoi tu parles, bordel ? T'as l'air d'un fou, Greg ! Je vais tout fourguer, ce soir. Je me bouge le cul, ce n'est pas ce que tu voulais ?

– Te fous pas de ma gueule. Ça risquerait de me mettre sacrément en pétard.

Tout en parlant, Grégoire ne cesse de secouer Thierry, coincé par l'accoudoir de la porte, le canon du flingue qui lui défonce les côtes et l'appui-tête du siège contre la tempe. Grégoire le saisit à la gorge et s'approche à quelques centimètres de son visage, soufflant une haleine fétide. Thierry contracte les joues et plisse le nez de dégoût. Même la sueur de ce sale con pue la vieille couenne de porc moisie. Qu'est-ce qu'il a fait de son magot, bon sang ? Qu'est-ce qui a merdé ?

– Tu comptes faire quoi, me mettre une balle dans le ventre ? Ça t'avancerait à quoi ?

Les yeux injectés de sang, la bave aux lèvres, Grégoire a tout du chien enragé. Pour la première fois, Thierry a vraiment peur que son beau-frère, hors de contrôle, ne dérape et ne lui en colle une dans le buffet. Surtout, ne rien montrer.

– On va être riches, bordel, redescends un peu, Greg.

– Tu veux m'endormir, pour me la mettre bien profond.

– Je l'aurais déjà fait, non ? J'ai toute la came depuis le début.

Grégoire peine à réfléchir, ça part dans tous les sens. Julie. Virginie. Ce connard de Thierry, avec ses phrases mielleuses, son regard bovin. Maîtriser. Contrôler.

– Je viens avec toi.

– Greg…

– T'as pas le choix, putain, arrête de discuter !

Pour appuyer son propos, il enfonce une nouvelle fois le Smith & Wesson dans les côtes d'un Thierry grimaçant.

– Démarre ! On n'a pas toute la nuit !

Résigné, Thierry fait demi-tour sur le parking et rejoint la Grande-Rue en grillant la priorité à un touriste furieux.

Chapitre 9

Grégoire enfume la voiture pendant tout le trajet, obligeant Thierry à entrouvrir la fenêtre. Ils se garent à l'angle de la rue Jules-Ferry et de la rue Émile-Magnin.

– Range ton flingue. On ne va pas jouer les cow-boys.

– Je le garde sur moi.

– Le mec qu'on va voir, c'est un petit dealer. On ne risque rien avec lui.

– C'est pas de lui que je me méfie, ducon.

Thierry serre les dents.

– Tu me laisses parler.

– Ça, tu sais faire.

Les deux hommes descendent de voiture et remontent la rue vers l'immeuble d'Adnan.

Thierry frappe à la porte. Trois coups.

Aucune réponse. Grégoire s'avance devant lui et frappe trois nouveaux coups, agacé, fébrile, suintant.

Il va tout faire foirer.

La porte s'entrouvre. Grégoire se rue en avant, repousse sèchement Adnan, pris de vitesse, à l'intérieur.

Il ne reconnaît pas les deux hommes, mais l'expression du type qui force l'entrée de son appartement ne laisse présager aucun doute quant à son état d'esprit. Un excité, trapu, au cou de taureau, les cheveux filasse et gras en épis parsemés autour d'un crâne carré. Adnan ne bronche pas. Le deuxième type, aussi peu amène que le premier, le surplombe d'une tête, entre à son tour d'un pas mesuré, referme derrière lui.

– Vous êtes qui ? Vous voulez quoi ? Je n'ai rien ici.

Cou de Taureau se retourne vers son complice, contrarié. L'autre lève les mains paumes en avant, diplomate.

– Ça va… Il ne sait pas qui je suis.

Dans la chambre, Chloé se raidit contre le lit. Cette voix. Nasillarde. *La voix du téléphone.*

Qu'est-ce qu'il fait là ? Comment m'a-t-il trouvée ?

Le type est aux abois. Forcément. Elle n'a pas rallumé le téléphone qu'il lui a fourni. Elle n'a pas rappelé. Elle n'a plus donné signe de vie.

Il m'a suivie ici. Il sait qu'Adnan est mon contact.

Ils sont deux. Probablement armés.

Elle n'a aucune chance.

À quatre pattes, elle s'avance dans la chambre, se penche en avant pour tenter d'apercevoir les intrus dans l'entrebâillement de la porte. Ne surtout rien faire tomber. Ne pas faire grincer une latte de plancher. Mesurer ses gestes.

Elle se fige.

Les silhouettes imposantes des deux types, face à son homme, dans la cuisine. La menace sourde, sur le point d'exploser.

Le mec de dos, le grand fin. Une silhouette familière. Il regarde par la fenêtre. Son visage, soudain, pris dans la lumière.

Putain.

Le garagiste de Dampierre. C'est quoi ce délire ? Le patron du garage !

Elle est scotchée.

— Tu as des nouvelles de Chloé ?

— Chloé ?

— Ne joue pas au con. Je sais qu'elle est passée par toi pour fourguer la blanche.

Adnan le dévisage. Tendu. Thierry arpente la pièce. Aucun détail ne laisse penser que quelqu'un d'autre vit ici, mais Adnan reste sur ses gardes. Faudrait pas que les gars aillent faire un tour dans la salle de bains. Ou, pire, dans la chambre. Il espère que Chloé va avoir le bon réflexe. Ne pas jouer les dures. Ne pas s'en mêler. Ne pas faire… sa Chloé. Qu'elle se barre, par la fenêtre. Le toit de l'abri de parking est juste en dessous, qu'elle le laisse…

— Hé ! T'es avec moi là ? J'articule pas assez ? Tu ne comprends pas ce que je dis ?

Surtout, aller dans leur sens. Se plier. Les détourner d'elle.

— Je ne l'ai pas revue depuis quelques jours.

— On s'en fout, maintenant. C'est de toi qu'on a besoin. On veut vendre.

— Vendre ? Combien ?

— Tout.

Adnan blêmit. Son cœur bat à tout rompre. Ils sont aux abois. Donc prêts à tout.

— Je… Je n'ai vraiment rien.

— Tu nous prends pour des truffes ? On s'en cogne de toi. Tu vas appeler tes acheteurs, ceux à qui tu as déjà vendu. Et on va discuter gentiment.

Les frères Saillard.

Putain, les cons. Ils ne savent pas. Ils ignorent totalement que les Saillard se sont retournés, qu'ils roulent pour les Kosovars. Ces deux idiots se jettent droit dans la gueule du loup.

Et Adnan avec.

Impossible de vendre la mèche. Il faut les conforter, à tout prix. S'ils se doutent de quelque chose, ils vont se débarrasser de lui, c'est couru d'avance. Il doit appeler les Saillard. Il faut les emmener gentiment dans le traquenard, et serrer les fesses. Pris entre deux feux.

La tête de ces deux hommes est mise à prix, et cher. Les frères Saillard vont les massacrer.

Il commence à transpirer.

– Je peux essayer. Je vous préviens, ils ne voudront traiter qu'avec moi.

– De toute façon, tu viens avec nous.

Adnan s'empare de son portable. Marc Saillard décroche au bout de deux sonneries.

– Ad… Quelle surprise.

– J'ai quelqu'un qui veut te parler, Marc.

Thierry n'attend pas et arrache le téléphone des mains d'Adnan, qui se recule contre son plan de travail, sous le regard possédé de Cou de Taureau, qui garde ses poings comprimés dans ses poches. Sur son arme.

– Nous avons une amie commune. Chloé Monnier.

Silence en ligne. Thierry se fend d'un sourire discret, et poursuit :

– Elle nous a déjà mis en relation, vous et moi. D'une certaine manière.

– Je vois… Vous avez été satisfait de la prestation ?

– Il va sans dire. Je souhaiterais passer à l'étape suivante, si vous n'y voyez pas d'inconvénient.

Ricanement déformé par le haut-parleur.

– Les affaires sont bonnes pour nous deux.

– Je suis bien de cet avis.

Grégoire trépigne, danse d'un pied sur l'autre, comme si le sol lui brûlait la voûte plantaire.

– Ça représente quoi, tout votre équipement ?

– Plusieurs sacs de sport.

– C'est lourd ?

– Pas loin de quatre-vingt-quinze kilos, je dirais.

Thierry entend la respiration de Marc Saillard siffler dans le combiné. Il peut presque entendre les chiffres se bousculer dans son crâne à distance.

– Je vous rappelle.

– Quand ?

– D'ici une demi-heure.

La communication est coupée.

1ᵉʳ février – 19 h 30

Une demi-heure, coincé entre deux types qui ne se parlent pas, et se toisent du coin de l'œil, ça paraît une éternité. Adnan se retient de regarder vers la chambre. Le grand type avec une voix nasillarde l'observe, l'analyse. À tout moment, ils peuvent décider de fouiller l'appartement. Jusqu'ici, ça ne leur a pas effleuré l'esprit. Toutes les pièces sont plongées dans le noir, à part la pièce principale, ils ont débarqué de nulle part, ils n'ont aucune raison de soupçonner quoi que ce soit.

Les muscles de Chloé s'ankylosent, à force de rester immobile derrière le lit. Elle étire ses jambes, remue ses chevilles et ses poignets. Elle a réussi à attraper son anorak à capuche dans la penderie, elle s'est habillée, allongée, gestes au ralenti, retenant sa respiration. Elle a récupéré son sac, l'argent, son couteau papillon. Elle évalue ses chances. Minces. Le deuxième type, le costaud, n'arrête pas de trifouiller dans la poche de sa veste. Il a un feu, elle en est persuadée. Ils sont deux. Elle bénéficie certes de l'effet de surprise, mais c'est trop risqué. Elle ne sait pas quoi faire. Elle a déjà tué un homme, elle ne pourra jamais recommencer. Elle ne s'en sent pas la force. Adnan pourrait être blessé, ou pire, par sa faute. Elle ne se le pardonnerait jamais. Il lui faut plus de temps, il lui faut un plan, de l'aide.

Ils tournent en rond, trépignent. Le garagiste s'approche de la chambre, Adnan se raidit. Thierry entrouvre la porte. Chloé dissimulée dans le noir, le long du sommier, retient son souffle. Il pose un pied sur le parquet craquant.

La sonnerie de son téléphone l'interrompt dans son avancée, il recule dans la cuisine et décroche. La porte de la chambre se referme en grinçant jusqu'à n'être entrebâillée que de quelques millimètres, c'est interminable. Chloé vide ses poumons, relâche ses muscles tétanisés.

Thierry écoute sans piper mot, se masse le front. Ça n'a pas l'air de lui faire plaisir. Il masque le micro, s'adresse à son partenaire. Adnan contemple le bout de ses chaussures.

— Ils n'ont pas assez pour tout acheter. Un million max. Pour quarante kilos.

Cou de Taureau grogne, plisse le nez, fulmine.

— On se fait arnaquer.

— Ils ont bien compris que ça urgeait. Bordel, Greg, on a vraiment le choix ?

Il l'appelle par son prénom.

Adnan ferme les yeux. Des amateurs. Ou alors ils s'en foutent. Dans un cas comme dans l'autre, ce n'est pas bon signe.

— Pas le choix…

Thierry écarquille les yeux, penche la tête sur le côté, circonspect. Son beau-frère a l'air totalement perdu.

– Greg ?

– Oui…

Grégoire fixe les reflets des lampadaires orangés sur les tas de neige qui enrobent les voitures, dans la cour. Perdu.

– On dit OK. Ce soir. Maintenant. Il faut que ça s'arrête.

Il relâche ses épaules, s'affale sur une chaise en plastique de la cuisine, face à Adnan, sans même lui prêter attention. Thierry ôte sa main du combiné.

– Ça marche.

Il écoute les instructions, puis raccroche. Se tourne vers Adnan.

– Tu vas nous guider. Il nous donne rendez-vous, au lac de Champlans. Le bunker. Il m'a dit que tu connais.

Adnan acquiesce. Réprime un frisson. Il s'agit un blockhaus d'infanterie de la ligne Maginot, décrépi, à l'écart de la route, caché sur une pente qui donne sur le lac. C'est Adnan qui l'a fait découvrir à Éric Saillard, au lycée. À l'époque où il explorait les vestiges de la guerre. Passionné d'histoire, d'aventures, il passait des journées entières dans les sous-bois, le long des rivières, dans le but de dresser une carte des casemates disséminées dans le Haut-Doubs. Parfois avec Éric. À fumer des bédos au bord du lac. Éric a fait profiter son frère aîné de son savoir, ils ont depuis largement utilisé sa carte, se sont approprié les blockhaus pour donner des rendez-vous discrets, ou planquer temporairement de la marchandise.

Chloé connaît le blockhaus de Champlans. Elle aussi, Adnan l'y a emmenée, en balade. Pour lui faire partager sa passion. Elle l'a écouté d'une oreille distraite palabrer sur le système de défense français, sur l'invasion nazie et l'Occupation, en 1939, la proximité de la Suisse, les passeurs. La fonction de chaque place forte, tour de tir, caserne. Une véritable encyclopédie.

Chloé s'accroupit en silence, cale son sac en bandoulière en travers de son dos, ses vertèbres craquent lorsqu'elle s'approche de la fenêtre. Ses doigts se contractent sur le manche de son couteau. Pas de mouvement, pas de réaction. Elle ouvre le battant et enjambe la fenêtre. Son pied trouve appui sur le toit de tôle du parking. Elle rabat la vitre. Le vent froid s'infiltre sous ses vêtements, remonte le long de ses côtes. Ses muscles, douloureux à cause du manque d'héroïne, peinent à réagir, des crampes à l'estomac la forcent à se mordre la lèvre. Elle se plie en deux, se laisse glisser jusqu'au rebord de l'appentis. Elle se retourne, s'assied, jambes pendant dans le vide, balance son sac et se lance. La chute est très brève. Ses pieds heurtent la glace et dérapent, elle roule sur elle-même et cogne dans la roue d'une Twingo cabossée. Rien de cassé, rien de froissé. Personne à la fenêtre. Personne dans la rue. Elle fonce. Traverse, gagne sa 106 garée trois rues plus loin. Une fois au volant, elle reprend ses esprits, allume le chauffage, colle ses paumes à la grille d'aération. Elle tremble de tout son corps qui l'implore de lui offrir sa dose. Elle se mord la langue, jusqu'au sang. Ferme les yeux. Calme sa respiration. Se concentre. Compte jusqu'à cent. Un seul objectif. sortir Adnan de ce merdier.

1er février – 19 h 40

Virginie fait les cent pas entre le salon et la cuisine, son fils dans les bras. Son Gabriel. Le seul être qui lui reste. Presque deux heures qu'elle est rentrée, et qu'elle ne lâche plus le bébé. Aucune nouvelle, elle est dans le flou total. Thierry ne répond plus au téléphone. Elle oscille entre la fureur en repensant à cette vidéo sordide de son mari en plein ébat et le désespoir de se retrouver seule, à élever Gabriel, sans argent, sans aide, sans personne. Il lui a tout pris.

Elle ne sait pas où est passé Grégoire. Il peut rentrer. À tout moment. Elle ne ferait pas le poids. Elle veut le voir souffrir, supplier. Mais s'ils se retrouvent face à face, il aura le dessus. Non, il a fui, loin. La situation est claire. Il lui a volé les soixante-quinze mille. Sauf si Thierry lui a mis le grappin dessus. Et si Grégoire tuait son frère, et revenait s'en prendre à elle ? En cas de confrontation, elle serait bien en mal de dire lequel des deux aurait l'avantage.

Et s'il lui prenait son fils ?

Cette simple pensée lui arrache les tripes. Jamais de la vie. Plutôt crever. Elle ne lui laissera plus jamais l'occasion de voir Gabriel. À présent, c'est lui ou elle.

Elle doit fuir, se cacher. Elle ne peut pas rester là, dans cette maison. *Leur* maison, toujours en travaux. Grégoire s'est investi corps et âme dans sa rénovation.

Jusqu'à ce qu'il ne foule au pied tout ce qu'ils avaient construit. Qu'il anéantisse tout espoir, qu'il la bafoue. Juste pour tirer son coup, pour un petit cul bien roulé, une minette à peine sortie de l'adolescence, qui le fait se sentir homme, sûrement. Pathétique, abject, grotesque. Elle aurait dû écouter son frère, tiens. Thierry lui a toujours dit que Grégoire était un raté, serait toujours un raté, et la traînerait avec lui dans la fange.

Elle rassemble ses affaires, le mascara dégouline sur ses pommettes. Gabriel pleure depuis vingt minutes sans interruption. Elle va craquer. Il faut fuir cette baraque. Cette vie.

Elle cale son baluchon sur son épaule, son fils contre l'autre, et déboule sur le perron.

Et se fige.

Une voiture de gendarmerie se gare juste devant la maison. Deux brigadiers en descendent, ainsi que le lieutenant, Franck Maréchal.

Tout s'écroule. Ils viennent l'arrêter. Ils savent tout. L'accident, le meurtre de Simon Vauthier, la drogue. Tout. Ils vont lui prendre Gabriel. Elle va aller en prison. Elle ne le verra pas grandir. Il sera placé chez des inconnus, qui l'élèveront. Il oubliera sa mère, la méprisera.

Elle part à reculons, et claque la porte sur les trois gendarmes pantois.

Elle tourne la clé dans la porte. Affolée, regarde autour. C'était stupide. Aucune échappatoire. Ils vont entrer dans la maison. Elle n'a pas le temps de condamner toutes les issues. Et à quoi bon ? Ils entreront, à un moment ou à un autre. Elle ne peut pas fuir.

Et Grégoire s'est tiré avec tout le fric.

Elle ne parvient plus à contrôler les tremblements de ses jambes, en coton. Son fils pèse des tonnes dans ses bras tétanisés. Des coups, brefs, contre la porte, la font sursauter.

— Madame Favrot, on veut juste vous parler. Ne paniquez pas. Ouvrez-nous. On va discuter.

Elle ne répond pas. Elle recule, encore, pour mettre le maximum de distance entre elle et cette porte. Comme un animal sauvage pris en étau par une meute affamée. Elle ne peut pas se laisser faire. Pas sans combattre. Elle empoigne un couteau de boucher dans la cuisine et se calfeutre dans la salle de bains de l'étage, s'enferme à double tour, se recroqueville contre la baignoire, Gabriel au creux du coude.

Tout est perdu.

Des cognements sourds, au rez-de-chaussée. De l'agitation. Ils sont entrés. Ils cherchent. Ils appellent. Elle serre le manche du couteau. Aura-t-elle le courage ? Elle regarde son fils dans les yeux. Il lui sourit.

Il sera sauvé. Elle doit l'abandonner là. Lui laisser une chance d'avoir la vie qu'il mérite. De ne pas grandir au rythme des visites au parloir. Elle lève le bras et presse le tranchant de la lame contre sa carotide. Elle ferme les yeux. Elle ne peut soutenir la mine attendrie de son enfant, confiant, aimant.

Le verrou de la porte explose et Franck Maréchal fait brutalement irruption, la prend au dépourvu. Il s'élance et agrippe son poignet au moment où elle fait glisser la lame le long de sa gorge. Trop tard. Un filet de sang goutte sur le crâne de Gabriel, mais la coupure est légère. Franck réussit sans mal à maîtriser Virginie et à dévier la courbe du couteau, à lui faire lâcher prise. L'arme rebondit sur le carrelage dans un tintement clair. Virginie hurle, enragée, vaincue.

Franck la ceinture, l'immobilise. Lui parle doucement, la rassure. La calme. Un brigadier récupère l'enfant qui s'est mis à pleurer.

– Non. Ne me le prenez pas ! Je vous en prie !

– Personne ne va vous le prendre, madame Favrot, calmez-vous, je vous en prie.

– Je ne veux pas… Je ne peux pas aller en prison.

Franck s'agenouille en face d'elle, lui empoigne les deux bras, la bloque contre la baignoire.

– Pourquoi est-ce qu'on vous mettrait en prison ? Mais enfin, qu'est-ce qui vous a pris ? C'est quoi cette histoire ? On ne va pas vous faire de mal !

Virginie manque d'avaler sa langue, sous le choc. Ils ne sont pas là pour elle. Pas pour le meurtre, ni la drogue. Grossière erreur.

– Vous… Je croyais…

– Pourquoi vous vouliez faire ça ?

Elle craque, se débat, se frappe l'arrière du crâne contre la faïence, éclate en sanglots. Franck et son deuxième adjoint la relèvent de force, la soutiennent, elle se laisse faire, épuisée.

– Ça va aller, maintenant. On va discuter, vous et moi. Ça va bien se passer. Faut pas vous mettre dans des états pareils, il y a forcément des solutions.

Chapitre 10

Ils s'arrêtent en chemin, à l'embouchure du lac de Champlans. À l'écart de la route, se dresse une église en ruine et condamnée, cerclée de sapins et de tronçons de murs écroulés, vestiges d'un ancien couvent, dont une partie a été transformée en Hôtel des Deux Rives, de l'autre côté du rideau d'arbres. Ici, règne un calme absolu, et peu de gens empruntent encore la route qui contourne le lac par l'ouest, à part les pêcheurs en été et quelques passionnés de randonnée à ski en hiver.

Grégoire, flingue à la main, reste dans la voiture pour surveiller Adnan pendant que Thierry ouvre le coffre et en sort les sacs remplis de paquets de cocaïne. Thierry hésite un instant à tenter une folie, à s'emparer de son sac à dos sur la banquette et saisir ses armes de fortune, à asperger Grégoire d'acide, le regarder se tordre de douleur, récupérer le pistolet, l'achever d'une balle dans la nuque. Il se retient. Trop risqué. Pour le moment. Lui laisser les cartes en main. Attendre.

La progression est difficile, avec la neige glacée jusqu'à mi-mollet, Thierry maudit son beau-frère. En trois trajets, il réussit néanmoins à traîner trois sacs dans l'enceinte du cloître éventré, creuse la neige dans l'angle d'un bout de mur et les pousse dans le trou, qu'il rebouche ensuite.

Dans la voiture, Adnan ne quitte pas le type des yeux, le nerveux, Cou de Taureau. Qui ne lâche pas son flingue, parano, en transe. Il sait qu'avec eux son sort est scellé. Ils ne lui cachent rien. Il a vu Thierry planquer la came.

Ils vont le tuer, quoi qu'il arrive.

Son seul espoir, c'est Marc Saillard. Ces deux abrutis ne se doutent pas de ce qui va leur arriver. Les frères Saillard ne vont leur laisser aucune chance. Ils vont les tuer sur place, ou les refiler à Zajini. Grâce à lui. C'est peut-être ce qui va le sauver. Il leur a livré les voleurs. Et il a sauvé Chloé. Elle est loin, maintenant, hors de danger. Advienne que pourra. S'il s'en sort, ils partiront. Ils reprendront leur vie. Il l'a vue se battre. Il croit en elle. Il croit en eux.

Thierry remonte en voiture une fois la corvée accomplie, bougonnant et en nage.

Chloé dépasse le blockhaus et cache sa voiture cinq cents mètres plus loin. Elle dévale la colline et rejoint les lignes de chemin de fer désaffectées qui longent la route et passent en contrebas du bunker.

Le temps s'est dégagé, la nouvelle lune, à peine un liséré dans le ciel, ne lui est d'aucune aide, mais les lampadaires des villages, sur l'autre rive du lac de Champlans, se reflètent sur la neige et lui permettent de distinguer les rails dans la pénombre, sans avoir besoin de s'éclairer avec son téléphone.

Elle progresse difficilement, trébuche dans la végétation gelée, grelotte à cause du manque, son estomac se soulève à chaque pas.

Elle distingue enfin la masse du bloc de béton surplombant le lac.

Les tripes de Chloé se contractent et la ramènent à la réalité. Elle se tasse sur les rails, observe, immobile. Pourvu que son intestin tienne le coup, ce n'est vraiment pas le moment. Des élancements dans le dos, des bouffées de chaleur, dans cette nuit glaciale, elle pose un genou à terre, essoufflée. Se fige.

Un ronronnement de moteur. Le halo des phares, entre les branches de sapins. Par-delà le blockhaus, une voiture approche au ralenti, s'arrête sur le parking qui surplombe le lac gelé, à couvert. Chloé puise dans ses réserves, l'adrénaline lui redonne les forces nécessaires. Elle attaque la pente, mains dans la neige, le vent fouette ses oreilles, les branches des buissons l'égratignent. Elle perçoit une conversation étouffée. Reconnaît aussitôt le timbre d'Adnan, son cœur cogne dans sa poitrine. Et la voix nasillarde de Thierry Lambert.

Ils sont les premiers arrivés au blockhaus.

Thierry tire les deux derniers sacs du coffre. Quarante kilos, qui tombent lourdement sur l'asphalte verglacé.

– Emporte-les dans le bunker, dit sèchement Grégoire à Adnan.

– Pas de problème.

– Ils ne sont pas là, tes potes ? demande Thierry.

– Ils vont venir. Ne vous inquiétez pas.

Adnan passe devant en tirant les deux sacs dans son sillage, ploie sous l'effort, mais garde la tête haute. Ils pénètrent dans le blockhaus, l'odeur âcre leur arrache une grimace malgré les températures négatives. La pisse, la merde, les animaux crevés. Des tags partout, quelques graffitis obscènes, des tessons de bouteilles de bière, des seringues éclatées et des capotes usagées.

— Sympa, dit Thierry.

Grégoire le fusille du regard, jalouse son calme et son détachement.

Tu ne vas plus rire longtemps. Ta vie s'arrête ce soir, se dit-il.

Greg ne laisse rien paraître. Il savoure sa domination. Il gère la situation. C'est lui le patron.

— Quand ils arriveront, Thierry, tu vas les voir avec le jeune. Tu checkes l'argent. Et tu m'appelles.

— Pourquoi c'est toi qui restes en planque ?

— Parce que c'est moi qui ai le flingue. Et que je n'ai pas trop confiance en toi pour surveiller mes arrières.

Thierry affiche un sourire discret, crispé, à peine visible dans la nuit. Les pupilles de Grégoire brillent de fureur.

— Si tu me la fais à l'envers, Thierry, t'es le premier que j'allume.

— Ne commence pas à tirer sur tout ce qui bouge. On est là pour faire affaire. Pour toucher du fric. Fais pas tout foirer avec tes conneries.

— T'as plus aucun ordre à me donner, aujourd'hui, connard. Tu fais comme je dis. Tu ne bronches plus !

Il ponctue sa diatribe en cognant Thierry au front avec le canon du Smith & Wesson, l'entaillant superficiellement. Le garagiste le jauge sans broncher, sans bouger. Il ne perd rien pour attendre.

Adnan se fait tout petit.

— Quand on aura terminé, on récupère les sacs à l'église et on se tire. On va le plus loin possible et on partage, et après c'est chacun pour sa gueule.

— Ça me va, tranche Thierry.

Que tu crois.

Chloé, qui a remonté le versant depuis le chemin de fer, ne perd pas une miette de la conversation.

Ils n'ont donc pas tout apporté. Ils ont planqué une partie de la came dans une église. Entre Pontarlier et ici. Vraisemblablement la vieille église abandonnée, près de l'Hôtel des Deux Rives.

Elle contourne le blockhaus par la gauche, rampe au sommet d'un promontoire de terre, s'enfonce sous une haie de mûriers, sans bruit, à couvert. La vue sur le parking et l'entrée du bunker est dégagée.

Elle patiente de longues minutes, tapie sous les branches, le menton dans la neige, elle grelotte de froid et de manque.

C'est dans ta tête. Pas dans tes tripes.

Un mouvement furtif, en contrebas du bunker, la fait sursauter. Elle se fige, plisse les yeux pour décrypter l'obscurité. À mi-chemin de la descente vers le lac, au niveau de la voie ferrée par laquelle elle est arrivée, les buissons s'agitent. Puis une silhouette en émerge, un homme à la carrure de boxeur, courbé, progressant à tâtons, prenant garde à ne pas faire de bruit. Il n'est plus qu'à quelques mètres du blockhaus. Il glisse sur une plaque de glace, se rattrape à un arbuste.

Chloé distingue nettement un pistolet automatique dans son autre main.

Il se redresse, personne à l'intérieur du bunker n'a l'air de l'avoir entendu, et vient se coller contre le mur de ciment, à la base du blockhaus, juste en dessous de Chloé, qui tasse sa tête dans ses épaules, et reconnaît Éric Saillard.

Au ralenti, sans geste brusque, il ouvre une trappe de bois moisi dissimulée derrière un tonneau rouillé.

Il va entrer par l'arrière. Ils vont être pris en tenaille.

217

Comme pour confirmer son intuition, deux phares percent la nuit et une voiture de sport s'engage sur le parking, dépasse la voiture de Thierry et se plante devant l'entrée du blockhaus, illumine sa façade décrépie.

Une boule se bloque dans la trachée de Chloé, ses bras et ses jambes ne lui répondent plus. Elle veut se lever, hurler, courir pour s'interposer, se sacrifier. Mais elle est tétanisée. Elle reste prostrée sous son arbre.

Deux silhouettes émergent de l'entrée du blockhaus, dans le rayon de lumière. Marc Saillard descend de la voiture, bonnet enfoncé jusqu'au bas des sourcils, engoncé dans un blouson molletonné. Face à lui, Adnan et Thierry Lambert.

Les hommes se jaugent.

– Vous avez apporté ce que vous m'aviez promis ?

– C'est là-dedans, réplique Thierry en désignant le bunker du pouce. Je veux voir le pognon d'abord.

– Pas de problème. Montez sur la banquette arrière.

Thierry laisse Adnan le devancer. Sur ses gardes.

Marc les arrête d'un geste de la main avant qu'ils le rejoignent.

– Et la petite Chloé ? Comment ça se fait que c'est plus elle ?

– J'ai dû me passer de ses services. Ça pose un problème ?

– Pas forcément. Si vous êtes là en personne, j'en conclus que c'est la dernière fois qu'on se voit ?

– Bien deviné. Des affaires urgentes m'appellent dans d'autres contrées.

– Je vois. C'est dommage. On aurait pu continuer à bosser ensemble…

– J'ai peur que ce ne soit compromis. Bon, on peut voir le fric, maintenant ? Je papoterais avec plaisir mais je ne tiens pas à rester dans ce décor de rêve plus que nécessaire.

– Bien entendu.

Marc s'écarte du véhicule dont le moteur ronronne toujours. Un vulgaire sac plastique est posé sur la banquette. Thierry repousse Adnan sur le côté, se penche en avant et déchire le sac.

C'est à cet instant précis que tout dérape.

Grégoire s'adosse au mur zébré de tags, observe la progression de Thierry et Adnan vers la voiture par une meurtrière, les sacs de coke à ses pieds, le pistolet bien serré dans son poing malgré ses mains moites. Expiration hachée. Sang dans les tempes, en coups de marteau. Thierry s'arrête près de la voiture, semble échanger quelques mots avec le dealer.

Putain, bouge-toi le cul. Pas le temps de tailler la bavette.

Thierry pousse le jeune sur le côté et jette un œil dans la voiture. Le type tourne alors la tête vers le bunker, et même si Grégoire sait qu'il ne peut pas le voir par la meurtrière, il s'écarte de l'ouverture et se retourne, par réflexe.

C'est alors qu'il voit Éric Saillard surgir d'un trou dans le sol, à cinq mètres de lui, dans le coin opposé de la pièce, arme à la main.

Grégoire lève le Smith & Wesson, aligne sa mire.

Éric Saillard, surpris, bascule en arrière contre le mur et ouvre le feu dans sa direction.

Grégoire presse la détente.

Les deux coups de feu s'enchaînent à une seconde d'intervalle.

La balle de Grégoire emporte la moitié du crâne d'Éric Saillard qui s'écrase contre le béton comme une tomate trop mûre. Le corps rebondit sur une arête de mur et retombe dans le trou par lequel il avait surgi.

Grégoire s'effondre sur les sacs de dope, il a pris une balle dans le ventre et se vide de son sang.

Pas de fric. Rien, nada. Le sac plastique ne contient que du papier journal.

Thierry pivote sur lui-même. Le canon d'un Beretta 92S est braqué sur son front.

– À genoux. Tout de suite.

Thierry plie les jambes et se réceptionne sur les rotules. Mains derrière la nuque. Son sac à dos…

– Pauvre con, murmure Marc Saillard. T'as vraiment fait une sacrée boulette en piquant cette drogue.

C'est terminé. Fin de la route.

Non.

La nuit s'embrase.

Deux flashs blancs les surprennent, immédiatement suivis de détonations assourdissantes qui résonnent dans le bunker.

Marc Saillard braque son arme en direction du blockhaus.

Thierry bondit, tête en avant, percute le dealer et lui fracture la mâchoire, projetant Marc en arrière, le visage en sang, son arme glisse dans la neige. Il se retourne et la cherche à tâtons en hurlant de douleur. Thierry a juste le temps de s'élancer derrière la voiture au moment où Marc met la main sur la crosse et lui tire une salve dans le dos. La lunette arrière du cabriolet de sport explose, les autres balles se logent dans la carrosserie ou se perdent dans les fourrés.

Chloé recouvre sa tête de ses bras dès les premiers coups de feu. Lorsqu'elle ose enfin regarder, elle ne voit plus Adnan. Le jeune homme s'est volatilisé. Elle prie pour qu'il se soit mis à l'abri, ou qu'il ait fui le plus loin possible, dans un sprint désespéré. Elle aperçoit Thierry assis derrière la voiture de Marc Saillard, fouillant dans son sac à dos, tandis que ce dernier contourne le véhicule, le flingue en avant, le doigt sur la détente.

Thierry attrape un des bocaux remplis de Destop. Accroupi, il s'éloigne à reculons dans l'axe de la voiture. Totalement à découvert. Marc Saillard longe l'aile gauche, s'approche dangereusement du coffre.

Au moment où, éclairé par le faisceau rougeoyant du feu arrière, il apparaît et vise Thierry, celui-ci arque le bras et expédie de toutes ses forces le bocal contre la carrosserie, à dix centimètres du visage de son adversaire. La soude caustique gicle, atteint Marc en pleine figure. Les hurlements qui déchirent la forêt n'ont plus rien d'humain. Marc roule au sol, enfouit sa tête dans la neige pour tenter de stopper le feu qui le ronge.

Thierry se relève et s'approche sans se presser. Ramasse l'arme tombée sous le châssis. Se penche sur le visage torturé, défiguré.

Place le canon contre l'oreille rongée par l'acide.

Et lui fait sauter la cervelle, qui se répand sur la glace.

Le calme retombe doucement.

Les bruits de la forêt, en hiver, disparaissent sous le manteau blanc.

Le lac est endormi sous la neige.

Peut-être a-t-on vaguement entendu comme des coups de tonnerre, dans le lointain, depuis le village de Champlans, sur la rive d'en face, sans pouvoir identifier ces sons étranges pour la saison. Ça reste peu probable.

Et l'Hôtel des Deux Rives est trop éloigné, trop animé, et trop collé à la grande route.

Thierry se dit qu'il vaut néanmoins mieux ne pas faire de vieux os, et tailler la route. Il s'élance en direction du parking sans même prendre la peine de récupérer les sacs dans le bunker ni de vérifier l'état de son beau-frère.

Un mouvement sur le bas-côté l'arrête net. Il fait volte-face, arme au poing.

Chloé se penche en avant. Thierry a sursauté, s'avance devant la voiture, serrant son arme.

Il s'arrête, incline la tête sur le côté. Elle ne voit rien, pas le bon angle. Prenant tous les risques, elle s'appuie sur ses coudes et ses genoux, se déporte sur la gauche, et distingue enfin ce que cache la voiture.

Adnan est affalé contre le talus qui borde le bloc-khaus. La réflexion des phares dans le tas de neige englobe la scène d'une brume laiteuse. Sa hanche pisse le sang, une balle perdue lui a traversé le dos. En sueur, son visage exprime une souffrance extrême. Chloé se mord la main, anéantie par ce spectacle atroce.

Thierry considère le jeune homme, semble peser les choix qui s'offrent à lui.

– Achève-le !

Les mots claquent. Thierry ne perd pas son sang-froid, tourne lentement la tête.

Grégoire, dégoulinant de sang, le menace de son arme, en appui instable contre l'encadrement de l'entrée du blockhaus.

– Shoote-le !… Mets le flingue dans sa main…

L'estomac de Chloé se soulève. Elle est sur le point de bondir. De perdre la raison. Un poignard lui transperce le corps, des milliers d'aiguilles s'infiltrent sous sa peau Ses cicatrices la brûlent. Le feu lui ronge les entrailles.

Thierry hoche la tête.

Il arme le Beretta de Marc.

Une dernière détonation.

Il place le pistolet dans la main crispée du jeune homme.

Chloé plonge son visage dans la neige. Son cœur s'est carbonisé en même temps que celui d'Adnan s'est arrêté.

Thierry et Grégoire tardent à rejoindre la voiture sur le parking et à repartir. Grégoire se vide de son sang et refuse bien sûr l'aide de son beau-frère qu'il aurait bien exécuté sur place.

Mais son ventre le torture.

Il ne peut pas conduire.

Il titube, serre les dents, se concentre pour le tenir en joue, pendant que Thierry traîne les deux sacs de cocaïne dans son sillage. Il ne doit pas flancher.

Une fois les sacs chargés, Greg monte dans la voiture, se hisse sur le siège en braillant. Thierry démarre. Ils doivent récupérer les autres sacs. À l'église.

Chloé sort enfin de sa cachette. Désespérée. Chancelante. Seul le ronronnement du moteur de la voiture de Marc lui permet de garder contact avec la réalité.

La mort d'Adnan.

À laquelle elle a assisté. Sans bouger. Sans agir.

Pétrifiée.

Elle s'avance dans la lumière des phares, de plus en plus près du corps. Ce sang, partout. L'odeur de poudre, insoutenable. La masse informe de Marc Saillard. Et son homme, juste devant elle. Une balle dans la hanche, une autre au milieu du front. Et le Beretta que Thierry Lambert a lâchement abandonné dans sa paume, pour faire passer Adnan pour un tueur.

Elle s'allonge le long du cadavre et le serre contre elle. Froid. Comme absorbé par la glace. Elle ôte ses gants, caresse le visage d'Adnan, la plaie sur son front. Elle se penche et dépose un baiser sur ses lèvres bleues. Referme ses paupières sur des yeux vides et sans âme.

Elle arrache l'arme de la main froide de son amant, la glisse dans sa ceinture et remonte la route à pied pour récupérer sa voiture, hagarde, épuisée, déchirée.

1er février – 20 h 20

Virginie tremble de la tête aux pieds. Elle jette des œillades furtives et fiévreuses autour d'elle, détaille le bureau du lieutenant, la baie vitrée, les gendarmes qui piétinent dans le couloir. Les brigadiers l'ont installée dans la voiture, Gabriel dans les bras, se sont placés de part et d'autre de la banquette pour l'encadrer. La surveiller. Ils l'ont emmenée chez le médecin du village qui l'a auscultée, ainsi que son fils, sous la vigilance des militaires. Il lui a fait une piqûre de calmants. Peu efficace, tant son sang bout dans ses veines. Elle a ensuite été transférée à la gendarmerie et attend depuis dans le bureau du lieutenant, qui est sorti une poignée de minutes plus tôt avec Gabriel dans les bras. À son grand désarroi.

Tous ses espoirs se sont effondrés. Son monde s'anéantit sous ses yeux, minute après minute.

Ils avaient pourtant un avenir tout tracé. Une échappatoire, enfin. Grégoire a tout détruit, ruiné leur vie, leur mariage. Il l'a trahie, et il a trahi son fils.

– Vous voulez un verre d'eau ?

Elle acquiesce, sans un mot. Lorsque Franck Maréchal revient avec le gobelet et ferme la porte, un de ses adjoints s'installe derrière le bureau. Pendant que Virginie boit d'une traite, Franck s'assied face à elle.

– Où est mon fils ?

– Ne vous inquiétez pas, il est avec mes collègues, on s'en occupe.

– Ne me le prenez pas…

– Pourquoi pensez-vous qu'on veut vous le prendre ?

Virginie se mord la lèvre, se tord les mains, enfonce ses ongles dans la pulpe de la paume.

– Vous avez tenté de vous tuer, madame Favrot. Ce n'est pas sans raison, je me trompe ?

– Je… J'ai paniqué. Je ne voulais pas… Je suis désolée.

– Qu'est-ce qui vous fait peur à ce point ?

– Je n'ai pas peur.

Franck se recule, la fixe avec insistance. Elle baisse immédiatement les yeux.

– Vous crevez de trouille.

La jambe droite de Virginie tressaute nerveusement.

– Vous savez pourquoi on est venus chez vous, au moins ?

Elle ferme les yeux. Prête pour la sentence.

– Il y a eu une plainte contre votre mari. C'est grave.

Un frisson remonte le long des côtes de Virginie. Saisie d'effroi, elle rouvre les paupières, fronce les sourcils.

– Une plainte ?

– Pour viol et tentative d'homicide. La victime l'a expressément accusé, et il y a un témoin.

Virginie ne bouge plus d'un cil, estomaquée, collée à sa chaise, le dos en sueur.

– Je… Je ne comprends pas…

– Julie Salvi, la fille du pharmacien. Elle est aux urgences, et pas dans un très bon état. Elle a failli y passer.

Mon mari est un monstre. Prêt à tout.

– Madame Favrot. Il faut me parler. C'est votre mari ? C'est de lui que vous avez peur ?

Il va payer. Salement.

Virginie, statufiée devant le lieutenant de gendarmerie, fait mine de contenir ses émotions, de les refouler. Elle ne peut afficher sa haine, ne doit montrer que sa terreur. C'est terminé. Elle va le détruire.

Elle éclate en sanglots.

– Il m'a forcée… Je ne voulais pas…

Franck se redresse, pose une main à plat le long du bureau. Sa deuxième main, rassurante, sur le poignet de Virginie. Elle lève sur lui des yeux baignés de larmes et un menton secoué de spasmes.

– Vous êtes en sécurité avec nous, Virginie. C'est fini. Vous pouvez nous parler. Il ne vous arrivera plus rien.

– J'ai tellement peur, lieutenant. Vous ne le connaissez pas…

– Qu'est-ce qu'il vous a forcée à faire ?

– La drogue… L'argent…

Le temps se fige dans la pièce. La neige s'effrite dehors, un amas glisse du toit et s'enfonce dans le tapis de poudreuse de la cour, juste derrière les deux gendarmes. Virginie mord la peau morte au bout de son index, en arrache une partie. Les deux militaires sont pendus à ses lèvres. Elle laisse les mots en suspens. C'est Franck qui rompt le silence.

– De quoi est-ce que vous parlez ?

– Le 21 janvier. Ça paraît tellement loin maintenant.

Elle jauge son auditoire. Des fourmis lui piquent la nuque. Elle se libère. Elle est prête à déverser sa colère. À enterrer son mari.

– L'accident de Simon Vauthier, au col de Hautecombe.

Le visage de Franck Maréchal se décompose. Il ne s'attendait pas à ça.

– Ce n'était pas un accident. Pas du tout. Ce type convoyait de la drogue. Cette nuit-là, Grégoire revenait de Besançon, il est tombé sur lui. Il l'a tué et a volé la drogue. Il a fait passer ça pour un accident. Il en a revendu une partie. Il… Je m'en suis aperçu… J'ai trouvé l'argent et la drogue à la maison…

Elle tourne la tête, feint de lutter contre des souvenirs douloureux.

– Il m'a frappée. Il a menacé mon fils. Notre fils. Il a pété les plombs. Je sais que je n'aurais pas dû, mais j'ai encaissé. Comme toujours. Je n'ai que lui.

– Combien il y avait ?

– Quelques dizaines de milliers d'euros. Pour nous, c'est énorme. Grégoire est au chômage, vous comprenez ? Et moi, je bosse chez Brico, ce n'est pas la panacée. Avec un gosse à charge… Mais ça ! J'ai vraiment pris peur. S'il est capable de tuer un type pour du fric…

– Et la drogue, ça représente quoi ?

– Je ne saurais pas vous dire, lieutenant, je n'y connais rien. Plusieurs sacs de sport, c'est sûr.

– Comment il s'y est pris pour vendre tout ça ?

– Oh, il n'a pas tout vendu, pas encore. Il ne m'a rien dit, il faisait tout en secret. Et… Il était bizarre. Il disparaissait… Il était tendu. Jusqu'à aujourd'hui. Il ne répond plus au téléphone, il a disparu ! Il nous a abandonnés ! Vous savez ce que je crois ? Il est devenu taré. Ça fait longtemps que ça couve. Il a toujours eu ça en lui. Cette violence. Même avec moi. Surtout… Même au lit, vous comprenez. Tout ce fric, d'un coup… Il a disjoncté… Il a voulu jouer au caïd. Il a voulu se taper une jeunette. Ça a dégénéré. Il a dérapé. Il a récupéré le fric, la drogue et il s'est enfui.

– Et, évidemment, vous n'avez aucune idée d'où il pourrait être ?

– J'en sais rien. Peut-être chez sa sœur, à Besançon. Sinon chez son père, à Dole, mais ça m'étonnerait.

Franck se lève, la domine de toute sa carrure.

– Je vais avoir plein d'autres questions à vous poser. Vous allez rester un peu chez nous.

– Je… Vous m'arrêtez ?

– Non. Je vous garde en tant que témoin. Et je ne veux pas que votre mari vous tombe dessus.

– Mon fils ?

– On vous l'amène. Ne vous inquiétez pas. Vous êtes en sécurité.

Il pose la main sur l'épaule de Virginie, frissonnante, épouvantée.

– On va vous apporter à manger. Et plus tard, il faudra vraiment tout me raconter, dans le moindre détail.

Elle hoche la tête. Il la raccompagne dans le hall, on lui tend le bébé, auquel elle s'accroche de toutes ses forces. Son unique salut. Elle est prise en charge, le médecin arrive peu de temps après.

Franck peut désormais lancer les opérations.

Appeler le procureur.

Briefer ses hommes.

Lancer un avis de recherche. Grégoire Favrot. Présumé armé et dangereux.

Rouvrir le dossier de l'accident. Simon Vauthier, trafic de drogue, assassiné, dépouillé.

Première chose à faire : interroger son père. Claude Vauthier. Patron des entreprises Vauthier T.P. et conseiller municipal de Dampierre-les-Monts. La nuit risque d'être très longue.

Grégoire peine à garder les yeux ouverts, entre deux gémissements, sa vue se brouille. Il respire avec la plus grande difficulté. Il est couvert de sang et l'hémorragie ne s'arrête pas.

Dans un reste de conscience, il se cramponne à son arme et tient son beau-frère en joue. Thierry l'observe du coin de l'œil en conduisant. Le bougre s'accroche à l'espoir de survivre, la douleur le maintient encore en vie. Pour combien de temps ? Tant qu'il a besoin de Thierry au volant, il ne tentera rien. Seul risque : que Grégoire lui tire dessus avant de mourir dans une ultime vengeance.

Thierry se range à l'abri des sapins, devant l'église en ruine, coupe le moteur. Grégoire sursaute, plisse les yeux, essaie de reconnaître l'endroit. Il est à deux doigts de s'évanouir. Bredouille avec peine :

– Tu fais quoi, putain ?

– Je récupère la came, qu'est-ce que tu crois ?

– Non… on file à l'hôpital ! Je suis en train de caner !

– On ne va pas laisser…

– Me prends pas pour un con ! Tu traces aux urgences, tout de suite. Je veux pas crever dans ta caisse !

– Greg… les flics… C'est une blessure par balle.

– Rien à foutre ! On est niqués de toute façon.

– On ne peut…

– Ta gueule ! Démarre ! Sinon, je t'en colle une dans le bide.

Thierry considère ses yeux injectés de sang. Sans broncher, il tourne la clé et fait ronronner le moteur. L'église disparaît bientôt dans son rétroviseur, noyée dans le bosquet d'arbres recouverts de neige.

Chloé se gare sur le parking de l'Hôtel des Deux Rives, près d'une voiture familiale qui la dissimule, le long de la rivière, un peu à l'écart du restaurant.

Des larmes amères inondent son visage. Elle pleure en silence, désespérée.

Elle n'a pas bougé.

Elle l'a regardé mourir.

Il s'est sacrifié pour la protéger, pour éloigner le danger d'elle. Mais elle, elle n'a été qu'une foutue lâche.

Ils ont déjà fait cinq kilomètres lorsque Thierry enfonce la pédale de frein d'un coup sec, en pleine ligne droite. Les ceintures de sécurité se contractent, celle de Grégoire lui comprime l'abdomen et il pousse un hurlement déchirant, tente désespérément de respirer, et lâche le pistolet qui roule au sol. La Renault dérape sur cinquante mètres avant de s'immobiliser au milieu de la chaussée. Thierry ouvre la portière et bondit à l'extérieur, s'étale sur le dos, se met à quatre pattes.

Pas de coup de feu. Pas de mouvement dans la voiture. Pas la moindre maison à l'horizon, aucune lumière de phares non plus.

Avec prudence, il se redresse et ose un regard par la vitre arrière. Grégoire respire encore, immobile contre son appui-tête. Thierry contourne le véhicule jusqu'à la portière passager. Il l'entrouvre et s'écarte pour se mettre à l'abri. Rien. Pas un cri, ni une insulte.

Thierry revient, haletant. Grégoire tient ses deux bras contre son ventre et psalmodie des bouts de phrases incompréhensibles, des bulles de sang éclatent à la commissure de ses lèvres. Thierry ouvre la portière en grand, et s'empare du Smith & Wesson sur le plancher.

– … soif…

C'est le seul mot qu'il comprend dans le maelstrom gluant qui émerge de la bouche de Grégoire.

– Fin de la route, réplique-t-il en détachant la ceinture de son beau-frère.

– Non… Tu… tout prendre… hôpital…

– Fallait y penser avant de tromper ma sœur et d'essayer de nous entuber, connard.

Les yeux de Grégoire s'écarquillent de stupeur alors que Thierry l'attrape par la nuque et le fait basculer tête la première sur l'accotement. D'un coup de pied, Thierry l'envoie rouler dans la ravine qui borde la route. Grégoire dévale de quelques mètres avant de s'immobiliser contre un rocher. Thierry envisage un instant d'abréger ses souffrances en l'abattant, mais remonte en voiture et l'abandonne à son sort.

Grégoire n'aura que le temps de voir la lueur rouge des feux arrière de la voiture avant de succomber à ses blessures.

Chloé réussit tant bien que mal à reprendre le contrôle. Calme sa respiration. Elle doit rejoindre l'église à pied, se planquer, tomber sur ce fils de pute et l'achever. Il doit payer. Elle vérifie le chargeur du Beretta : cinq balles. Amplement suffisant.

Son téléphone sonne dans sa poche au moment où elle ouvre la portière. Elle s'en empare. Samuel. Elle hésite. Puis décroche.

Sauf que ce n'est pas lui qui répond.

Elle comprend rapidement. Les Kosovars. Les frères Saillard. Le piège s'est refermé sur eux.

Samuel est entre leurs mains, ils vont le tuer.

C'est elle que Kosta Zajini veut. Pour la mort de son frère. Elle est la seule monnaie d'échange valable.

Mais il y a toujours la cocaïne volée. Sa seule carte pour sauver Samuel. Et peut-être se sauver avec. Non. Il y a forcément un prix à payer. Elle ou Samuel.

Elle ment. Elle prétend aussitôt avoir déjà la drogue. Toute la drogue. Et pouvoir livrer le voleur. Thierry Lambert et l'autre sale type. Elle ne révèle pas leur identité, garde ces cartes pour elle, son cerveau turbine à plein régime. Elle tente le tout pour le tout : elle lui rend la drogue, lui livre le voleur, et il libère Samuel.

Pas suffisant. Il a soif de vengeance. Il lui fait une contre-proposition : la drogue, le voleur, et elle, contre Samuel. Le prix à payer. Une vie pour une vie. Voilà le sacrifice. Pour la mort d'Adnan qu'elle n'a su empêcher. Pour tout le reste. Pour que tout s'arrête.

– Je vous rappelle d'ici une heure, conclut-elle, tremblante.

Après avoir raccroché, elle sort de la voiture, se frictionne le visage avec de la neige, les cicatrices, les ravive. La morsure du gel lui éclaircit les idées.

Kosta Zajini ne renoncera à rien.

Il exécutera Samuel quoi qu'il arrive.

Elle n'est pas si naïve.

Elle contourne l'hôtel côté montagne et s'enfonce dans la forêt à la lueur de son téléphone, le Beretta à la main.

Thierry fait demi-tour. Ne croise aucune voiture. En moins de dix minutes malgré le verglas, il dépasse l'Hôtel des Deux Rives dont le parking est bien rempli.

Depuis qu'il a abandonné son beau-frère à une mort certaine, il tente d'y voir plus clair, d'évaluer les possibilités qui s'offrent à lui.

Première priorité, déterrer toute la marchandise.

Deuxième priorité, se barrer. Loin. Disparaître.

Les filles.

Il doit récupérer ses filles, avant qu'il ne soit trop tard. Avant qu'il ne soit grillé. Dès que les paquets seront chargés dans le coffre, il foncera à Charleville pour les enlever, franchir la frontière dans la matinée, conduire le plus loin possible.

Le sang.

Il doit laver la voiture de fond en comble. Ou mieux, s'en débarrasser et récupérer celle d'un client au garage, il en reste deux en réparation dans l'atelier, dont une Alfa Romeo presque prête qui fera parfaitement l'affaire. Maeva et Elsa vont halluciner de le voir débarquer dans une caisse pareille.

Papa a touché le gros lot.

C'est ça. Petit détour par le garage, et direction les Ardennes. Ne pas faire de vieux os.

Les cadavres au blockhaus seront vite découverts. Et identifiés. Des dealers de drogue.

Mais également le sang de Grégoire, partout, sur les murs de béton, par terre. Son ADN.

Et lui ? Il était bien couvert, manteau, bonnet, il n'a rien touché, pas laissé de trace, il en est persuadé. Ils vont retrouver Grégoire dans un fossé au bord de la route, à dix bornes. Beaucoup de questions.

Il sera déjà loin.

Avec ses filles.

Et Virginie ?

Cette pensée le tétanise soudain. Seule chez elle en train de ruminer après Grégoire, de le haïr, d'attendre que son frère l'appelle, l'informe. Elle ne sait rien. Pas encore. Que lui dire ? Que son mari s'est fait descendre ? Qu'il n'y est pour rien ? Elle a souhaité la mort de Grégoire tellement fort, mais face à la réalité comment va-t-elle réagir, avec le môme sur les bras ?

Quel avenir pour eux ? Il pourrait les emmener. Ils élèveraient leurs enfants ensemble, loin de tout. Reconstruiraient une famille. Se retrouveraient.

Peut-il prendre le risque qu'elle n'accepte pas la mort de Grégoire, qu'elle se mette en travers de son chemin ? Ne doit-il pas penser avant tout à *sa* famille ? *Ses* filles ? Ne pas regarder en arrière, planter Virginie sur place. Les flics vont bien lui tomber dessus, forcément. Il hésite. Le risque est important. Les réactions de sa sœur ont toujours été imprévisibles.

Il retourne ses pensées en tous sens en se rangeant près de l'église abandonnée. Inspecte les alentours, où règne un calme absolu et envoûtant. De légers flocons commencent à tomber du ciel noir, donnant au sanctuaire abandonné des allures de temple mystique sorti d'un monde parallèle féérique, hors du temps.

En quelques enjambées, il rejoint le mur en ruine où il a enseveli les sacs. Creuse la neige de ses mains. Essoufflé, il les arrache du sol un à un.

Ce n'est qu'en se relevant qu'il remarque la silhouette sur sa gauche, sombre et immobile entre deux murets écroulés, qui se découpe sur fond d'église. Son cœur se comprime d'effroi, et de surprise il laisse tomber le sac qu'il vient d'attraper.

La forme encapuchonnée s'avance d'un pas, pointant sur lui la gueule noire d'une arme à feu.

D'un geste de la main, Chloé révèle son visage écaillé au garagiste, ses yeux brûlants de haine le transpercent de flèches empoisonnées.

– Comment est-ce…

– À genoux.

Il ravale ses paroles. Elle ne le laissera pas se défendre.

– Je sais tout, Lambert. J'étais là. J'ai tout vu.

Il la regarde sans détourner les yeux, sans fléchir.

– Tu as tué Adnan.

– Si tu étais là, tu as bien vu que Grégoire…

– Ta gueule !

Elle fond sur lui dans un élan fiévreux, le frappe au front avec la crosse. Un filet de sang perle le long de sa mâchoire. Il la toise, interdit.

– C'est… C'était ton mec ? Je comprends. Je te jure, je l'ignorais.

– Qu'est-ce que ça change pour toi ? rugit-elle en ravalant ses larmes. Envoie ton arme !

Doucement, il sort le pistolet de sa veste et le lui tend par le canon. Elle le prend, sans détourner le sien de la tête de son ennemi.

– Il est où, ton complice ?

– Dans un fossé. À dix bornes d'ici.

– Il ne fait pas bon s'associer avec toi.

– C'était mon beau-frère. C'est une longue histoire…

Chloé affiche une moue interloquée. Thierry laisse échapper un rire nerveux, venu du fond de la poitrine.

– Tu veux savoir le plus drôle ? J'étais avec sa femme ce soir-là. Ma sœur. Quand on a pris la drogue. Tu sais qui c'est, ma sœur ? C'est la voisine de Samuel Vauthier, à Hautecombe. Tu ne trouves pas ça marrant, toi, comme le destin fait bien les choses ? Quand on a volé la drogue, Grégoire n'était même pas là, et c'est pourtant lui qui a tout fait foirer.

– Adnan n'avait rien à voir avec tout ça !

– Je te rappelle que c'est toi qui l'as impliqué, Chloé.

Elle reçoit la remarque comme un coup de poignard.

– C'est toi qui m'as choisie ! C'est toi qui nous as mêlés à ça !

– Tu n'avais pas le choix, peut-être ?

– Tu m'as forcée !

– Arrête. J'ai à peine donné un coup de pression. C'est la perspective du fric et de pouvoir te payer tes doses qui t'a convaincue. Pas d'hypocrisie.

Elle ne trouve rien à répliquer.

La culpabilité la dévore. C'est à cause d'elle. Toujours. Si elle avait eu le courage de dire non, Adnan serait encore en vie. Elle se sent merdique, inutile, damnée.

– Je n'avais rien contre Adnan. Je n'ai rien contre toi. Grégoire était un connard et méritait ce qui lui est arrivé. Je suis désolé pour ton mec, il n'était pas au bon endroit ni au bon moment, c'est tout.

Elle colle l'extrémité de l'arme sur le front de Thierry, qui la fixe droit dans les yeux sans prêter attention au pistolet qui menace de lui exploser le cerveau à tout moment.

– Je devrais te tuer sur-le-champ.

– Je comprends.

– Pourquoi tout ça ? Le fric ?

– Pourquoi donc ? Ce n'est pas suffisant ? Des millions d'euros, Chloé ! Tu n'as jamais rêvé de recommencer ta vie de zéro ? De tout effacer ?

Ses pupilles se voilent de nouveau. Les quelques jours avec Adnan. Une parenthèse de bonheur entrecoupée de crises de manque. Un bref moment de quiétude.

Oui, elle a rêvé d'une autre vie, à ses côtés.

– C'est ici que tout s'arrête pour moi, je suppose ?

Elle ne réplique pas.

– Je voudrais juste… Est-ce que tu pourrais… J'ai deux petites filles. Maeva. Et Elsa. Elles vivent chez leur mère, à Charleville-Mézières. Je… Est-ce que tu pourrais leur envoyer le fric qu'il me reste ? Dans le sac à dos, dans la voiture. Je comprendrais que tu gardes tout. Mais… Si toutefois… Tu pouvais le leur envoyer de ma part. Pour elles.

Chloé est troublée par cette étrange requête. Presque une confession.

– J'ai d'autres plans pour toi, en fait.

Thierry montre son étonnement pour la première fois, en arquant les sourcils.

– J'ai même un marché à te proposer.

1er février – 21 h 35

Quatre véhicules de gendarmerie quittent simultanément la brigade et traversent Dampierre à vive allure, gyrophares tournoyant. Les lumières bleues intermittentes inondent salons et cuisines en bordure de la rue centrale du bourg, les habitants se pressent aux fenêtres, affolés et curieux de ce remue-ménage dans un village si calme et préservé.

Le cortège rejoint le lotissement sur les hauteurs et s'arrête devant une maison cossue, entourée d'une haie de thuyas croulant sous la neige. La demeure est plongée dans l'ombre, sans signe de vie. Les voisins abandonnent tous leur télé pour jeter un œil sur ce qui se passe chez les Vauthier, cette débauche de militaires. Le lieutenant Maréchal, en tête, sonne à la porte d'entrée, sans succès. Il jette un coup d'œil par la baie vitrée, tout paraît désert. Personne à la maison.

Retour aux voitures. On redescend la colline, laissant le voisinage à ses interrogations.

On se range bientôt le long de l'entrepôt Vauthier T.P.

Deux voitures sont stationnées devant.

Piétinements dans la glace fondue, et on pousse la porte métallique donnant sur le hangar.

Franck Maréchal tombe en arrêt. Ses adjoints l'entourent aussitôt en s'engouffrant dans le dépôt. Tous lèvent les yeux.

Le corps de Claude Vauthier se balance au bout d'une corde lancée par-dessus les poutres métalliques du toit de tôle.

Au sol, une chaise renversée. Juste à côté, un poignard ensanglanté, des traces de doigts rouges sur le manche. La main droite de Claude, également rougie.

Et dans le bureau, on trouve le cadavre de sa femme, égorgée d'une oreille à l'autre.

Chapitre 11

Thierry contourne Dampierre par la route qui longe les remontées mécaniques, avec prudence, les flocons continuent de s'éparpiller dans le paysage, réduisant la visibilité.

Chloé l'observe dans le rétroviseur, depuis la banquette arrière. Elle a fouillé son sac, trouvé le Leatherman, le fric, et le reste des flacons de Destop. Elle ne le quitte plus des yeux, le flingue sur la cuisse, prête à le descendre au moindre écart.

Il ne tentera rien. Elle a les deux pistolets, le Smith & Wesson et le Beretta, et bien qu'elle paraisse affaiblie et souffreteuse, sa vigilance est aiguisée, ses nerfs à fleur de peau.

Il se sait en sursis. Il va tenter sa chance avec elle.

Une fois les Kosovars hors-jeu, il sera bien temps de reprendre la main.

La voiture rejoint la départementale à la sortie de Dampierre et s'engouffre dans la montée vers Hautecombe.

Au premier virage, la tête du corps sans vie de Grégoire, qu'il a dû aller récupérer dans son fossé et hisser à la place passager sous la surveillance de la jeune

239

femme, rebondit contre la vitre et penche sur la gauche, comme s'il guettait Thierry de son regard vide.

1er février – 21 h 55

Samuel retient son souffle en apercevant à travers la vitre du salon le faisceau des phares illuminer sa cour. Les chiens hurlent à la mort dans leur enclos, percevant la tension dans l'atmosphère. Un marteau cogne en continu contre les parois de son crâne, le goût âcre de la bile imprègne toujours sa langue. Mais son attention est ailleurs.

Le flingue sur sa nuque.

Et, surtout, Chloé qui se jette droit dans la gueule du loup, croyant le sauver.

Il est prêt à mourir. Mais pas à la voir se sacrifier pour lui. Pour rien. Personnellement, il n'a plus aucun espoir. Ils ont tué son oncle et sa tante devant lui, ils n'hésiteront pas une seconde à le supprimer dès que l'opportunité se présentera. Il n'a aucune confiance en la parole de Kosta Zajini. Ce type veut juste se venger. Il réclame son bain de sang purificateur.

Les deux acolytes taiseux de Zajini se collent aux fenêtres pour observer la manœuvre de la Captur. Ils échangent quelques mots en albanais avec leur patron, qui se tient sagement en retrait derrière Samuel, arme en main.

La voiture opère un quart de tour entre la voiture des trafiquants et celle de Samuel et repart en marche arrière, entre dans le hangar du tracteur et s'évanouit dans la pénombre. La meute de chiens s'arrête de gueuler, le calme retombe.

240

Deux minutes s'écoulent dans le plus grand silence. Samuel distingue la respiration de chacun des hommes dans la pièce, le moindre craquement de plancher sous les semelles, le frottement des paumes moites sur la crosse des armes.

Deux brèves sonneries viennent rompre l'atmosphère pesante. Son téléphone, toujours dans la main de Kosta. Le canon du pistolet quitte momentanément les vertèbres de Samuel, qui, sans se retourner, comprend que le Kosovar consulte les SMS.

Deux photos : les sacs contenant les pains de cocaïne, dans le coffre, et un cadavre avec le ventre perforé, baigné de sang, sur le siège avant.

Aussitôt, *Unhappy Girl* retentit. Kosta balaie l'écran et le porte à l'oreille.

– Tu ne vas pas rester dans ce garage toute la soirée, petite. Viens plutôt nous rejoindre au chaud.

– Je veux voir Samuel.

– Tu poses tes conditions ?

– Je veux juste vérifier que vous ne l'avez pas encore tué. Prenez-le en photo, tout de suite.

Kosta contourne l'agriculteur, et le prend en photo au flash. Samuel cligne des yeux, étourdi. Kosta pianote et valide l'envoi. Attend la réponse.

– Vous laissez partir Samuel et je suis à vous. C'est le deal.

– Qu'est-ce qui me prouve que t'as pas pris ces photos ailleurs ? Que t'as bien la came avec toi ?

– Envoie un de tes gars pour vérifier, si ça te fait plaisir. Mais tranquille, hein, je suis armée.

Kosta sourit, se tourne vers ses subordonnés. Donne ses ordres, en albanais bien sûr. Le plus costaud des deux, celui qui a égorgé Catherine, range son automatique dans son holster de ceinture et traverse la cour d'un pas sûr, sans se presser. Pénètre sous le hangar. Chloé, qui s'est reculée près de l'établi de bricolage, dans le fond de la pièce, le tient en joue, à distance raisonnable. Sans même la regarder, il ouvre la portière avant. Le corps de Grégoire bascule par l'ouverture, retenu par la ceinture de sécurité, et pend dans le vide au-dessus du tapis de paille. Le colosse ouvre ensuite le coffre et compte les paquets de cocaïne. Il téléphone ensuite à son patron et lui fait son rapport, succinct.

Kosta rappelle ensuite Chloé.

– Ça m'a l'air pas mal, d'après ce que me dit Zamir. Tu as tenu parole.

– Relâche Samuel.

– Qui c'est, le type mort ?

– C'est personne. Un loser. Il était là par hasard, ce soir-là. Il a eu de la chance, c'est tout.

Kosta éclate de rire à l'autre bout de la ligne. L'homme de main n'a pas quitté le hangar, la détaille des pieds à la tête, adossé au coffre ouvert.

– Je n'aurais pas appelé ça de la chance.

– Rappelle ton gorille, et laisse partir Samuel. Respecte ta parole.

– Zamir m'a aussi dit que tu te tenais à au moins trois mètres de lui. Tu crois que tu peux viser aussi bien ?

Chloé ne bouge plus un muscle.

– Tu peux essayer de le tuer. J'en ai d'autres comme lui. Mais ne le rate pas, c'est un pro, il est équipé. Tu vas y arriver, à une main ?

Le bras de Chloé tremble sous la pression, elle a du mal à le garder en ligne de mire.

– Tu n'as pas de parole.

– J'oubliais, si tu raccroches, il tire. Il a pour consigne de ne pas te tuer, mais sait-on ce qui peut vraiment se passer ? En tout cas, c'était un plaisir de te rencontrer, Chloé.

Et il raccroche. Chloé reste cramponnée à son téléphone. N'osant pas le baisser. N'osant pas tirer. Suspendue au regard pénétrant de Zamir, qui paraît ne même pas respirer, concentré. Les secondes s'écoulent, aucun des deux ne fait le premier mouvement.

Qu'est-ce que tu fous, Thierry, putain ?

Et comme par effet de sa pensée, toutes les lumières s'éteignent. Dans le garage, dans la maison et l'étable. Plus aucune lampe allumée. Le noir absolu.

Chloé se recroqueville aussitôt et bondit sur le côté. Zamir est pris de vitesse par la coupure d'électricité, et lorsqu'il ouvre le feu, une seconde trop tard, l'éclair rugissant du canon de son arme ne révèle qu'un espace vide.

Chloé se réceptionne à quatre pattes et se faufile derrière l'énorme roue arrière du Massey Ferguson.

Zamir explore l'obscurité, plissant les yeux en espérant distinguer un mouvement, un son. Retranché derrière l'aile droite de la voiture, il tend l'oreille.

Ce n'est qu'à cet instant qu'il remarque les effluves de fioul qui imprègnent le hangar.

Un cliquetis attire son attention sur la droite.

Près du tracteur, une flamme danse dans l'ombre.

Dans la maison, la tension est montée d'un cran à l'extinction des lumières. Kosta allume la lampe torche de son téléphone, révélant dans son faisceau l'angoisse qui déforme le visage de l'agriculteur.

Un coup de feu claque de l'autre côté de la cour. Samuel, la tête dans les mains, prie pour que Chloé ait réussi à échapper à son agresseur ou, mieux, qu'elle l'ait abattu. Il se tourne vers Kosta, qui le domine de toute sa carrure et le tient en joue.

– Qu'est-ce que vous attendez ?

Le trafiquant ne prend pas la peine de lui répondre.

– Vous allez tous nous tuer de toute façon ! Vous n'avez pas de parole !

Samuel se prend aussitôt une mandale en pleine mâchoire.

– T'en fais pas, tu vas crever, paysan ! Mais je veux qu'elle te voie ! Qu'elle te regarde te vider de tes tripes comme une merde ! Elle va comprendre...

Il s'interrompt brusquement, se jette en arrière dans la cuisine. Du remous dans la pièce attenante à droite du salon, dans la réserve de bois qui donne sur l'étable. Une bûche cogne contre le sol de ciment. Un mouvement furtif, dans la pénombre, une forme qui se glisse dans le cagibi garde-manger.

Kosta éteint précipitamment sa torche et plonge sous le plan de travail de la cuisine.

L'homme de main embusqué devant la porte d'entrée se retourne vers la source du bruit, dégainant son arme.

Trop tard.

Un grondement assourdissant. Un éclair blanc les aveugle. Le chambranle de la porte en bois explose sous l'impact d'une balle.

Le mercenaire réplique et tire à l'aveugle sans toucher sa cible. Un troisième coup de feu permet à Kosta de confirmer la position du tireur, alors que la balle pénètre dans l'œil de son homme, le tuant sur le coup.

Kosta arme son pistolet et s'apprête à tirer.

Une ombre surgit dans son angle de vision. Samuel bondit du canapé et retombe sur le Kosovar, déviant la trajectoire du tir. Les deux hommes roulent à terre. Samuel prend son élan et percute Kosta du front, à

244

pleine puissance. Les os craquent sous le choc. Samuel s'écarte, et se redresse, prêt à foncer vers la porte pour se mettre à l'abri, espérant que la violence du coup qu'il a porté à Kosta l'étourdisse suffisamment longtemps.

Il a tort.

À peine a-t-il pris appui sur ses jambes qu'une brûlure ardente le plie en deux, transperce son corps de part en part, brisant son bassin. Ses jambes l'abandonnent, il retombe lourdement sur le carrelage. Il ne peut plus respirer, plus bouger, le monde tangue autour de lui.

Sa vue se brouille et il distingue à peine Kosta Zajini s'agenouiller face à lui et lever son arme pour l'achever.

Kosta est sur le point de presser la détente lorsqu'un mur de flammes embrase le hangar à tracteur, détournant son attention. Une torche humaine surgit de l'ouverture de la porte coulissante et zigzague jusqu'au centre de la cour en moulinant des bras. Zamir s'effondre entre les voitures, la neige crépite au contact de son corps incandescent.

Retranché dans le garde-manger, Thierry profite de la clarté que l'incendie projette dans la ferme pour mettre Kosta en joue et tirer.

Il visait la tête, la balle atteint le bras et explose le coude. Kosta roule sur le côté en hurlant, son avant-bras droit désarticulé retombe contre son bassin en lâchant le flingue. Faisant abstraction de la douleur intolérable, il ramasse l'arme de la main gauche et vide la moitié du chargeur en direction de la réserve.

Thierry se courbe et évite la salve de justesse, se replie aussitôt et disparaît dans l'étable.

Kosta se relève, en équilibre instable sur les genoux, plaquant son bras mutilé contre son torse.

À travers la porte vitrée, il aperçoit Chloé émerger de l'appentis dévoré par le feu, arme à la main, se dirigeant droit vers l'habitation.

Au prix d'un effort surhumain, il se relève et rejoint Samuel qui gît dans son sang au milieu de la pièce, ramassé contre un banc de la grande table, toujours conscient, grimaçant, gémissant.

– Lève-toi ! Bouge-toi ou je t'abats !

Il ponctue son laïus d'un coup de semelle dans les épaules. Samuel bascule en avant, à quatre pattes, se mordant les joues de souffrance, désorienté et à bout de forces. Le Kosovar rugit, le frappe, le pousse, et parvient à le faire avancer en chancelant jusqu'à la porte, puis le suit sur le parking.

Déjà agités par l'incendie, les chiens hurlent à la mort dans leur enclos, sentant leur maître en péril.

Voyant les deux hommes avancer à sa rencontre, Chloé s'immobilise derrière la voiture de Samuel, à proximité du cadavre de Zamir encore fumant et grésillant.

Elle ne peut contenir un hoquet provoqué par l'odeur de chair brûlée, mais surtout par l'état dans lequel se trouve Samuel, au bord de l'évanouissement, près de succomber à sa blessure à l'abdomen.

– Lâche ton arme tout de suite !

Elle est incapable de réagir, ne semble même pas comprendre ses paroles.

Où est Thierry ?

Elle balaie les bâtiments de la ferme du regard, pas le moindre mouvement. Il l'abandonne à son triste sort. Maintenant qu'elle a détruit la drogue, qu'elle est à la merci de Kosta, il va les laisser crever.

– Dans deux secondes je lui fais exploser le crâne !

Samuel tombe à genoux, mains plaquées contre la plaie pour contenir l'hémorragie, le sang inonde sa bouche, il peine à rester conscient. Kosta colle le canon sur sa nuque.

Chloé sait que si elle lâche son arme, il les abattra sur place. Plus d'échange, plus de négociation. Elle a atteint le bout de la route.

Un éclat de lumière attire son regard, dans le reflet du rétroviseur extérieur du Partner. Sur le côté du bâtiment en flammes, Thierry sort de la stabulation et rejoint le chenil dont il entreprend de faire sauter le cadenas en coupant les mailles du grillage avec son Leatherman.

Une bouffée d'espoir envahit la jeune femme, en même temps qu'une terreur ardente.

– C'est moi que tu veux, laisse-le partir !

Le chatoiement du brasier se réfléchit dans les prunelles haineuses du trafiquant. D'où il se tient, il ne peut pas voir Thierry près du chenil, camouflé par sa voiture. Le garagiste lutte avec les mailles métalliques, les taille l'une après l'autre, détachant bientôt la chaîne cadenassée qui retient la porte. Les chiens se pressent contre la grille, furieux, sautent les uns sur les autres, tous crocs dehors.

– Je t'aurai quoi qu'il arrive ! Si tu ne lâches pas ton arme, je le bute en prime !

Qu'est-ce que tu fous, Thierry ?

Chloé retient son souffle. Lève sa main libre. Hoche la tête.

– Tu m'envoies le flingue !

Elle prend lentement le Beretta par le canon, et le lance vers Kosta. Il s'enfonce dans la neige, hors de portée.

– Pauvre connasse.

Kosta presse la détente, à bout portant, et Samuel est violemment projeté en avant, la balle traverse le bas de sa nuque et ressort en fracassant sa clavicule gauche. Il retombe inerte en cognant une plaque de glace.

Chloé se rue auprès de lui, l'enlace, tente de retenir le sang, l'appelle, la voix brisée, les larmes brouillant sa vue.

Un cercle métallique s'appuie au sommet de son crâne, à la jonction de sa chevelure et de la cicatrice de brûlure qui court sur toute sa joue. L'embouchure du canon.

Elle relève la tête, plante ses yeux dans ceux de son bourreau, un rictus féroce affiche sa détermination et l'animosité qui l'envahit, anéantissant toute peur et réveillant le feu invisible sous sa peau, attisant la fureur et la bestialité.

Kosta lit immédiatement le changement dans la physionomie de Chloé, ce renoncement à la vie, la rupture de toutes les barrières, des inhibitions et des frayeurs. Plus aucune limite. D'instinct, il recule d'un pas, le canon toujours pointé sur elle. Chloé veut mourir en essayant de le tuer.

Mais elle ne bouge pas. Ses lèvres retroussées révèlent un sourire carnassier et provocateur.

Ce n'est qu'alors qu'il remarque les quatre bêtes qui déboulent entre les voitures à pleine vitesse, bave aux babines. Les chiens fondent sur lui en grognant. Des frissons glacés dans la nuque, pétrifié, il tire dans le tas. Un des molosses retombe à côté de Chloé, une balle en pleine tête, alors que les trois autres bondissent par-dessus ses épaules et renversent le trafiquant, le mordant et le déchiquetant, écartelant les bras, arrachant le visage. Les hurlements de détresse obligent Chloé à se boucher les oreilles, mais elle ne peut détacher son regard du carnage.

Lorsque les cris s'estompent, elle dresse l'oreille, distinguant dans le lointain les sirènes de la gendarmerie. Le bleu intermittent des gyrophares affleure de la forêt quelques kilomètres en aval, suggérant l'arrivée du convoi d'ici une dizaine de minutes.

Chloé serre Samuel contre elle, son pouls, faible, bat encore à ses tempes, sa respiration s'est presque éteinte. Elle retire son anorak et l'en couvre. Les trois chiens quittent leur proie et entourent leur maître, lèchent ses plaies, se lovent contre les deux corps enlacés sous les flocons timides, leur apportant chaleur et protection.

Chloé ne tourne même pas la tête en entendant les pas crisser sur la glace dans son dos. L'ombre de Thierry, vacillante, l'enveloppe, projetée par les flammes contre la façade de la maison. Il la contourne et s'accroupit devant elle. Il porte toujours le Smith & Wesson de Grégoire qu'elle lui a confié, et récupère à ses pieds le Beretta tombé dans la neige.

Les chiens se remettent sur pattes face à lui en grondant, forment un cercle autour de Chloé et de Samuel. Il regarde le corps en charpie qui gît devant lui, puis Chloé et sa garde rapprochée, lui offre un sourire las et résigné.

– Tu as cramé toute la came ?

Elle confirme. Il hoche la tête.

– Tout ça pour ça…

– Tout ça parce que tu l'as bien voulu.

– Changer de vie, ça demande des sacrifices.

– Et ta vie, elle te semble comment maintenant, Thierry ?

Il charge une balle dans la chambre du pistolet. Un des chiens lui aboie aussitôt dessus. Chloé passe la main dans son pelage. Elle calme la meute.

– Fais ce que t'as à faire. Je suis déjà morte.

Thierry la met en joue. Yeux dans les yeux.

– Je voulais récupérer mes filles. C'est la seule chose qui comptait.

Chloé ferme les paupières, serrant la main froide de Samuel dans la sienne.

Une minute passe.

Les flocons de neige viennent se mêler à ses larmes gelées.

Les chiens se couchent.

Un moteur ronronne.

Elle ouvre les yeux pour voir la berline noire de Kosta Zajini remonter la pente et rejoindre la nationale, bifurquer en direction du col de Hautecombe.

Là où tout a commencé.

Thierry a récupéré les clés dans la poche de Kosta.

Son bras a tremblé. Il n'a pas réussi à la tuer.

Il fonce dans la montagne, avec ces arbres blancs qui se referment sur lui.

Il se précipite vers la Suisse. Vers la liberté.

Sa vie ici est terminée.

Chloé attend sans bouger l'arrivée du convoi de gendarmerie, et bientôt c'est la confusion autour d'elle. On court en tous sens. Les pompiers se concentrent sur le hangar en feu, on sécurise les bovins, les infirmiers du SMUR prennent Samuel en charge, l'arrachant difficilement des mains de Chloé.

Franck Maréchal découvre l'ampleur du massacre. Malheureusement, la gestion de l'incendie du hangar qui risque de se propager aux autres bâtiments l'empêche de sécuriser la scène de crime.

Une fois l'ambulance partie avec Samuel, Chloé se relève, sans considérer le chaos qui l'entoure. Les trois chiens la suivent, collés à ses jambes, alors qu'elle s'approche du lieutenant.

Deux gendarmes les rejoignent et passent des laisses improvisées aux animaux. Chloé s'accroupit et donne une accolade à chacun, leur gratte la tête.

– On va s'occuper d'eux, assure Franck. Ne vous inquiétez pas.

Elle le regarde avec tristesse alors qu'on la guide vers l'ambulance qui doit la conduire à l'hôpital de Pontarlier.

Tous la dévisagent, tous fixent son visage abîmé. Son air hagard, ses traits marqués. Chloé est épuisée, à bout de course.

Mais elle soutient ces œillades qui la jugent.

Et tous baissent le regard à son passage. Personne ne peut soutenir la flamme sauvage qui frémit dans ses yeux.

Épilogue

Le réveil bourdonne.

Une main émerge des draps froissés et l'éteint dès la deuxième sonnerie.

5 h 30.

Les rayons du soleil baignent déjà la chambre d'une teinte ambrée. La fenêtre entrebâillée laisse pénétrer les senteurs de l'été, l'aigreur du foin séché depuis la grange, la fraîcheur des sous-bois attenants à la ferme.

Le tintement des cloches suspendues au cou des vaches qui paissent dans le champ en contrebas arrache un demi-sourire à Chloé, le troupeau s'est donc à nouveau rapproché de la ferme en anticipant l'heure de la traite. Elle s'extirpe du lit en méprisant ses douleurs lombaires et la légère nausée qui pointe.

De ses paupières mi-closes, elle se détaille dans la glace collée au petit bureau, près de la porte. Tête enfarinée, mais les épaules solides.

Elle pose doucement la main contre son ventre rebondi. Le bébé cogne contre les parois de l'abdomen.

Six mois.

C'est un garçon.

Elle a beaucoup tergiversé. Qui, de Marko Zajini ou d'Adnan ?

Puis elle a tranché. Ce sera le fils d'Adnan, quoi qu'il arrive. Il n'y a aucune alternative envisageable.

C'est *son* fils.

Des cris aigus la poussent à se vêtir, cotte de travail, par-dessus un T-shirt trop large, bottes. Casquette vissée au crâne.

Elle débarque dans la cour au moment où Vanessa conduit les vaches dans l'étable pour la traite. Une vraie pile, celle-là. Qui l'a sauvée, qui l'a portée à bout de bras. Elles se fréquentaient vaguement au lycée, avant que Vanessa parte en bac pro agricole. Sa passion de toujours. La nature, les animaux. Un sacerdoce. Mais pas facile de s'installer quand on vient de nulle part. Qu'on n'est pas du milieu, qu'on a juste ses études comme expérience pratique. Et surtout quand on est une femme, et qu'on a la peau noire. Les regards ne trompent pas. Qui pour lui mettre le pied à l'étrier ?

La proposition de Chloé est tombée à pic.

Elles ont tout repris en main à Hautecombe, se sont associées. Le GAEC commence à porter ses fruits, au bout de six mois à peine. Elles se sont imposées à la coopérative. Les rumeurs et les rires étouffés se sont vite tus. Elles tiennent la dragée haute à tous les bons-hommes qui voudraient leur en remontrer. Et, surtout, elles s'investissent. Elles sont toujours là pour donner un coup de main, pour dépanner, en échange de conseils, d'expérience. Leur fraîcheur, leur engagement dans la coopérative et le syndicat font souffler un air neuf et vivifiant sur la vallée de Dampierre. Elles ont des projets, des tas. Moderniser l'exploitation, construire une salle de traite indépendante de la stabulation, avec un tank à lait réfrigéré, histoire de ne plus descendre au village deux fois par jour. Organiser des visites pour les classes de la vallée, accueillir des groupes un week-end sur deux, et pourquoi ne pas ouvrir une boutique de vente directe ? Elles bouillonnent d'énergie, mais posent pierre après pierre, solidement.

Chloé rejoint sa partenaire, tout sourire, dans l'étable, elles installent les bêtes de part et d'autre de l'allée centrale, et se mettent à la tâche.

– Pas trop décalquée ?

– Ce n'est pas moi qui suis sortie faire la nouba hier soir…

Vanessa éclate d'un rire tonitruant.

– Je suis en béton armé. Et je n'ai pas un polichinelle dans le tiroir…

– Ça va… Il m'a foutu la paix cette nuit. Il a sagement attendu le réveil.

Chloé gravite d'une vache à l'autre en décrochant la griffe à traire, la passant au compartiment suivant, fixant les manchons aux pis de la vache. Le lait est aspiré vers le lactoduc, un tuyau qui longe les travées et débouche dans la cuve fixée derrière le véhicule utilitaire.

– J'irai à la fruitière pour livrer ce matin, Vanessa. Tu penses que tu pourras gérer cet après-midi ? J'essaierai d'être rentrée pour la traite.

– T'inquiète, ma belle. Si t'es en retard, je ne vais pas en mourir. Je serai au calme au moins.

– Pétasse…

Nouveaux éclats de rire.

– Tu vas à l'hôpital ?

– Ça fait un mois que je n'y ai pas mis les pieds… Les foins, tout ça…

– Je sais, ma poule, j'étais là. Tu n'as pas à culpabiliser. Je suis fière de toi, tu bosses comme une tarée. Samuel est fier de toi aussi, sois-en sûr.

Chloé lui offre son plus beau sourire.

– Difficile à dire. Il ne peut plus articuler un mot. Ça me rend tellement triste d'y aller.

– C'est toi qui le tiens en vie, Chloé. Toi, et ton fils. Il a fait des progrès, le médecin te l'a dit. Il veut se battre.

– Il ne remarchera jamais.

– Te voir t'épanouir à faire revivre sa ferme, pour lui, c'est important. Je l'ai vu de mes yeux. Il ne parle pas, mais son regard ne trompe pas. Ce lien entre vous deux c'est…

– Indescriptible.

– C'est solide.

Chloé songe une nouvelle fois, comme chaque matin, qu'elle a enfin trouvé son ange gardien. Vanessa n'est jamais de mauvais poil, toujours passionnée, électrique, elle n'a jamais jugé son passé ni ses erreurs. Elles se sont trouvées dans le travail, et partagent davantage, comme des sœurs inséparables.

Une fois les bêtes reparties au champ, l'étable nettoyée et paillée, elles se posent sur le banc de la cour, un café bouillant à la main.

– Faudrait que tu me laisses préparer le café aussi, poulette. C'est immonde.

– Va chier, Vanessa.

Elle lui envoie une tape amicale sur l'épaule.

9 h 30.

Le soleil joue à cache-cache avec la cime des sapins au bout de la combe.

– Tu sais quoi ? Je me disais un truc…

– Accouche, Chloé !

Chloé se tourne vers elle, les yeux écarquillés.

– Façon de parler…

256

– Sérieusement. Dans les mois qui arrivent… Avec le procès, l'accouchement, tout ça… On pourrait embaucher quelqu'un. À mi-temps pour commencer.

– On va y arriver. Ils n'ont pas grand-chose contre toi, au final. Tu vas revenir ici la tête haute… Et oui, s'il le faut, on trouvera du renfort.

Chloé laisse son regard s'attarder sur les trois chiens qui se chamaillent et se coursent dans leur nouvel enclos en bordure de forêt, plus grand, plus confortable.

– J'ai encore du chemin à faire, Vanessa.

– Tu te rends compte de ce que tu as déjà accompli en six mois ? Tu es clean…

– Dans ma tête, pas encore assez…

Vanessa vide le reste de sa tasse dans un pot de fleurs en grimaçant.

– T'as ce qu'il faut dans les tripes, crois-moi. Et pour ton mioche, tu vas soulever des montagnes.

La gorge de Chloé se serre devant cette déclaration.

– J'ai encore peur, Vanessa.

– On commence une nouvelle aventure. Évidemment que ça fait peur. T'es une guerrière. On va tous les bouffer !

– Et si je t'embarque avec moi dans ma chute ?

– J'en ai vu d'autres. Qu'est-ce qu'ils en ont à foutre de toi, sérieusement ? Les flics ont démantelé un réseau complet, des gros bonnets, ils se sont fait prendre en photo dans tous les journaux avec des kilos de drogue étalés sur des tables, et une ribambelle de trafiquants derrière les barreaux. T'as vu ta gueule, toi ? Avec tes brûlures partout, là ?

Chloé pouffe nerveusement dans sa manche.

Vanessa dépose un baiser sur le front fripé de la jeune femme et l'enlace affectueusement par le cou.

— Je vais prendre une douche, et on se colle à empiler le foin dans la grange après, tu gères le tracteur. C'est bien beau la parlote, mais ce n'est pas ça qui va nous faire bouffer, on a du boulot !

Elle disparaît à l'intérieur et abandonne Chloé à ses pensées.

Six mois d'enquête et de mises en examen en cascade dans l'entourage des Zajini.

Samuel, sauvé in extremis, désormais tétraplégique et aphasique, cloué sur un lit d'hôpital pour une longue convalescence.

Et Thierry, quelque part dans la nature. Il a été repéré rôdant non loin de l'école de ses filles, dans les Ardennes. La surveillance policière a été renforcée, mais plus aucune nouvelle depuis cinq mois. Disparu, envolé, avec ses soixante-quinze mille euros.

Chloé sait qu'il ne reviendra pas pour elle. S'il avait dû la tuer, il l'aurait fait ce soir-là. Il doit être loin à l'heure qu'il est, quelque part, en Afrique, ou en Asie du Sud-Est. Il a finalement changé de vie. Seul. À jamais.

Elle a croisé plusieurs fois Virginie Favrot au cours des derniers mois. Lors des auditions à la gendarmerie. Mais elles se sont vues une fois en dehors. Pour mettre les choses à plat. Une entrevue pleine de tensions et de non-dits. Virginie lui a raconté la version qu'elle a livrée aux gendarmes.

Elle a chargé son mari. De tout. L'assassinat de Simon Vauthier et le vol de la drogue. La tuerie au blockhaus de Champlans. Selon sa version, il a fait pression sur son entourage. Sur sa femme, pour qu'elle se taise, sur Thierry, pour qu'il l'aide, sur Chloé, pour qu'elle lui serve d'intermédiaire. Le cerveau, c'était lui.

Pas assez futé, et surtout obsédé par sa maîtresse, qu'il a violée et tenté de tuer lorsqu'elle a mis un terme à leur histoire, terrifiée par ses actes, il a dérapé, il a précipité sa chute. Il s'est fait supprimer par Kosta Zajini, qui prévoyait de tuer tous les témoins gênants : Claude Vauthier et sa femme, retrouvés assassinés dans le hangar de l'entreprise familiale, puis Samuel et Chloé, à la ferme. L'intervention de Thierry les a sauvés, et il a pris la fuite avec sa part de l'argent récolté jusqu'alors, planqué dans son sac à dos.

La déposition de Chloé s'est alignée sur celle de Virginie.

Si elle doit assumer ses actes, elle le fera.

Le corps de Marko Zajini a été retrouvé quelques semaines après sa mort par des skieurs en randonnée dans le secteur de la scierie Lacroix. Son meurtre a jusqu'ici été imputé à Grégoire Favrot, qui aurait été démasqué par le jeune Kosovar.

Les enquêteurs ont remonté la piste des téléphones de guerre achetés par Thierry pour correspondre avec Chloé, mais aucun vendeur n'a été capable d'identifier le client. Chloé a détruit le sien, et prétendu ne pas connaître le numéro qui l'appelait, impossible de trianguler les appels ou de géolocaliser l'appareil. Piste froide.

À part la transaction effectuée par Chloé avec les frères Saillard, son implication dans l'affaire reste officiellement très annexe. Elle a aidé au maximum les enquêteurs à éclaircir les liens entre Claude et Simon Vauthier et les frères Zajini, sans cacher le rôle de Samuel dans l'histoire.

Virginie a vendu la maison en l'état et s'est installée avec Gabriel à Épenans, non loin de son travail, dans un trois-pièces au quatrième étage d'une barre d'immeubles, en bordure de l'agglomération.

Une semaine après son rendez-vous « secret » avec Virginie, Chloé a subi un ultime électrochoc. Tout simplement en faisant ses courses, au Colruyt. Dans la queue à la caisse, elle a machinalement tourné la tête, s'arrêtant net sur un regard qui la transperçait. Une face en miroir, lui renvoyant presque son image. Dans une des files adjacentes, une femme à peine plus jeune qu'elle la fixe intensément à travers une frange de cheveux raides. Son visage, lardé de balafres, semble paralysé dans une grimace involontaire, la mâchoire difforme, la peau scarifiée, le nez de travers. Chloé sait par Virginie que Julie Salvi a récupéré les soixante-quinze mille euros que Grégoire lui a lâchement subtilisés. Elle dort désormais sur un petit magot. À quel prix ? Le regard gêné des enfants et celui fuyant de leurs parents parlent d'eux-mêmes.

Bienvenue au club, pense-t-elle en saluant Julie d'un signe de tête, sourire aux lèvres. Julie se détourne aussitôt, dissimulant les larmes dans ses yeux.

Le jeune homme à son côté lui serre la main, et dépose les courses sur le tapis roulant.

· *Au moins, tu as quelqu'un à tes côtés.*

Il est plutôt beau garçon.

Profites-en, beauté. Ils ne seront plus nombreux à se bousculer à ta porte...

Chloé chasse du plat de la main les mouches qui bourdonnent autour de sa tête.

Elle gagne le pré des chiens, passe la barrière, les rejoint près d'une énorme pierre plate qui trône au centre du terrain, s'y assied en tailleur. Les deux golden retriever et le dogue allemand la bousculent, joueurs, et collent leurs truffes humides à ses paumes offertes. Une vue dégagée sur tout le domaine s'offre à elle, l'étable, la grange en arrière-plan dans la côte, le hangar incendié en cours de rénovation, les pâturages. Le hameau de Hautecombe.

Elle a bien conscience des menaces qui pèsent sur elle, la justice d'un côté, toujours aveugle, qui jamais n'oublie ni ne pardonne, tout comme les réseaux mafieux qu'elle a défiés en grippant la machine Zajini, qui viendront peut-être un jour frapper à sa porte pour demander des comptes. Peut-être.

En attendant, elle a décidé de ne plus se cacher et d'affronter sa vie. De prendre sa place dans le monde, sans en attendre l'autorisation.

Elle entame chaque jour avec une détermination nouvelle, sans faille.

Le petit bonhomme qui va bientôt la rejoindre aura besoin d'une mère battante et aimante, libérée de son passé de souffrances.

Demain, elle aura vingt-deux ans.

Mais demain est un autre jour.

Bibliographie & références

Si pour construire ce roman, il a été fondamental de rencontrer et questionner des agriculteurs pour détailler le quotidien d'un éleveur de vaches laitières et développer l'univers et les personnages, étant donné qu'il s'agit de l'arène principale de l'intrigue, certains livres que j'ai lus n'en sont pas moins importants quant aux diverses thématiques abordées.

Comme à mon habitude, je me tourne en premier lieu vers les témoignages qui me fournissent une ambiance, une plongée dans un monde inconnu qu'il me faut apprendre à connaître, qui font émerger des problématiques.

Ainsi le livre *Le jour où nous avons vendu nos vaches* de Ludivine et Christophe Monnier, chez Flammarion, est un récit essentiel sur les difficultés que rencontrent les agriculteurs et leurs familles. L'endettement, la pression financière, les maigres revenus alors qu'ils fournissent la matière première de notre alimentation, qu'ils sont la base de la société. Si vous recherchez un bouquin qui vous fera saisir ce qui est en jeu pour nos agriculteurs, celui-ci est incontournable.

Pour comprendre les réseaux mafieux européens et les organisations de trafic de drogue, je me suis principalement concentré sur le livre de Jérôme Pierrat chez Folio Documents *Mafias, gangs et cartels, la criminalité internationale en France*, qui recense et analyse les différentes filières mafieuses du territoire concernant drogue, vente d'armes, prostitution et trafic d'êtres humains, et notamment les réseaux nés de l'explosion de l'ex-Yougoslavie.

Sur l'addiction et ses traitements, je me suis référé à divers ouvrages, principalement celui d'Alain Morel, de Jean-Pierre Couteron et Patrick Fouilland, *L'Aide-mémoire d'addictologie* chez Dunod, que j'ai complété par *Tous addict, et après ?* des Dr William Lowenstein et Laurent Karila chez Flammarion, *Guérir les addictions chez les jeunes* de Vincent Dodin aux éditions Desclée de Brouwer, *100 idées pour aider un adolescent à se libérer d'une addiction* de Christine Deroin chez Tom Pouce, et *Les Addictions* de Marc Valleur et Jean-Claude Matysiak chez Armand Colin. D'expérience, je ne vous conseille pas de tous les lire à la suite…

J'ai passé d'innombrables heures sur Internet à éplucher les faits divers de trafic de drogue (en ciblant le Doubs et le Jura) et les problèmes de toxicomanie en milieu rural, ainsi que les organisations des filières de drogue et de blanchiment. J'ai bien entendu largement amplifié cela dans le roman, même s'il existe de réels réseaux organisés en Franche-Comté, et que des saisies de drogue apparaissent régulièrement dans les journaux.

Parmi les reportages visionnés, celui d'*Envoyé spécial* diffusé sur France 2 en mai 2016 « Éleveurs laitiers : ils produisent pour du beurre » (disponible sur Youtube) donne une bonne idée de la difficulté de survivre dans l'élevage. Ainsi que « Ferme à vendre ! La ruine d'un agriculteur » pour la collection *13 h 15 le samedi* sur France 2 également.

Pour terminer, voici la playlist des musiques de films qui a créé l'ambiance de ce roman :
• *Three Billboards outside Ebbing, Missouri* – Carter Burwell
• *Fargo* – Carter Burwell
• *The Knick* – Cliff Martinez
• *Un plan simple* – Danny Elfman
• *Out of the Furnace* ; *Winter's Bone* ; *Leave no Trace* – toutes trois de Dickon Hinchcliffe
• *Dead Calm* – Graeme Revell
• *Patriot Games* – James Horner

- *Fargo* (série, saisons 1 à 3) – Jeff Russo
- *Hell or High Water* ; *The Assassination of Jesse James by the Coward Robert Ford ; Wind River ; The Road* – toutes quatre par Nick Cave et Warren Ellis
- *Westworld* (saisons 1 et 2) – Rawin Djawadi

Postface & remerciements

Je tiens avant toute chose à remercier du fond du cœur les agriculteurs qui ont eu la gentillesse de m'accueillir et de répondre à toutes les questions que je me posais sur leur métier, leur passion, l'évolution de cette activité au fil du temps, et je leur suis reconnaissant d'avoir donné un socle solide à cette histoire. Toutes incohérences ou approximations qui demeureraient dans le texte concernant la vie de la ferme, le déroulement des journées sur l'exploitation, bref, la vie d'un agriculteur comtois, ne seraient évidemment que de mon fait.

Merci donc à Gilles Courvoisier et sa femme Christiane qui m'ont fourni la matière pour densifier mes personnages grâce à leur savoir et leur expérience, et m'ont permis de visiter l'exploitation reprise par leurs deux fils, Laurent et Franck. J'ai de très profonds souvenirs, enfant, d'avoir joué dans la ferme de Gilles, et c'est certainement de là que provient mon désir profond d'ancrer une histoire dans l'univers de l'agriculture.

Merci également à Michel Magrin, qui a complété mes lacunes et m'a détaillé précisément l'historique de la filière comté et son AOP, les luttes paysannes et syndicales, le fonctionnement des fruitières et des coopératives qui donnent à ce secteur agricole une particularité unique en France.

Il faut ainsi savoir que, grâce aux luttes menées sur plusieurs générations, les agriculteurs de la filière comté se sont affranchis de l'emprise des grands groupes industriels agro-alimentaires. L'obtention pour le comté d'une AOP fut un acquis capital, dont les agriculteurs sont fiers et qui doit être absolument défendu. Le principe de production est un cas d'école : les agriculteurs de chaque village sont regroupés en coopératives, ils restent propriétaires du lait tout au long de la chaîne et en fixent donc le prix. Au cœur de la coopérative se trouve la fruitière (la fromagerie à comté) qui est gérée par les agriculteurs eux-mêmes, et dont le fromager est employé. Et c'est la coopérative qui gère elle-même la distribution et l'exportation. Les agriculteurs de la filière comté n'ont pas d'intermédiaires, pas de distributeurs. Ils touchent l'argent de leur produit. Et c'est l'AOP qui permet de protéger cela, car les contraintes pour produire le comté ne permettent pas son industrialisation (par exemple, les fermes ne doivent pas être à une distance supérieure à 25 km de la coopérative pour en faire partie). Grâce à l'absence d'intermédiaires, les producteurs de lait touchent quasiment le double de ce que gagnent les autres agriculteurs de France. Le modèle économique coopératif est un exemple qui perdure depuis des décennies.

Le but du roman n'étant évidemment pas de décrypter précisément le travail de l'agriculteur ni d'analyser la filière comté, ces éléments ne sont présents qu'en toile de fond, mais j'ai tenté au maximum de respecter les contraintes d'une journée type bien remplie, les différentes tâches à accomplir, les difficultés rencontrées. Il va sans dire que je n'ai jamais entendu parler d'agriculteurs trafiquants de drogue dans le Jura (j'ai par contre trouvé des exemples dans d'autres régions françaises dans les faits divers, ce qui représente le point de départ de mon histoire) et j'ai par ailleurs un respect infini pour ce métier et les valeurs qu'il porte, et qui est si souvent mis à mal de nos jours.

Je remercie également mon frère Francis pour toutes les précisions qu'il a pu m'apporter quant aux procédures d'intervention des pompiers sur un accident de voiture, et en particulier le rôle du GRIMP, dont il fait lui-même partie. Encore une fois, si des erreurs relatives aux protocoles des pompiers se sont glissées dans ces pages, j'en suis l'unique responsable.

De la même manière que pour l'agriculteur de ce roman, j'ai pour des raisons dramaturgiques poussé les curseurs assez loin, et le personnage de pompier présenté ici n'est évidemment pas représentatif de ce qu'ils sont. Pompier volontaire est une pure vocation altruiste, et les membres de ce corps (et j'en compte quelques un(e)s dans ma famille) sont tout entiers dévoués à leur mission, à leurs camarades, et à l'aide à la population, malgré les vraies difficultés qu'ils rencontrent, comme tous les services de secours et de santé en France.

Je tiens également à remercier mes « bêta-lecteurs », celles et ceux qui ont accepté de relire le manuscrit et de le critiquer, l'améliorer, le corriger.

En tout premier lieu, Éloïse Tibet-Zanini, mon phare dans le brouillard, ma compagne, ma complice de tous les jours, et qui sait plus que quiconque repérer les trous dans une histoire, les failles dans la caractérisation d'un personnage, les faiblesses d'une scène. Ton regard acéré est ce qui donne à mes textes leur forme finale, ta bienveillance et ta sincérité en polissent les aspérités, tu sais immédiatement repérer ce qui fonctionne, et plus encore, ce qui ne fonctionne pas du tout. Merci de m'accompagner sur ces chemins. Chemin littéraire, bien sûr, et chemin de vie, surtout.

Merci sincèrement à Baptiste Thiébaud qui, pour la seconde fois, s'est penché sur chaque paragraphe, chaque phrase, chaque formulation, et ne laisse rien passer ! Ton avis et tes conseils, tant narratifs que linguistiques, sont extrêmement précieux. Tu es finalement présent depuis mes toutes premières créations en 1993 ! Quelle collaboration !

Et bien évidemment merci à Camille de Rouville pour ses avis franc et ses remarques pertinentes, qui m'ont permis d'affiner au maximum le texte et de le moduler pour y apporter plus de subtilité. Tu n'es vraiment pas facile en négo !

Et je remercie vivement celles et ceux qui ont pu lire le texte entièrement ou en partie et m'ont encouragé tout du long, et continuent à le faire : Solenne Coat-Thorel, Hélène Lacolomberie et Emmanuel Raspiengeas.

Merci à Claire Pisarra pour ses toujours précieux conseils, merci à Yann Le Nagard pour son enthousiasme sur *Le Manteau de neige*, tes mots m'ont vraiment touché (et pour me faire autant travailler bien sûr, et me permettre d'écrire sereinement !).

Merci à mes amis proches, encore et toujours, qui me poussent à aller toujours plus loin : Céda Morvan-Ung, Olivier Morvan, Charlotte Rousseau, Éléonore Guipouy, Nicolas Harouët, Aurélien Lévêque, Anna Souillac.

Ainsi qu'à mes cousins Mathieu et Florian, qui ont été de si proches collaborateurs et avec qui j'ai mûri mes goûts et mes envies au fil des ans, et le reste de mon épique famille !

Aux Éditions du Seuil, mon éditrice Bénédicte Lombardo, que je ne saurai jamais remercier assez pour avoir choisi mon premier roman, et bondi sur le second ! Merci pour cette belle collaboration, et j'insiste, car un auteur n'est rien sans son éditeur(trice), surtout quand, comme toi, il ou elle s'investit autant dans les œuvres et auprès de ses auteurs, je me sens souvent privilégié (et je le suis) ! Tellement ravi de t'avoir fait découvrir Besançon, même sous la pluie, et d'avoir partagé un repas typiquement comtois !

On parle rarement des préparateurs et préparatrices de texte, mais mon expérience avec Véronique Cezard a été pour moi un enchantement, de vrais aller et retour et donc un véritable dialogue, toujours constructif et dans le respect absolu du texte et de mes intentions. Il n'est pas toujours facile d'être face à ses propres erreurs et ses manies d'écriture, mais Véronique sait faire preuve de grand tact et je lui suis gré de tout ce qu'elle a apporté à mes textes.

Également au Seuil, je me dois de rendre hommage au travail de Marie-Claire Chalvet, mon attachée de presse, et à son énergie incroyable. Merci pour cette belle tournée franc-comtoise pour *Le Manteau de neige* ! C'est si plaisant de se sentir aussi bien entouré !

Et enfin Juliette Plé, chargée des relations avec les libraires et les salons. C'est grâce à toi que se fait le contact avec les lecteurs et les libraires, étape cruciale et précieuse. Merci d'avoir même fait le déplacement plusieurs fois pour me soutenir. On sent que tu adores ton métier et que tu t'y investis beaucoup.

En bref, l'équipe du Seuil, c'est le top !

En parlant des libraires et des salons, je tiens à remercier celles et ceux qui œuvrent chaque jour pour partager nos ouvrages. Tellement de belles rencontres, tant avec d'autres auteurs invités qu'avec des libraires passionnés et habités, ainsi que des lecteurs curieux, qu'il serait impossible d'en dresser la liste complète !

Néanmoins, je tiens à remercier deux personnes qui m'ont fait un accueil particulier.

Mathieu Bajnai, de la librairie Studio Livres d'Abbeville, m'a invité au Salon du livre d'Abbeville et s'est montré plus que dithyrambique sur *Le Manteau de neige*. Merci encore pour ton accueil chaleureux, merci d'ailleurs à tous les organisateurs du Salon.

Et, surtout, un hommage très personnel à Cécilia, de la librairie Le Grenier Fort à Saint-Laurent-en-Grandvaux, dans le Jura. Vous avez été ma première libraire, ma première rencontre publique pour *Le Manteau de neige.* J'ai adoré cet après-midi, la chaleur du lieu, votre librairie est formidable, à votre image. Merci pour ces heures de discussion, les gâteaux délicieux de la boulangerie de Saint-Laurent, et également de m'avoir fait découvrir le livre de Sophie Lambda, qui m'aide beaucoup dans mes recherches ! J'ai hâte de revenir !

J'en profite pour remercier au passage les librairies Rousseau à Pontarlier et L'Intranquille à Besançon, dans lesquelles j'ai découvert tant de romans et d'auteurs lorsque j'étais adolescent, et qui m'ont reçu à bras ouverts et ont accompagné la sortie du livre, ainsi que la librairie Les Guetteurs de Vent, à Paris.

Merci une nouvelle fois à mes parents et mes frères, et aussi à mes trois neveux et mes deux nièces. Sans oublier mes belles-sœurs qui ont été les premières à se ruer sur mon premier roman (Émilie en pole position, je dois le reconnaître) ! Donc mes premières lectrices !

Un petit clin d'œil à Jean-François, qui n'avait pas lu de livre depuis dix-huit ans et s'y est remis avec *Le Manteau de neige*, et, selon mes sources, ça lui aurait plu au point qu'il aurait enchaîné sur un deuxième roman...

Je clos ces interminables remerciements avec une pensée particulière pour mes professeur(e)s de français, au collège de Mouthe et au lycée Xavier-Marmier de Pontarlier, qui ont contribué à ma passion pour la littérature et surtout pour l'écriture.

RÉALISATION : NORD COMPO À VILLENEUVE-D'ASCQ
IMPRESSION : CPI FRANCE
DÉPÔT LÉGAL : MARS 2022. N° 148765 (3046740)
IMPRIMÉ EN FRANCE

Éditions Points

Collection Points Policier

DERNIERS TITRES PARUS